Sombres Destins

Nicolas Andoque

Sombres Destins

Recueil de nouvelles

En application de l'art. L.137-2.-I. du code de la propriété intellectuelle, toute reproduction et/ou divulgation de parties de l'œuvre dépassant le volume prévu par la loi est expressément interdite.

Loi n°49-956 du 16 juillet 1949 sur les publications destinées à la jeunesse, modifiée par la loi n°2011-525 du 17 mai 2011.

© 2024 Nicolas Andoque

Édition : BoD · Books on Demand GmbH, In de Tarpen 42, 22848 Norderstedt (Allemagne)

Impression : Libri Plureos GmbH, Friedensallee 273, 22763 Hamburg (Allemagne)

ISBN : 978-2-3224-7891-0

Dépôt légal : Novembre 2024

AVANT-PROPOS

Certaines de ces nouvelles vont surement vous paraitre dures, difficiles à lire tant elles sont sombres. Je vous rassure, j'ai aussi eu du mal à écrire certains passages, envisageant même parfois de les supprimer.

Elles décrivent ce que j'appelle depuis des années, la saloperie humaine, et la manière dont même les personnes pétries de bonnes intentions peuvent se détourner de celles-ci, ou voir ces mêmes bonnes intentions perverties par d'autres.

Mes amis, qui sont souvent des bêta-lecteurs de mes écrits, me demandent souvent comment je trouve toutes ces idées. Et j'avoue parfois me demander si je ne leur fais pas peur. Je suis quelqu'un qui a très peu foi en l'humanité. Il suffit d'ouvrir un journal pour se rendre compte à quel point le mal semble avoir pris le pas dans le cœur des gens. En combinant ces lectures d'articles, mon imagination et ma grande passion pour les œuvres d'horreur (quelles soient en livre ou en film), je laisse mes pensées se coucher sur le clavier. Je balance mon ou mes personnages dans une situation et, souvent je les laisse évoluer. Je pars quelques fois avec une fin en tête, puis, au fur et à mesure du récit, mes héros (au sens de ceux qui prennent les décisions) prennent le contrôle de leurs histoires et me proposent une fin différente. J'essaie toujours de respecter ce schéma. Il m'arrive parfois de me retrouver dans une impasse, et certains de mes écrits restent donc inachevés, le temps que je puisse entrer dans une nouvelle réflexion. Ce qui peut prendre des jours, des mois ou des années. Mais j'essaie d'y revenir… Toujours. Pas forcément par écrit, mais aussi en me demandant comment se portent mes personnages, et comment ils réagiraient face à telle ou telle péripétie.

Mais, comme à mon habitude, je m'égare et je commence à trouver cet avant-propos un peu long. Alors, je vous propose de vous installer confortablement, avec un thé, un café, ou un verre de whisky peut-être, et de plonger avec moi dans l'horreur de ces sombres destins.

14 JUILLET

1

J'ai toujours été ce qu'on peut appeler vulgairement un fils à papa. Mais en même temps, avec un père généraliste, et une mère dentiste, je n'ai jamais manqué de rien. Et je ne vais pas m'inventer une vie de difficultés financières. Pas en vivant encore chez eux, comme un Tanguy. J'étais déjà à l'époque discret, timide et peu bavard. Et les choses ne sont pas allé en s'améliorant. En même temps, quand on voit ce que les hommes sont devenus en moins de trente ans, on peut difficilement être pris d'empathie pour eux. J'ai l'impression que dans les années quatre-vingt, ils étaient moins égoïstes, avares, fainéants et plus respectueux des anciens et des jeunes. Mais je n'ai de leçons à donner à personne.

En 1985, j'avais la vingtaine. Mes parents avaient une petite maison perdue dans les collines. Le genre d'endroit, où quand tu oublies quelque chose à la boulangerie, soit tu attends le lendemain, soit tu reprends ta voiture pour une escapade d'au moins une demi-heure. Nous avions un chien, que j'avais appelé Rambo, comme le personnage du film, sorti deux ans plus tôt. J'étais un passionné de cinéma, et j'avais à l'époque près de deux cents cassettes vidéo. A cette période, pas d'internet, pas de téléchargement et encore moins de Blu-ray ou dvd. Si tu voulais un film, il fallait te déplacer jusqu'au cinéma ou guetter son passage à la télévision, ou bien, dernière possibilité, aller dans un vidéoclub. La première fois que j'ai rencontré Mélanie Durand, c'était au collège. Nous étions dans la même classe et nous nous étions tournés autour pendant la moitié de l'année scolaire, de septembre à Février. C'est d'ailleurs elle, qui est venue m'inviter à sortir un soir la première. Ce qui n'a étonné ni mes parents, ni Fred Castier, mon meilleur ami.

J'avais une Renaut R5, cinq portes de 1980, rouge vif. Et comme tous les jeunes, je passais plus de temps à la laver qu'à la conduire. Vous pouvez en rire aujourd'hui mais à l'époque c'était la voiture à posséder pour faire tomber les filles. Je m'occupais moi-même de la mécanique basique, laissant le soin à des gens plus compétents le nettoyage moteur, et les divers entretiens nécessitant de sortir le moteur du capot. Mélanie Durand et moi étions en couple depuis presque six ans, autant dire, toute une vie, quand on a vingt ans. Elle était la fille ainée d'une famille de trois enfants, dont les parents avaient le cabinet de notaires le plus connus des alentours. Ils avaient la réputation de faire les choses bien, et rapidement. Autant vous dire, que son avenir était tout tracé, comme celui de ses sœurs. Elles pouvaient sans problème espérer payer leur maison avec piscine et petit jardin en moins de trois ans. Elle était régulièrement convoitée autant pour sa beauté que pour la santé financière de ses parents. Mais c'était moi qu'elle avait choisi, et elle ne prêtait jamais attention à ses autres courtisan. J'avais été séduit par sa chevelure brune et ses yeux bleus. Et à cette période, en 1979, elle n'avait pas encore ses formes parfaites de la jeune adulte qu'elle est devenue. Je me suis toujours demandé ce qu'elle pouvait me trouver. Ce à quoi elle répondait toujours la même chose « Tu es gentil, doux et attentionné, tout en étant discret ».

C'est Fred Castier qui nous a permis de commencer une relation de couple. Etant le capitaine de l'équipe de rugby du collège, il était le petit favori de toutes les filles. Drôle, souriant, beau et bon élève. Bref, le mec parfait, sans défauts. Une sorte de gendre idéal pour toutes les mamans. Au collège il était en couple avec Charlène. Une fille quelconque, lui qui pouvait avoir toutes les plus belles filles de la ville, avait choisi la douceur et la gentillesse plutôt que le physique. Charlène n'était pas non plus moche, bien au contraire, mais elle n'était pas la mieux noté des filles. Une bande de crétins sans la moindre once de jugeotte avait trouvé de bon ton de noté les filles sur une échelle d'un à dix. L'échelle de Jacob, en rapport avec le nom de son inventeur. Mélanie et Charlène était de bonne amie à l'époque et Fred, même s'il ne l'a jamais dit, avait dû glisser quelques mots en ma faveur à Mélanie. Six ans plus tard, lui était célibataire, toujours capitaine de l'équipe, mais du lycée cette fois et moi, j'étais en couple avec la femme de ma vie, qui deviendrait ensuite ma femme quelques années plus tard. IL était toujours convoité, mais avait donné la priorité au sport. Un recruteur lui avait promis une place dans une des équipes les plus connues de la région après qu'il est été sélectionné en équipe de France, cette même année 1985. Dix ans plus tard, il allait devenir le joueur le mieux payé de France lorsque le rugby est passé professionnel, et investir dans une petite start-up qui allait faire fructifier son investissement et le hisser en tête des magazines économistes français. Il avait fini par se marier en 1996 avec une de ses secrétaires, avant de divorcer quatre ans plus tard, ce qui lui avait couté la moitié de ses capitaux. IL avait ensuite revendu ses parts avant que la société ne soit fermée pour évasion et fraude fiscale. Il avait eu de son propre aveu de la chance. Il avait ensuite rencontré une jeune étudiante, devenue avocate depuis, qui lui avait donné une petite fille, Claire début d'année 2005. Un adorable petit monstre, qui m'avait affublé du doux surnom de « tonton ». Je me sentais tellement bien avec elle. Mélaine et moi n'avions jamais pu avoir d'enfant.

L'idée d'adopter nous avait traversé l'esprit, mais nous espérions toujours un miracle. Nous avions pourtant investi nos économies dans un bel appartement trois pièces, et l'ex future chambre du bébé était devenu mon bureau. Dans cet endroit, que j'avais hais au début, après avoir appris que j'étais stérile, je prenais mes rendez-vous d'agent. Je gagnais correctement ma vie. Je n'avais pas de stars dans mon répertoire téléphonique mais plusieurs petits chanteurs, ou groupe de musiques dont je gérais les rencontres, les enregistrements et les concerts. Bref, de quoi remplir le frigo, payer les factures et nous accorder quelques extras de temps en temps. Mélanie travaillait comme responsable commercial dans une entreprise d'import-export. Je n'ai jamais totalement saisi l'intégralité de son rôle mais pour faire rapide, elle cherchait pour des entreprises françaises le meilleur rapport qualité prix des matières premières. Son plus gros contrat nous avait permis de partir en vacances quelques semaines en Asie et de changer notre vieille Clio 2 pour une Megane GTLine, qui me permettrait de paraitre plus classe dans mon travail.

Je sais parfaitement que vous vous demandez pourquoi j'écris tous ces détails, mais j'ai envie de raconter une dernière fois quels ont été les moments forts de ma vie. Pour le moment, rien de bien passionnant, une petite vie tranquille sans aucune prétention, le genre de petite vie tranquille que tout le monde recherche. Et hormis le désir d'être papa, j'ai été comblé sur tous les points. Une femme, des amis fidèles, un boulot, un chez-soi…

2

C'est le 14 Juillet 2016 que ma vie a définitivement basculée et m'a conduit à être assis, ici, devant une table en inox à écrire cette lettre d'adieux que surement personne ne pourra lire. Pas de fenêtre, une petite pièce de moins de six mètres carrés avec un chiotte qui pue constamment la vieille pisse et quatre caméras, une dans chaque coin, qui me reluque le cul quand je vais chier. Même mes repas, enfin ce que l'on peut assimiler à de la vieille bouffe mixée avec surement quelques pilules qui me coupent les jambes dès le matin, je dois les prendre surveillé par caméra. J'imagine que chacun de mes gestes doit être épié par quelques psychiatres. D'ailleurs s'ils lisent cette lettre, qu'ils en fassent une copie pour la faire étudier par leurs élèves lors d'un TD que j'imagine bien chiant et pompeux. Mais là n'est pas vraiment la question, disons que je profite de ce moment pour coucher chacune de mes pensées. Pas certain que je puisse encore le faire longtemps.

La première fois que j'ai vécu le 14 Juillet 2016, j'étais chez moi. Nous partagions un repas avec Fred, Alice, Claire leur adorable petit bout. Rien n'était prévu, mais Fred avait eu la bonne idée de passer à l'improviste à la maison, et comme Mélaine me le répète souvent : « Quand il y en a pour deux, il y en a pour quatre ». De ce côté-là, Mélanie et moi adorons recevoir à l'improviste, et nos soirées sont souvent plus réussies dans ces moments-là. Nous étions avachis littéralement sur le canapé avec Fred, en pleine digestion d'un poulet, pommes de terre au four, le tout arrosé d'une bonne bouteille de vin. J'aime le vin, mais je n'y connais rien. Je demande toujours l'aide de Fred pour le choix. C'est comme ça que j'ai appris que le vin rouge se mariait bien avec la viande alors que le blanc accompagne à merveille un plat de fruits de mer. Pour vous c'est peut-être anodin et d'une logique implacable, mais pas pour moi. Je me souviens parfaitement de chaque parole, et de chaque intonation de voix. Claire avait commencé : « Maman, s'il te plait je voudrais aller voir le feu d'artifice sur la plage, avec une petite voix à laquelle il était difficile de résister
- Ma chérie, tu sais bien que je n'aime pas trop quand il y a trop de monde, avait répondu Alice.
- Pour une fois qu'on est juste à côté, allez, s'il te plait s'il te plait s'il te plait.

- Fred ? avait interrogé Alice. A son intonation j'avais bien compris qu'elle cherchait du soutien auprès de son mari.
- Moi, en tout cas, je n'irai nulle part ce soir. Le poulet de Mélanie m'a scotché au canapé.
- C'est mon poulet, et pas les trois quarts de la bouteille que tu t'es enfilé, évidemment, avait répondu Mélanie, d'un ton moqueur.
- Je l'ai quand même aidé un peu plus qu'à un quart, avais-je répondu.
- Tonton Eric, tu m'amène ? avait dit Claire
- Tu sais que la cuisine de tata pourrait me faire couler au fond de la mer, plus rapidement que si je tenais dans les bras le rocher de Monaco.
- Non mais écoute moi le, celui-là, me lança Mélanie, en me jetant dessus le torchon de cuisine. SI maman n'y vois pas d'inconvénients, je vais t'amener moi. Tu es d'accord Alice ?
- Allez maman dis oui ! sautilla Claire dans tous les sens.
- Quelle bonne idée, on aura la paix une petite heure au moins, ajoutai-je en renvoyant le torchon en direction de Mélanie.
- Si je comprends bien et si je résume bien la situation, ton père est hors d'émettre quelconque avis, ta tante a juste envie d'aller elle-aussi voir le feu d'artifice, oncle Eric a juste trouvé la bonne excuse pour rester avec papa à rien faire et moi, toute seule, je ne fais pas le poids contre vous tous.
- Ouais ! Super ! Merci maman, merci tata !
- TU écoutes bien tata, et surtout tu ne lui lâches pas la main.
- Détends-toi, elle n'a plus cinq ans, avait souris Mélanie.
- Essayez de ne pas rentrer trop tard, que demain je travaille.
- T'inquiètes pas Alice, le feu d'artifice est prévu à 22h. Logiquement ça dure une petite demi-heure et ensuite le temps de rentrer, on sera là avant 23h. »

    Sur ces derniers mots, Mélanie et Claire sont allés mettre leurs chaussures. Mélanie était habillée d'une petite robe légère, elle qui a toujours chaud, et avait mis ses ballerines, celles qu'elle utilise pour aller faire quelques courses et qu'elle met pour les balades au bord de mer. Claire avait un pantalon de toile blanc et léger, un t-shirt avec un smiley, de ceux que l'on trouve sur les téléphones portables et une paire de chaussures blanches qui clignotent en bleu chaque fois qu'elle fait un pas. Autant vous dire que dans l'appartement, jusqu'à leur départ, j'avais l'impression d'être dans une boîte de nuit.

Il était près de 21h30 quand j'ai entendu la porte de l'appartement se fermer, accompagné des rires de ma femme ainsi que ceux de Claire. Je me souviens même encore avoir entendu la porte de l'ascenseur s'ouvrir sur le palier, et Alice aller voir si la porte avait été bien fermée. Alice avait marché le long du salon pour aller faire un signe de main à sa fille et à Mélanie. La promenade des anglais était à une dizaine de minute de marche de chez nous. Du balcon nous pouvions voir les feux les feux les plus hauts et imaginions sans problème les « OH » et les « Ah » de la foule, amassée sur le bord de mer pour profiter du spectacle. Peut-être même que Mélanie se serait arrêté prendre un cornet de glace pour la petite, avais-je pensé.

Un rapide coups d'œil à ma montre passé 22h20, m'avait fait prendre conscience que le feu avait duré quelques minutes de moins que les précédentes années. J'imaginais alors Claire, des étoiles dans les yeux, remonter le long des rues, satisfaite du spectacle visuel et sonore offert par les artificiers. J'imaginais aussi Mélanie, tenant la main de sa complice de soirée, remonter en trottinant les mêmes rues. Et cette simple pensée m'avait fait sourire, dans un premier temps. Avant que la triste réalité me revienne en pleine figure. Je ne pouvais pas être père, et je ne pouvais offrir à ma femme un statu de mère en plus de celui d'épouse. Il était déjà 22h40 quand j'avais repris mes esprits. Cela faisait vingt minutes que le spectacle était fini et toujours aucun signe d'elles.

« Arrête de t'en faire Eric, je suis sûr que Mélanie et Claire trainent le long de la prom, en mangeant une deuxième, voir une troisième glace, me lança Alice

- Ces deux-là sont les mêmes, ajouta Fred, elles ne pensent qu'a bouffer.

- Vous avez sans doute raison, mais… »

Je n'ai pas eu le temps de finir cette phrase, que des flashs lumineux bleus et des sirènes retentissaient de tous les coins de la rue. Des dizaines de camions de pompier et de police défilaient dans les rues. On aurait dit une répétition pour le début de l'Apocalypse. Sauf que c'était mon Apocalypse, ma fin de vie qui venait de débuter.

Un premier message sur mon téléphone, accompagne de la sonnerie dédiée à une information jugée importante par les applications de médias informatifs, me força à sortir de ma contemplation des lumières bleues pour porter mon attention sur le téléphone. Je me souviens d'avoir pensé « Putain les filles, j'espère qu'il ne leur ai rien arrivé », avant d'enchainer tous les scénarii en une fraction de seconde. Un feu retombé sur une voiture, des personnes brûlées, un accident de voiture, un immeuble en feu. Et puis, mes yeux ont transmis les informations à mon cerveau « Un camion fonce dans la foule à Nice Promenade des Anglais » J'ai levé les yeux, pour voir Claire, sur son portable, aussi blanche que le pantalon que portait le pantalon de sa fille. J'ai tourné la tête pour voir Fred, sur son téléphone, paralysé par la peur. Je me suis levé du canapé, tout en sentant mes jambes chavirer et mon cœur se serrer, j'ai composé dans un sentiment de malaise oppressant le numéro de Mélanie.

« Putain de merde, messagerie directe.

- Refais-le bon sang, me hurla dessus Fred, pendant qu'Alice portait son téléphone à son oreille.

- Messagerie directe aussi.

- Rien à foutre, on doit y aller lança Fred en se levant et en se dirigeant vers la porte. »

Je suis sorti pieds nus dans la rue, ne prenant pas la peine de mettre une paire de chaussures. En même temps, vous conviendrez aisément que ce n'était ni ma priorité ni le premier de mes soucis. Fred, Alice et moi, courions aussi vite que lors de nos jeunes années. Jeunes années plus éloignées pour nous que pour Alice, qui était déjà sanglotante. A ce moment-là, je ne sais pas pourquoi mais j'ai eut envie de la gifler, comme pour lui dire « Avec tes conneries, tu vas nous attirer le mauvais œil », le genre de truc auquel je ne crois absolument pas, enfin, le genre de trucs auxquels je ne croyais pas. Nous avons slalomé entre les voitures et police et les camions de pompiers, et entre les gens qui couraient et hurlaient dans tous les sens. Une scène que vous pourriez trouver ridicule, jusqu'à ce que vous la viviez pour de bon, dans le monde réel… J'essayais de glaner des informations tout en courant. J'ai entendu des bribes de conversations téléphoniques, telles que « Camion », « Bain de sang » « Fonçait dans la foule » et le pire de tous « attentat ». Je ne sais pourquoi, mais c'est ce mot qui m'a fait m'écrouler au sol pendant ma course. Fred, m'a aidé à me relever et m'a lancé

« Putain, me lâches pas maintenant, lève-toi vieux, je te promet après tu auras tous le temps de faire des malaises ! »

Je me suis relevé et j'ai repris ma course de plus belle. J'ai tourné la tête pour voir que nous avions distancé Alice, que je ne voyais plus. A moins que ce soit elle qui nous avait dépassé. En même temps, je ne sais même pas si j'aurai pu reconnaitre Mélanie dans ce mouvement de foule, tant les cris et les bousculades me donnait des vertiges. Je voyais au loin un attroupement de voitures de police et de camion de pompiers. Quelques personnes étaient agglutinées autour mais nous avions traversé le plus gros de la marée humaine. Nous avons dépassé la barrière de sécurité de fortune pour nous retrouver nez à nez avec l'horreur, avec ce qui semblai être la fin du monde. Des dizaines de corps jonchaient le sol. Je pouvais entendre des cris de douleur, que j'entends encore aujourd'hui, dans mes cauchemars. Le genre de cris qui vous réveillent en sursaut les nuits, et qui provoquent des sueurs froides. Je voyais des trainées de sang pourpres, des bras, des jambes des morceaux de tissus au milieu de flaques rouges. J'ai eu un premier haut le cœur en voyant ça, avant d'en avoir un deuxième, quand je me suis rendu compte que l'odeur de rouille pestilentielle qui me chatouillait les narines était celle du sang. Je me suis penché en avant pour vomir. J'ai remonté en titubant les trainées de sang, comme perdu dans un autre monde. Le bruit assourdissant des cris, des pleurs et des sirènes avait fait place à un sifflement qu'avec le recul je compare à des acouphènes.

Je voyais des vieux, des jeunes, des noirs, des blancs. Certains étaient au sol et bougeaient encore, certains étaient inertes, certains étaient défigurés d'autres assis au milieu du trottoir en pleure. Des draps blancs avaient déjà recouvert des silhouettes et d'autres étaient là en guise de couverture de survie, enveloppant des personnes assises ou debout. Tous semblaient être sous le choc de ce qu'ils venaient de subir. Pour chaque personne allongée, inerte, me venait une image de Mélanie et de Claire, allongée au sol, pleine de sang, et sans le souffle, et pour chaque image de personne pleurant, debout, me venait une image de Mélanie et Caire, debout l'une contre l'autre se serrant fort, mais en vie.

J'ai à nouveau sorti mon téléphone, refait le numéro, pour le même résultat que quelques minutes plus tôt. J'ai marché, pendant ce qui m'a semblé paraitre des heures, cherchant du regard une adulte brune, et une petite blonde. Il ne m'avait pas traversé l'esprit qu'elles avaient aussi pu être entrainées par la foule et qu'elles pouvaient être en train de sonner jusqu'à attraper des ampoules à la porte de l'appartement. J'étais désespérément seul, Fred et Alice étaient loin de moi, nous avions été séparés par la foule. Plus j'avançais le long des traces de sang et plus les corps étaient proches. J'ai pensé « Un putain

de carnage…C'est un putain de carnage » Peu à peu le sifflement s'estompa et une voix familière semblait m'appeler. J'ai tourné la tête sur la droite. Rien du tout. J'ai tourné la tête sur la gauche.
« Eric…
- Eric…
- Eric ! »
La voix me parvenait de mieux en mieux. Un visage familier, des yeux remplis de larmes, et des mouvements de bras semblables à ceux de l'époque du lycée quand il demandait une passe en profondeur. Fred était là, debout avec un drap blanc contre lui, qu'il tenait entre ses mains. J'ai couru comme par reflexe vers lui. Je pensais que peut-être il pourrait me sortir de ce cauchemar, de ces horribles visions. En arrivant près de lui je me suis rendu compte que ce que je prenais pour un drap vide était en réalité un drap dans lequel se trouvait Claire, indemne, une légère égratignure sur le visage et sur le bras gauche. Plus de doute possible, Mélanie, elle aussi était là. Vivante, comme Claire, ou morte avais-je aussitôt pensé. Je me suis agenouillé, en regardant la fillette dans les yeux, lui tenant les épaules. J'ai pris une inspiration, courte, bloquée par une tachycardie qui aurait pu me conduire vers un infarctus. J'ai essayé d'être le plus calme possible pour ne pas effrayer une enfant qui avait eu son lot d'horreur pour le reste de sa vie, et bien après.
« Ma chérie, sais-tu où se trouve Mélanie ?
- Je ne sais pas tonton, je te jure, sanglota Mélanie. J'ai vu le camion arriver et tata m'a poussé par-dessus la barrière. Je suis tombée sur la plage et je me suis cogné en glissant sur les cailloux. Je sais pas tonton, je sais pas, je sais pas, je sais pas… pleurait-elle.
- Hé ma chérie regarde moi
- Je te jure… Cette fois-ci elle ne put pas terminer sa phrase
- Regarde-moi, avais-je dis en pressant un peu plus ses frêles épaules, sentant la tétanie musculaire jusque dans mes avant-bras, calme-toi. »

Tout en répétant qu'elle devait se calmer j'ai tourné la tête légèrement à droite et j'ai vu un bras, reste d'un corps, visible, sous un drap blanc taché de sang presque noir. Du sang qui avait déjà coagulé sur le tissu. J'ai regardé plus en détail le bras pour voir apparaitre une alliance. Une alliance semblable en tout point à celle que j'avais offert à Mélanie le jour de notre mariage. Mes jambes n'ont pas tenue le reste de mon corps. Je me suis effondré, genoux au sol, mon cœur s'emballant un peu plus à chaque seconde. Je me suis hissé, pour ne pas dire ramper vers ce corps. Une ou deux personnes sont passées devant moi. Chaque fois qu'il passait je me tordais le cou pour essayer de voir, si par miracle, le drap n'allait pas se soulever. J'ai regardé au niveau de la poitrine, guettant le moindre mouvement sans jamais apercevoir le moindre soubresaut. Des secondes, qui me parurent des heures plus tard, j'étais devant ce bras, devant cette main. Plus de doute, ma femme, ma si douce femme, ma Mélanie était allongée, sans vie sur le sol. J'ai étouffé un premier cri avant de pleurer tout en soulevant le drap qui avait collé à la peau du corps, de celle qui riait encore une heure avant. Elle avait une partie du visage arrachée. C'était la dernière image que je garderais de ma femme. Une vision qui allait me procurer des réveils nocturnes terrifiants, encore aujourd'hui.

Le reste de la soirée est toujours encore flou. Je sais que Fred est venu m'aider à me relever et j'ai terminé ma nuit dans le hall d'un hôtel de la Côte transformé pour l'occasion en hôpital de fortune. Les femmes de chambres, les cuisiniers, tout le monde avait revêtu un uniforme qui n'était pas le leur. Ils étaient devenus pour une nuit, les anges qui allaient veiller sur les blessés légers et les familles des victimes. Plus tard dans la soirée, des psychologues avaient rejoint les rangs, et évidemment le lot de vautours qui allaient avec. Les médias, qui venaient interroger les gens qui avaient perdu un ami, un frère, un fils, un père, une mère, une fille… Caméra sur l'épaule, se délectant de chacune des trouvailles macabres. Une chaine de télévision avait même dû présenter des excuses publiques pour leur manque de professionnalisme. Je hais cette profession. Plus le scoop est macabre, plus ils pensent « Super, on va faire une belle émission avec un joli audimat ». La seule pensée de leurs réunions me donne encore envie de vomir. J'aurai envie de vous dire que je sais que tous ne sont pas comme eux. Comme les corbeaux noirs qui viennent bouloter les restes d'une carcasse encore fumante, mais ce n'est pas possible.

3

Trois jours plus tard, Mélanie était enterrée dans notre petit village natal. L'Eglise était pleine. La famille, les amis, les voisins, et même des inconnus étaient venus lui dire un dernier adieu. J'ai même revu des compagnons d'infortunes de cette nuit, venus me soutenir. Fred, Alice et Claire était au plus proche de moi. J'ai pu compter sur eux tous les jours pendant plus de deux semaines. Ils m'amenaient chaque jour de la nourriture, qui finissait à la poubelle, faute de faim. Ils ont géré mes affaires d'une main de maître et ont recueillis tous les mots de condoléances que je recevais chaque jour. Je sais que les gens font cela pour montrer leur soutien, mais lire chaque jour des dizaines de courriers de clients vous présentent leurs soutiens, leurs pensées, leur tristesse, leur accompagnement, leur présence vous enfonce un peu plus dans les méandres de l'horreur. Je sais que peut-être vous allez vous poser la question à la lecture de cette lettre, mais je jure devant Dieu, si tant est que je puisse encore y croire, que je n'ai jamais éprouvé la moindre jalousie que le sort ait épargné Claire plutôt que Mélanie. J'ai même la conviction que Mélanie a sacrifié sa vie pour celle du petit monstre d'amour. Comment croire en Dieu, quand on voit de telles horreurs ? La Bible nous enseigne que Satan est le prince de ce monde…

Mais si on admet l'existence du diable sur terre, on doit admettre aussi l'existence d'un Dieu. Aujourd'hui j'ai la certitude qu'il existe au moins un diable dans notre monde, mais j'y viendrai un peu plus tard.
Pendant plus d'un mois, je me suis coupé des réseaux sociaux, de la télé et des journaux. Quand on lit que certains crient au complot, que tout est faux, j'ai juste envie d'aller les chercher par la peau du dos et leur enfoncer la tête sous la terre qui recouvre désormais le corps de celle qui partageais ma vie. J'ai échappé aux hommages des politiciens, et refuser des interviews des charognes qui me proposaient même de l'argent en échange d'une exclusivité. J'ai dû changer de numéro de téléphone, et j'ai bien failli déménager, au moins le temps que tout se passe, et se calme.

    La première fois que tout a basculé, la fraicheur de l'Automne venait taper à la porte. Au moins d'Octobre, le 11 Octobre 2016, pour être précis, j'ai pris la décision de sortir prendre l'air. Jusqu'alors, mes seules sorties se résumaient à une visite au cimetière pour arroser les plantes, et m'asseoir devant la tombe de Mélanie, à qui je racontais mes journées, et à qui je confiais mes humeurs du jour. Mais ce jour j'ai eu besoin, presque attiré par une force mystérieuse, de sortir ailleurs, d'aller dans un endroit encore presque inconnu pour moi. Un des derniers vide grenier de l'année, quartier du port, avait retenu mon attention. J'arpentais les étales, essentiellement couvertes de vieilleries, dont la simple idée de les proposer à la vente était une honte. Des vieux machins, comme disait ma mère, à peine dépoussiérés, que tu vas acheter pour les entasser dans ta poussière, jusqu'à ce que tu les proposes à ton tour à de nouvelles molécules de poussière. Ce qui, reconnaissez-le, est assez vrai. A une des extrémités se trouvait un banc, face à une rangée de bateaux dont les mouvements au rythme des vagues donnaient l'impression d'une danse. J'ai pris la décision de m'asseoir, et de profiter d'une brise fraiche, et d'un soleil assez doux. J'ai pris une grande inspiration, qui me fit presque mal aux poumons.

J'ai alors pensé « Ca doit être la première fois que tu respires aussi profondément depuis le mois de Juillet ». A y réfléchir, c'était la vérité. J'ai même pensé un court instant que peut-être le temps commençait doucement son œuvre sur mon deuil. La brise semblait me caresser doucement la joue droite en murmurant « IL est temps de recommencer à vivre Eric » Une voix grave, à la tonalité bariton me sortit de ma méditation
« Belle journée pour prendre l'air, n'est-ce pas ?
- Oui, en effet, répondis-je poliment mais sèchement pour couper court à toute discussion.
- On prend trop peu de temps pour profiter des choses simples que nous offre la vie.
- Très vrai, dis-je tout en me retournant pour voir qui était mon interlocuteur »
C'était un homme, assez âgé, plus proches des 80 ans que des 60, en costume noir, cravate blanche impeccable et petit chapeau, couvrant une chevelure poivre et sel. Il avait les trais fins, des traits qui ne correspondait pas du tout avec sa voix. On aurait dit un petit vieux sortis d'un autre temps.
« On prend trop peu de temps pour apprécier le moment présent, et souvent, on pleure les moments passés, ajout a-t-il.
- Oui, les moments présents deviennent ensuite des moments passés, répondis-je
- Et on finit par oublier le passé, vouloir que le présent passe vite. Et quand arrive le dernier âge, on pleure de retrouver les moments partis trop vite.
- Parfois on donnerait n'importe quoi pour retourner dans le passé, changer une petite chose et être plus attentif et reconnaissant de ce que la vie nous offre.
- Je m'appelle Aristide Chauret, ravi de bavarder avec vous.
- Eric Darlène, plaisir partager, dis-je, tendant la main »

Mon nouvel ami me tendit la main également. La poignée de main, non plus, à l'instar de la voix, semblait ne pas correspondre avec le personnage. « Encore une impression due à ta formidable sociabilité Darlène » avais-je pensé.

« Je viens ici presque tous les jours, à cette heure-ci. C'est la première fois que je vous vois. Pardonnez mon impolitesse, mais vous êtes du coin ?

- Pas du tout, je suis plutôt du quartier Nice promenade, mais j'avais envie de casser la routine et besoin de m'aérer l'esprit.

- Vous savez à quoi je pense ? interrogea le vieil homme.

- Non, pas du tout, répondis-je à voix haute tout en pensant, espèce de vieux fou, je te connais depuis moins de cinq minutes et tu veux que je devine tes pensées ?

- Qu'est ce qui nous amène, tous les deux à nous rencontrer aujourd'hui ? Parfois je regarde les gens dans la rue et je me pose la question suivante : Quel est le parcours de vie de cette femme, de cet homme, pour que nous soyons amenés à nous croiser, aujourd'hui, maintenant ?

- Il m'est arrivé de me poser la même question, plus jeune, répondis-je. Et c'était vrai.

- Vous voulez en parler ? demanda-t-il

- J'ai perdu ma femme pendant les attentats du 14 Juillet. Les mots étaient sortis de ma bouche sans que j'y prête attention. J'étais en train de me confier à un type que je ne connaissais même pas.

- OH, je suis désolé de l'apprendre jeune homme. Du coup, je suis désolé d'avoir parlé du passé, du temps qui passe. Je ne savais pas.

- Vous venez de le dire, vous ne saviez pas. En repensant au passé, il y a des choses que je changerais, ce fameux soir, tellement de choses. Et pas que ce soir-là d'ailleurs »

J'ai repensé à toutes nos disputes, tellement ridicules pour des broutilles, et je mettrai ce temps à contribution, pour l'embrasser, pour

la serrer dans mes bras, pour lui faire l'amour, pour lui dire à quel point elle compte pour moi, à quel point je l'aime. A quel point elle me manque quand elle part au travail, quand elle n'est pas contre moi. A quel point son parfum me manque, à quel point ses baisers me manquent. Son rire, son sourire en coin quand elle trouve une de mes blagues nulles mais qu'elle ne veut pas me faire de peine ou me contrarier. Je pourrai vous écrire une liste aussi longue que l'encyclopédie Universalis.
« Et si, je vous donnais la chance de changer le déroulement de cette soirée ? lança Aristide
- Vous vous moquez de moi monsieur, ce n'est pas très sympathique de votre part.
- Je n'y met qu'une seule condition cependant, personne ne doit être tué, vous ne devez pas changer le cours de l'histoire, et le plus important, vous ne devez pas vous rencontrer vous-même, ni parler à un membre de votre famille. Disons que ce sont les règles qui sont fixées. »
Et, je me suis surpris à rentrer dans son jeu et à lui répondre
« Je dirais que je serais prêt à respecter n'importe quelle règle, pourvu que je puisse récupérer ma femme.
- Et bien jeune homme, commença le vieil homme en se levant, ce soir, laisse toi aller dans les bras du sommeil, et change ton passé. Mais souviens-toi, ne change que ce qui est nécessaire à ton propre salut. Je m'excuse, mais ma prostate prend une place non négligeable et je dois retourner chez moi, à mes petites affaires »

Tout en repensant à ce que je pourrais faire, si la chance m'était donnée de changer les choses, j'ai regardé Aristide Chauret s'éloigner de moi, avant de me rendre compte, qu'il avait oublié une montre sur le banc. Je me suis levé tout en gardant la silhouette fine et longue dans le champ de vision. Je prenais une petite foulée pour lui rapporter son bien quand un bus passa à seulement quelques centimètres de mon nez, manquant de m'enlever un bout de ventre, qui était avec l'âge, plus avancé que mon nez, quand on me regardait de profil. Une fois le bus passé, j'avais perdu de vue le vieil homme. J'ai remis la montre dans ma poche et j'ai repensé à ce qu'il m'avait dit, sur ses passages quotidiens ici.

Le soir venu, probablement un peu perturbé par ma rencontre de la journée, ma première remise en selle dans l'univers étendue du post 16 Juillet 2016, je me suis mis dans mon fauteuil et pris ma tablette. J'ai tapé « attentat du 16 Juillet Nice » et j'ai parcourus quelques articles, avant de finir sur Wikipédia. Passé une heure du matin, la fatigue aidant et le ridicule de la situation ayant eu raison de moi je suis parti me coucher. « Pauvre imbécile, à quoi tu pensais ? Tu y as cru ? » Oui j'y avais cru, l'espace d'un instant, coincé dans le passé, j'avais cru aux dires du vieux fou. Quand on est dans la peine et dans la détresse, on est capable de tout croire ou de tout essayer pourvu qu'on ait le sentiment d'avoir tout essayé. Et c'est une chose que les voyants et les pompes funèbres ont bien compris. Sur ces pensées, j'ai fini par trouver le sommeil.

4

J'ai ouvert les yeux, au milieu de la ville, titubant, comme si je venais de faire un malaise. Pendant quelques secondes, dix tout au plus, j'ai été envahi de vertiges, comme si je venais de passer un cycle intensif dans une machine à laver le linge, celles que l'on trouve dans les lavomatiques. Je me suis mis à genoux, j'ai un pris une grande inspiration. L'air semblait chaud, comme une soirée d'été, presque brûlant même lorsqu'il s'engouffrait dans mes poumons, apportant l'oxygène nécessaire, pour que je reprenne mes esprits, juste avant de vomir. La dernière fois que j'ai vomi, c'était le 14 Juillet 2016, au milieu d'une foule abasourdie. J'ai effleuré ma poche pour en sortir mon téléphone, qui ne s'y trouvais pas. J'ai regardé ma montre. 21h00 exactement. J'ai regardé autour de moi pour y voir des gens en pantacourt, en chemisette, des femmes en robes, en débardeur et quelques enfants avec des petites vestes légères. Comme je l'ai déjà écrit précédemment, quand le malheur et la peine vous frappe, vous êtes capables de croire n'importe quoi, pourvu que vous y trouviez une minuscule lueur d'espoir. Et si ce vieux fou m'avait réellement offert une chance de changer mon passé ? Je me suis relevé, et je me suis mis debout, tout en regardant autour de moi, et j'ai fermé les yeux. Je me suis imprégné de l'air ambiant, de cette douce odeur de mer, odeur iodée qui vient vous chatouiller les narines et déposer une fine couche de sel sur les lèvres. Je me suis dirigé vers un couple d'hommes d'âges mur qui était juste à côté de moi.

« Excusez-moi, je vais peut-être vous poser une question qui peux vous semblez étrange, mais, quel jour sommes-nous ? demandai-je un peu gêné.
- Vous allez bien monsieur, vous semblez perdu, et vous êtes d'un pâle, assez effrayant, sans vouloir vous manquer de respect, me répondis le plus jeune.
- Disons que j'ai eu une journée assez difficile, longue et qu'elle m'a fait perdre la notion du temps.
- Nous sommes le 14 Juillet, commença alors le plus âgé des deux hommes. Vous êtes sûr que tout va bien ?
- Oui, je pense que tout…va bien. Je… heu, vous remercie, et je vous souhaite une bonne soirée, et surtout, je veux dire… ne vous attardez pas trop dans les environs ce soir ?
- Ah oui ? pourquoi ?
- Ils annoncent une énorme tempête de vent et des risques de grêle sur cette partie de Nice.
- Ah oui ? Vous bossez à la météo ?

- Oui, dis-je en reprenant mes esprits. Il se peut même que le feu d'artifice soit annulé. Nos services sont en relation avec la mairie en ce moment. Bonne soirée monsieur »

Je ne pris pas la peine de m'attarder plus que de nécessaire, et repris mon chemin jusqu'à ce que je puisse voir à quelle rue je me trouvais. Quand j'y repense. Dire que je travaillais à la station météo. J'ai dû leur paraitre bien louche. Mais peu importe, si j'avais pu sauver aussi deux autres vies, c'était tant mieux.

Je sais que le camion est garé dans un coin, quartier Auriol, et que c'est un engin de location de la marque Renaut. J'ai moins d'une demi-heure pour me rendre sur les lieux et trouver quoi faire. Je pourrai appeler ma femme pour lui dire de ne pas quitter l'appartement. Je pourrai appeler Fred, au même m'appeler moi-même, mais impossible qu'ils ne me croient. Sans compter que je romprais les règles de Chauret. Je ne me vois pas m'appeler moi-même en me disant « Hey, salut c'est moi, enfin c'est toi mais une version du futur. Un vieux fou me donne une chance de réparer le passé, alors, ne laisses pas partir ta femme, elle va se faire tuer dans un attentat… » Je pourrai aussi appeler les flics, à condition que je trouve un téléphone, ou une personne qui voudrait bien m'en prêter un, ou alors simplement en voler un. Mais si je me prends un bon crochet du droit, je vais dormir pendant quelques heures et finit la soirée. Si je vais directement au commissariat, je vais finir en prison, à condition qu'ils me prennent au sérieux et tôt ou tard je finirai par rencontrer mon autre moi-même et là, ce sera une belle merde. Ma seule solution est d'aller directement sur les lieux où le camion est garé, et le saboter. Je pourrai aussi tuer le terroriste mais je ne sais pas à quoi il ressemble et je risquerai de me prendre une balle dans la tête, ce qui ne servirai à rien. Et là, à cet instant je me suis mis à penser que dans cette éventualité, je serai juste aux côtés de ma femme, réunis… Mais j'avais aussi une chance de sauver plus de 80 personnes, et autant de familles, encore plus d'amis, encore plus de proches. La seule solution, alors envisageable dans un laps de temps aussi court était de saboter le camion, afin qu'il ne puisse pas démarrer.

Je me suis mis à courir de plus en plus vite vers le bout de la rue, et j'ai pris à droite sur le boulevard Auriol, pour le remonter. J'avais une chance sur deux pour que le camion soit sur ma montée, mon instinct me dictant de courir dans cette direction. C'est incroyable de voir à quel point nos sens s'aiguisent dans de pareilles circonstances, à quel point ce sixième sens auquel je crois depuis toujours se déclenche avec la montée d'adrénaline. J'ai lu quelques études sur le sujet, mais comme il n'y a aucune preuve scientifique, les scientifiques passent pour des illuminées et sont vite mis au banc par leurs pairs, mais que voulez-vous c'est notre société qui veut cela. J'ai écrit plus haut que la chance n'existait pas, et que si ce soir j'avais pu prendre la bonne direction, c'était, guidé par ce sixième sens, par le désir de sauver ma femme, de sauver Clair et d'empêcher toute ces personnes de mourir.
Au loin j'aperçu un camion de la marque Renault, correspondant aux images que j'avais vu la veille. 21h10. Je savais aussi que le terroriste, avait pris les commandes de son engin de mort autour des 21 h30. J'avais vingt courtes minutes pour saboter le poids lourd, sans me faire voir.

J'ai longé le trottoir, sans trop me précipiter, afin de ne pas attirer l'attention des voitures qui passaient, sachant pertinemment qu'aucune ne ferait attention à moi. Mais vous connaissez l'histoire. Dès que vous devez vous montrer discret, vous avez l'impression que tout le monde vous regarde et sait que vous préparez quelque chose. Le moment était aussi venu de choisir mon mode opératoire. Crever les roues du camion ? Exploser une vitre ? Vider le réservoir ? N'ayant aucun outil tranchant sur moi, il me semblait que la seule alternative était de dégonflé les pneus du camion. Je me suis penché vers les roues du camion et j'ai dévissé lentement le bouchon de valve. Mon cœur a accéléré, mes mains tremblaient tellement que j'vais du mal à rester concentré sur ma cible. J'ai pris plusieurs inspirations longues, tremblantes, sans résultat. Plus les secondes passaient et plus je tremblais. Une fois le bouchon au sol, j'ai appuyé de toute mes forces sur l'embout, sans que le moindre sifflement se fasse entendre. « Impossible de dégonflé ces putains de roues » avais-je grommelé. Pris par la panique, je me mis a sentir des larmes couler le long de mes joues. Je me suis relevé et ait réfléchis une seconde. J'ai enlevé mon t-shirt que j'ai roulé autour de ma main avant de frapper la vitre du camion, côté passager. A part sentir une douleur dans mon poignet, rien d'autre. La vitre était intacte. J'ai alors défait ma montre pour m'en servir comme d'un poing américain. J'ai armé mon poing et frappé de toute mes forces. La vitre s'était brisée en son centre, exactement là où j'avais frappé. Le long de ma main coulait maintenant une chaude trainée de sang frais. J'ai entouré à nouveau ma main avec mon t-shirt, pour extraire un morceau de verre pointu. Ma main me faisait souffrir, mais je n'y prêtais aucune attention. Je me suis mis accroupi contre les roues et j'ai envoyé plusieurs coups en direction des pneus avec ma nouvelle arme. Au bout du troisième coup, un filet d'air vint me caresser la joue, soulevant mes cheveux couverts de sueurs. Si les circonstances n'avaient pas été celles qu'elles sont, j'aurai même trouvé cela agréable. Et d'ailleurs, j'avais trouvé cela agréable dans le sens où ce filet d'air signifiait que j'avais réussi mon entreprise.

    J'ai répété l'opération sur l'autre roue avant, côté conducteur et sur les quatre roues arrière. Chaque fois, le filet d'air semblait plus frais. J'ai lâché le morceau de verre, couvert lui aussi de sang, avant de dérouler le t-shirt. Ma main était couverte de sang, s'échappant à la fois des phalanges et du dessus. J'ai déplié mes doigts pour voir qu'une entaille béante suivait le chemin de la fameuse ligne de vie, si chère aux voyantes. J'ai ramassé instinctivement le reste de mon t-shirt et le morceau de vitre rouge avant de prendre mes distances. Je me suis assis dans un petit renfoncement et j'ai posé la têtc, exténué, couvert de transpiration, contre un des tableaux de relevé de compteur de gaz d'un bâtiment. J'étais pris à nouveau de vertiges, d'envie de vomir et de frissons. Je ne savais pas si cela venait de ma course effrénée pour arriver à temps au camion, si c'était la quantité de sang que j'avais perdu, mais j'éprouvais le besoin de fermer les yeux. Je n'avais plus le force de me lever. J'ai aperçu au bout de quelques minutes une silhouette s'approcher du camion et se mettre à courir ensuite après avoir fait demi-tour. Puis j'ai fermé les yeux et sombré.

Je me suis réveillé dans mon lit, dans mon appartement. J'ai regardé l'heure en face de moi. Quatre heure du matin. Ce n'était qu'un rêve. Il m'avait paru si réel pourtant. J'ai pensé que j'étais un imbécile d'avoir cru en ce vieux fou. Je me suis surpris à esquisser un sourire moqueur. Je pensais à ma femme, et j'ai senti quelques larmes perler sur mon nez. Je me suis tourné, et j'ai vu une masse à côté de moi sous la couette.

« Mais bordel de…, dis-je en bondissant hors de lit avant de chuter, les fesses au sol.

- Hé, hé, calme-toi me dis une voix très familière. »

La lumière s'alluma et le visage de Mélanie apparu devant moi, ses yeux bleus me fixant, l'air inquiet.

« Hey, ça va ? Tu as dû faire un cauchemar. Ho, ce que tu es blanc, on dirait que tu viens de voir un fantôme, ajouta-t-elle en souriant. »

Son sourire, son si joli sourire, ces yeux bleus, ces cheveux brun, décoiffés par une nuit de sommeil. C'était bien elle, devant moi, sa nuisette dévoilant son épaule, et une partie de sa poitrine. Mélanie était là, devant moi. Je me levai d'un coup sec, et je me jetai presque sur le lit afin de l'étreindre, de la serrer fort contre moi, laissant les larmes couler à nouveau. J'avais bel et bien obtenu une chance de tout changer, de changer ma vie, celle de ma femme.

« Doucement, tu vas finir par me faire mal à me serrer comme ça, dit-elle, me caressant les cheveux. »

C'était une sensation si agréable de sentir ses doigts passer dans mes cheveux. Son corps sentait bon la crème à la noix de coco qu'elle se passait après la douche pour garder une peau douce et hydratée. Je me nichai dans son cou, l'embrassant, la reniflant.
« Ce n'est rien, tu as dû faire un cauchemar, rendors-toi maintenant, tout va bien »
Oh que oui ! Tout allait tellement mieux maintenant. Tout allait aller tellement bien. Cette nuit, je me suis collé à elle, je ne l'ai pas lâché du reste de la nuit, passant mes bras autour d'elle, juste en dessous de ses seins. J'ai passé un des meilleurs moments de ma vie. C'est quand vous avez perdu ce qui vous ait le plus chère que vous vous rendez compte à quel point il vous manque. Une expression classique, une expression presque clichée, mais tellement réelle, croyez-moi.

Au petit matin, je me suis précipité sur mon téléphone. J'avais oublié l'espace d'une fin de nuit, l'attentat du 14 Juillet 2016, et je voulais savoir si j'avais réellement empêché la mort de plus de quatre-vingts personnes, si j'avais eu la chance de devenir un héros, un héros qui resterait à jamais inconnu et secret. J'ai tapé, non sans appréhension « attentat du 14 Juillet » sur Google. Aucun résultat. J'ai vérifié la même information sur mon ordinateur portable. Aucun résultat ensuite. J'avais déjoué un attentat, moi une personne lambda. J'étais fier de moi. Je me suis dirigé vers la cuisine, pour préparer le petit déjeuner pour ma femme. J'avais juste envie de retourner dans le lit et de profiter de la chaleur de son corps, mais lui préparer le petit déjeuner est une des choses, qui peut vous paraitre banal, mais qui m'avait le plus manqué. J'ai allumé la cafetière et j'ai mis deux bols que la table de la cuisine. J'ai sorti le beurre et la confiture et chercher du pain sur le plan de travail de la cuisine, sans succès. J'ai pris ma veste et mis une paire de chaussures avant de sortir sur le palier. J'ai pris l'ascenseur. Une fois dehors, j'ai respiré à plein poumons. L'air était frais et doux. J'avais l'impression de renaître, de me réveiller d'un mauvais rêve. Tout ce

que je voulais maintenant, c'était profiter de cette deuxième chance que m'avais offert la vie, ou du moins Cholet. Je devais le remercier. « J'irai demain, à sa rencontre. Un remerciement est le moins que je puisse faire ». Je suis rentré dans ma boulangerie habituelle, qui semblait sentir encore meilleur que d'habitude et commander deux baguettes.
« Pas trop cuite c'est ça ? me demanda la boulangère.
- Exactement, comme d'hab, dis-je en souriant »
J'ai payé et je suis parti.

En entrant à nouveau chez moi, j'ai vu Mélanie, blême, près du téléphone. Encore euphorique de ma nouvelle vie, je n'y ai pas prêté beaucoup d'attention et je me suis dirigé vers elle, les baguettes à la main et la veste encore sur moi pour l'embrasser.
« J'ai une mauvaise nouvelle à t'annoncer, commença-t-elle la voix à peine audible. »
Peu importe, elle ne pouvait pas plomber une si belle journée qui commençait. Je suis resté silencieux, tout en la fixant. J'ai compris que c'était vraiment sérieux quand j'ai aperçu les premiers signes physiques de sanglots. Elle reprit « Fred… il s'est suicidé cette nuit…la police vient de le retrouver. C'est… sa voisine qui vient de m'appeler. Ton numéro était inscrit en ICE sur son calepin… »
Je suis en premier lieu resté abasourdi, totalement idiot devant une telle nouvelle.
« Mais, enfin, pourquoi aurait-il fait cela ? En changeant le cours des choses, j'ai… »

Je me suis arrêté dans mon élan. En crevant les roues du camion, Claire et Mélanie sont allés au feu d'artifice et sont revenues. Comme une soirée normale finalement. Pourquoi, est-ce que. C'est à ce moment que j'ai appris ce que des mots comme « le destin », comme « l'effet papillon » cachaient comme sens. J'ai demandé à Claire de se calmer et je lui ai raconté mon histoire. Celle que je vivais depuis plusieurs mois, dans le deuil. Elle a eu du mal à me croire, mais s'y est faite, enfin, je le pense. Et elle m'a raconté, ce qui s'était passé entre le 14 Juillet 2016 et aujourd'hui, le 12 Octobre 2016. J'avais, effectivement éviter un attentat le soir du 14 mai, le jour de la rentrée, un homme du nom de Lahouaieij s'était fait exploser dans un collège, causant la mort de plus de deux cents personnes. Des jeunes collégiens, des parents et des enseignants avaient trouvé la mort, dont Claire et sa mère Alice. Nous étions allés aux funérailles, et depuis, Fred était prostré chez lui, refusant de voir qui que ce soit. Il refusait de nous voir, même nous, et avait même dit à Mélanie qu'il aurait préféré que ce soit nous, dans les cercueils sous terre. Mélanie ne lui en avait pas tenu rigueur. Et comment le pouvais-je moi ? Une fois, peut-être je m'étais imaginé à la place de Fred et Alice, ce soir-là, debout sur le trottoir entrain de les regarder pleurer leur fille pendant que moi, j'aurai serré la main de ma femme, les yeux remplis de larmes devant ce spectacle affreux. J'avais sauvé la vie de ma femme, ma vie, et celles de 80 personnes. Mais j'avais aussi participé à faire le double de victimes, et détruis la famille de mon meilleur ami.

Je me suis mis en tête d'aller à la rencontre de Chauret, afin de trouver une sortie différente. S'il m'avait accordé une fois le droit de changer mon avenir, alors, il pourrait le faire une seconde fois. Du mois c'est ce que j'avais espéré.

Cet après-midi du 12 Octobre, je me suis rendu au port, et je me suis assis sur le même banc. J'avais pris la montre oubliée par le vieil homme, que j'avais glissé dans ma poche. L'air était frais, comme celui de la veille, enfin, celui de la veille pour moi, un 11 Octobre qui n'avait jamais existé pour personne d'autre que moi, et éventuellement pour Chauret. Je m'impatientais quand je vis un homme s'asseoir à côté de moi. C'était un homme jeune, la trentaine en costume noir, les trais fins et les yeux verts. Il devait bien mesurer un bon mètre quatre-vingt-dix et peser quatre-vingts kilos.

« Je suis désolé monsieur mais j'attends quelqu'un, dis-je en essayant de ne pas paraitre trop sec dans ma voix.
- Je sais. Et il se pourrait même que ce soit moi que vous attendiez.
- Je ne crois pas, j'attends un certain Aristide Chauret.
- C'est donc bien moi que vous attendiez monsieur, répondis mon interlocuteur avec une voix posée et basse.
- N'importe quoi. Je m'excuse par avance mais je n'ai pas le temps ni l'envie de jouer aujourd'hui, répondis-je sèchement, à limite de l'agressivité.
- Tous le monde court après le temps. Personne ne prend plus le temps de profiter du moment présent et de prendre le temps de regarder le temps passer.
Mais, je… enfin vous, bafouillai-je »
Comment était-il possible que je me trouve devant une personne qui hier paraissait être plus proche de la fin de sa vie que de son commencement, pour aujourd'hui, le lendemain, me retrouver devant une personne plus jeune ?
« Le Aristide d'hier était celui d'un autre temps, d'un temps dans lequel vous aviez perdu votre femme. Je suis toujours Aristide Chauret, mais celui de votre nouveau temps. Vous, les humains, ne comprenaient tellement rien à la notion du temps, se mit-il à sourire, d'un sourire sarcastique. »
  Je restai sans voix au départ, quelques secondes, avant qu'il ne reprît
« J'en veux pour preuve, ma montre, oubliée, hier selon votre notion du temps, que vous avez aujourd'hui dans votre poche. »
Je sorti la montre de ma poche, la fixant, sans me rendre compte au premier abord que l'heure indiquée n'était pas juste. Je la tendis à Chauret.
« Voyez-vous, monsieur, en remontant cette montre, je peux vous renvoyer à nouveau le soir du 14 Juillet, et vous offrir une nouvelle

chance de changer le passé. Mais la première fois était gratuite, la deuxième ne le sera pas.
- Dites-moi ce que vous voulez.
- Vous êtes bien certain de vouloir à nouveau prendre le risque d'aggraver les choses. Peut-être que cette fois, vous allez faire différemment mais qu'à votre réveil, un enchainement de faits aura provoqué une guerre mondiale. On ne joue pas avec le temps, sans prendre des précautions.
- Je vous le répète, demandez-moi ce que vous voulez.
- Voyez-vous, mon employeur est friand d'âmes tourmentées.
- Si vous me garantissez qu'il existe une façon de sauver à la fois ma femme et la famille de mon meilleur ami, je vous donne mon âme.
- Attention ceci n'est pas un jeu. Au moment où vous donnerez votre accord en pleine conscience, il n'y aura plus aucune façon de revenir en arrière.
- Je vous l'ai déjà dit, je suis prêt à tout.
-Une des règles que je vous ai imposée était de ne pas prendre de vie directement, disons que je peux éventuellement vous autoriser une entorse à cette règle. Si vous supprimez le terroriste avant qu'il ne prenne son camion, vous pourrez alors effectivement sauver la vie de votre femme et celle de vos amis.
- Et ça veut dire quoi être friand d'âmes tourmentées ?
- Vous donnez le droit à mon employeur de disposer de votre âme à sa guise.
- Vous pourriez être un peu plus clair ?
- Le jour venu, durant lequel vous devrez payer votre dette, mon employeur viendra vous chercher pour vous emporter, autrement dit, le prix à payer est votre vie, dit Chauret en souriant, découvrant une dentition blanche et impeccable.
- J'accepte dis-je sans réfléchir, prêt à tout pour remettre les choses comme elles devraient être.

- Je vais vous offrir alors un troisième 14 Juillet 2016, alors. Ce soir, quand vous serez chez vous, prenez de quoi travailler correctement, cette fois »

Puis Chauret se leva et parti, dans laisser sa montre cette fois. Le soir venu, j'avais dans ma poche un pistolet à plombs destiné au tir sportif, que j'avais acheté le jour même à un particulier sur le boncoin. J'avais conscience que ce devait être une arme volée mais je m'en fichais, étant donné que ce 12 Octobre 2016, allait vraisemblablement être effacée de l'histoire. Une fois les vertiges identiques à mon premier voyage venus, je me suis avachi dans mon fauteuil. J'ai ouvert les yeux dans la même ambiance que la veille. Et ainsi commença mon troisième et dernier 14 Juillet 2016.

5

J'ai ouvert les yeux, dans une chaleur humide, identique à la veille. J'ai dessuite mis la main sur ma poche, afin de pouvoir sentir le pistolet, dans ma poche. Il était là, collé à ma cuisse. Mon seul ami pour cette soirée, pour ce jeudi. Maintenant que j'avais fait les vérifications, il me fallait savoir avec précision l'endroit où je me trouvais. Je devais au moins trouver le nom de la rue. C'est stupide, si j'avais su, j'aurais embarqué mon téléphone, ou au moins une carte de la ville. Je suis sûr que certains de ceux qui liront cette lettre se diront la même chose. A ceux-là, je leur répondrai que c'est comme quand vous regardez un jeu à la télévision. La plupart du temps vous avez les réponses et vous ne devez pas réfléchir plus de quelques minutes afin de trouver la bonne réponse. Toujours plus facile quand on a le recul nécessaire, et surtout quand nous ne sommes pas dans ce que l'on appeler « Le feu de l'action ». Et, moi, ce soir, j'y étais. Avec deux rôles importants. Le premier était d'annuler les conséquences de l'annulation de l'attentat du 14 Juillet, et la deuxième, de faire échouer ce même attentat. La seule solution était la mise à mort du terroriste. En soit, vu ce que cet ignoble individu avait infligé comme douleur aux familles, que ce soit dans ce présent ou dans celui que j'avais vécu avant, je n'éprouvais aucune peine à l'abattre. Dans la réalité, je prenais doucement conscience que j'allais ôter la vie d'un homme, la vie d'un homme qui a l'heure actuelle, n'avais encore rien fait, du moins n'avait pris aucune vie. J'ai pensé l'espace d'un court instant que peut-être je pouvais le raisonner, mais je prenais, comme avec le fait de le dénoncer à la police, le risque que les choses ne tournent pas en ma faveur. Je devais tuer pour sauver. Un rapide coup d'œil me fit prendre conscience que le destin, ou dans la présente Aristide Chauret, m'avais simplifié les choses, encore plus qu'hier. J'étais de l'autre côté de la rue Auriol, et j'avais dans ma ligne de mire le camion Renault. J'ai jeté un coup d'œil à ma montre. 20h50, soit dix minutes plus tôt. Le temps de préparer mon coup, tranquillement. Du moins aussi tranquillement que l'on peut préparer le meurtre d'un homme. « Le meurtre d'un monstre tu veux dire » pensai-je pour me donner du courage. « Le meurtre du terroriste qui a gâché ta vie, et celle de tes amis » dis-je à voix un peu plus haute. J'ai fermé les yeux quelques secondes, pris des respirations de plus en plus calmes et profondes. Je suis resté ici plusieurs minutes, en attendant 21h32.

21h10. Au loin j'ai vu une silhouette s'approcher du camion, puis disparaitre, caché par celui-ci. Impossible de savoir s'il s'agissait de l'homme que j'attendais. Je me suis approché lentement, pour apercevoir une silhouette et des vêtements que je connaissais très bien. C'était moi, le moi d'hier soir, couvert de sueur, paniqué. Je devais alors l'arrêter, lui aussi, pour que les conséquences ne soient pas les mêmes. Si le terroriste arrivait et voyait son camion abîmé, il prendrait la fuite et irait se faire sauter deux mois plus tard dans un collège. Je n'avais plus que quelques minutes pour me faire disparaitre. Je n'avais pas d'autre choix que de supprimer mon autre moi. A ce moment, je n'ai pas pensé à ce qu'aurait pu déclencher ma mort, dans le passé. Un paradoxe temporel ? Mourir par trois fois ? Le moi toujours à son domicile, devant la télé, le moi qui tentait de saboter l'engin de mort et moi, ici ? J'y ai pensé après, bien après, après le dénouement de cette histoire. Je me suis glissé derrière l'homme accroupi entrain d'essayer de percer une valve de la roue du camion, j'ai fermé les yeux, j'ai sorti mon arme de ma poche. Ma main tremblait de toute ses forces, provoquant des douleurs au poignet. Le pistolet semblait pesé vingt kilos, puis trente, puis quarante, entrainant mon corps entier vers le bas. J'ai inspiré, et j'ai pressé la détente, faisant éclater une détonation discrète qui raisonne encore certaines nuits dans ma tête, me réveillant en sueurs. En face de moi, gisait mon double, la tête dans une mare de sang. Come par réflexe, je l'ai porté et jeté dans un jardin par-dessus une haie. J'ai imaginé la tête des habitants le lendemain, découvrant un homme, un plomb dans la tête, le corps raide et blanc, complètement désarticulé dans leur jardin. Ce serait surement une personne sortant son chien avant d'aller travailler. Elle donnerait l'alerte, bloquant la rue pour la matinée. Pompiers, policiers et gendarmes s'efforçant de remettre en ordre, un quartier plutôt tranquille. Les gens, égoïstes, se plaindraient de ne pas pouvoir se déplacer, faisant abstraction de la mort d'un homme et du deuil d'une famille, pour leur petit confort.

Je me suis mis à nouveau sur le côté, caché dans la pénombre, toujours tremblant. J'ai rechargé mon arme, et attendu patiemment. Les minutes passaient, tantôt filant comme des secondes, tantôt trainant comme des heures. 21h30, marchant, timidement, discrètement, Lahouaiej. Il avait un pantalon de jogging noir, et une veste à capuche. Capuche remontée, il marchait vers le camion. Je voulais être certain, à cent pour cent de ne pas me tromper. Je l'ai aperçu sortir un jeu de clefs, et regarder à droite et à gauche. Plus de doute possible, c'était bien lui. Je me suis approché discrètement, l'air de rien. Il m'a fixé le long de mon chemin. Je le surveillais du coin de l'œil, tremblant toujours, respirant rapidement, haletant, les cheveux trempés de sueur. Arrivé à sa hauteur j'ai à nouveau sorti mon arme et j'ai tiré à quatre reprises dans le bas de son corps. Il s'est effondré, hurlant de douleur. IL me fixait de ses yeux, tout en essayant de se redresser.

« Espèce de fils de pute, tu as gâché ma vie ! lui ai-je dis, la bave aux lèvres, les yeux exorbités.

- Allah est bon, dans la mort il m'ouvrira ses bras, dit-il le teint blanc.
- Mon Dieu ne cautionne pas que tu prennes des vies innocentes.
- Et les guerres sur lesquelles vous fermez les yeux ? Vous avez apporté la guerre sur mes frères, j'apporte la désolation sur les vôtres.
- Qui es-tu pour décider de qui doit mourir ?
- Une question que je ne peux que te retourner. Tu es devant moi, et tu vas surement me tuer.
- Je ne suis personne. Je viens juste sauver ma famille et mes amis du malheur que tu t 'apprêtes à jeter sur eux.
- D'autres frères frapperont, jusqu'à amener la guerre dans ton pays. Et ta femme, ta fille deviendront les jouets préférés… »

Deux détonations, discrètes retentirent. Je venais de tirer les deux balles restantes dans la tête du terroriste. Je contemplais, de ma hauteur, le cadavre chaud, regardant le sang couler des plaies de ma victime. Le sang dégoulinant sur le trottoir, recouvrant celui de ma précédente victime.

J'ai été pris de vertiges, signe que j'allais découvrir ma nouvelle vie, une vie dans laquelle, je serai un mari comblé et dans laquelle mes amis, seraient toujours en vie. Nous pourrions alors profiter des plaisirs simples de la vie, comme se réunir ensemble autour d'un repas. Trop peu de gens apprécient réellement ce qu'ils ont. Les gens ne prennent plus le temps de rien, ils avalent de grands verres d'eau sans en savourer les bienfaits, sans penser que dans d'autre pays, ce même verre d'eau est ce que boit une famille de trois personnes sur la journée. Toujours vouloir plus, je pense que c'est dans la nature des humains, et au final, c'est aussi ce que je démontre par mes actes. J'ai voulu changer le futur, mon futur. J'ai pris conscience que jouer avec le temps peut s'avérer être dangereux. Imaginez une seconde. Vous changez le court d'un accident, empêchant un avion de décoller, évitant un crash. Dans les passagers de l'avion se trouve peut-être le futur plus grand meurtrier de tous les temps, celui qui ira un jour assassiner la personne qui aurait trouvé la recette de l'Energie propre. J'admets que cette réflexion marche aussi dans l'autre sens. Peut-être que dans cet avion, le jeune couple qui part en vacances en classe économique, seront les grands-parents du prix Nobel de médecine, celui qui trouvera le vaccin contre le VIH. Changer le futur est un jeu dangereux.

Quand j'ai repris mes esprits, ce 13 Octobre 2016, j'avais mal au dos, et j'étais sur une couchette dure, loin du confort d'un lit douillet, dans une ambiance froide, très éloignée de la chaleur d'un foyer. J'ai ouvert les yeux, effrayé de ce que j'avais pu déclencher cette fois. Devant mes yeux, une chaise en inox, et un bureau du même revêtement. Un deuxième coup d'œil me permis de voir qu'ils étaient scellés au sol. J'ai levé ma couverture, une couverture verte, veillotte, qui ne sentait rien et je me suis mis assis sur mon lit, plutôt sur ma banquette. Elle aussi, était scellée au sol et avait juste la place pour qu'une personne puisse tenir sans avoir les bras ballant dans le vide. Il y avait un rabat, avec un drap qui à l'origine devait être blanc mais qui aujourd'hui avait la couleur grise d'un linge lavé sans le moindre soin. J'avais sur moi une tenue bleue, identique à celle qu'on voyait dans les films américains, les tenues que portent les gens qui travaillent dans les blocs opératoires. Je posais ma tête entre mes mains, comme pour me frotter les yeux, comme pour chasser de mes yeux un tableau bien loin de ce que j'imaginais. Je m'aperçus qu'on m'avait rasé le crâne et le barbe. Je me levai d'un coup sec, fouillant le reste de la salle du regard. Les murs étaient blancs, et un éclairage type néon illuminait la pièce, d'une lueur presque aveuglante. La luminosité excessive m'obligea à baisser le regard vers le sol. Le sol était une sorte de lino vert pâle, de ceux qui permettent un lavage plus simple et rapide dans les hôpitaux. J'étais peut-être dans un hôpital finalement. De l'autre côté du bureau en inox, se trouvait un bouton poussoir et un pommeau de douche encastré dans le mur. Mon nécessaire à douche semblait être aussi austère que le reste de mon mobilier. Dans le fond de la pièce, plus bas en partant de mon lit, il y avait une porte, avec un hublot minuscule, qui devait sans doute permettre à mes joliets de passer la tête pour me regarder. Où étais-je ? Pourquoi ? Où était ma femme, et mon appartement ? J'ai avancé vers la porte, mais mon pied gauche était retenu par une chaine, elle-même reliée à mon nouveau lit. J'ai eu le même reflexe que chacun aurait eu dans cette situation, j'ai crié une première fois « Hé ! Il y a quelqu'un ? » Ma voix raisonnait dans cette pièce presque vide. Ma seule réponse fut l'écho de ma voix. Une deuxième fois, j'ai pris une plus grande inspiration qui fut coupée nette par une douleur à la limite du supportable sur le côté droit de mon buste. J'ai levé mon t-shirt bleu pour découvrir des hématomes au niveau de mes côtes droites. Je me suis plié en deux et je me suis assis sur le lit. J'ai alors inspiré un peu moins fort et j'ai crié plus fort que la première fois « Hé ! Je suis où ? Il y a quelqu'un ? » Au-dessus de la porte, un grésillement se fit entendre, comme si on allumait un talkie-walkie, et une voix se fit entendre

« Ta gueule 632 !, puis le grésillement s'interrompit.

- Hé, vous, monsieur, qu'est-ce que je fais ici ? On est où ? hurlai-je plus fort encore malgré la douleur, qui me faisait plier le haut du torse.

- Ferme là où je vais devoir revenir t'expliquer le règlement 632, a nouveau le grésillement stoppa.

- C'est qui ce 632 ? Pourquoi vous m'appelez comme ça ?

- Ok 632, tu l'auras bien cherché ! »

Le grésillement s'interrompit et quatre « clacs » sourds, raisonnèrent dans la pièce. Un garde entra, cagoulé. Il avait une tenue semblable au CRS, mais la sienne était blanche. Les protège tibias et ses avants bras étaient épais, et semblait taillé dans du métal. A la main, il avait un long bâton, lui aussi en métal. J'ai vite fait le rapprochement entre mes hématomes et le long cylindre gris clair. Le garde s'approcha de moi, leva son arme et me frappa avec. Une première fois aux jambes, une seconde fois au niveau du dos et une dernière fois en plein sternum. Je m'effondrai et perdis connaissance.

A mon réveil, j'avais du sang sur la joue, et mon arcade sourcilière était gonflée. J'ai passé mes doigts délicatement dessus pour sentir des petites boules et des fils. J'ai pu en compter quatre. Ce salaud m'avait ouvert et j'avais dû être recousu. Par qui ? Impossible de le savoir, pour le moment. Je me suis remis assis sur mon lit, un mal de crâne épouvantable, s'ajoutant à la longue liste des endroits douloureux de mon corps. La porte s'ouvrit à nouveau et comme par réflexe, je me suis jeté au sol, le plus loin possible de la porte, comme si le simple fait d'être loin allait me permettre de m'échapper d'une nouvelle salve de violence. A la place de l'homme en tenue blanche, une femme rentra dans la pièce et s'assis sur la chaise, me fixant. Elle était âgée d'une cinquantaine d'année, les rides déjà bien apparentes. Une longue chevelure noire venait souligner des yeux marrons, qui lui donnaient un air sévère. Elle portait un tailleur gris. Elle me fixa par-dessus des lunettes en demi-lunes, sans être interloquée à quelque moment par mon état général. Je pris la parole
« Putain, mais vous êtes qui à la fin, vous voulez quoi ?
- Alors, prisonnier 632, toujours pas décidé à nous parler ?
- Putain mais c'est quoi 632 ? Je ne comprends rien. Je suis où, vous voulez quoi ? Où est ma femme ?
- Vous devriez arrêter de jouer au plus fin avec moi, 632.
- Répondez à mes questions et je répondrai aux vôtres, répondis-je, en me malaxant les tempes, toujours assaillis par un mal de crâne à se taper la tête contre les murs.

- Vous n'êtes pas en mesure de négocier quoi que ce soit, me lança, la femme, sur un ton bien plus agressif. »

Elle se mit à faire les cents pas dans la pièce, marmonnant des choses incompréhensibles. Je ne percevais que des sons. Elle s'approcha de moi, sorti de son tailleur une arme qu'elle dirigea vers moi. Elle visait ma tête, fermant un œil. J'ai pensé que j'allais mourir, tué pour je ne sais même pas quelle raison, sans avoir pu obtenir une seule nouvelle de Mélanie. J'ai fermé les yeux de toute mes forces, imaginant qu'en les réouvriras je serai dans mon lit, auprès de ma femme. Mais c'est le genre de chose qui ne marche que dans les films. J'ai réouvert les yeux pour voir que l'arme avait changé d'inclinaison et était dirigée vers mes jambes. La femme sortit de sa poche un long tube, qu'elle vissa sur l'arme. Un silencieux, facile à reconnaitre. Elle pointa à nouveau l'arme en direction de mes jambes et tira dans mon genou. Un courant électrique parcouru l'ensemble de mon corps, avant qu'une brûlure insupportable se focalise sur ma jambe gauche. J'hurlai de douleur, me jetant sur le sol. Puis, je me suis évanouie, à cause de la douleur.

Je me suis réveillé à nouveau dans la même pièce, un bandage sur le genou, une douleur difficilement supportable toujours dans le bas de mon corps. Je me suis mis assis sur la banquette en inox. J'ai pris un stylo et j'ai écrit mon histoire, celle que vous liez. J'ai demandé de quoi écrire à mes ravisseurs, leur promettant que je coucherai sur ces quelques lignes ce qu'ils voulaient savoir. Alors que j'écris ces derniers mots, ils sont deux à scruter le moindre de mes mouvements. Je les sens impatients, agacés que cela prenne autant de temps. Si vous pouvez lire ces quelques phrases, c'est que je n'aurai pas refait de bond dans le passé, que les choses sont comme elles doivent l'être. Je me répète, mais parfois, on ne doit pas jouer avec le passé, on doit apprendre à vivre avec.

Merci de m'avoir lu. Eric.

6

J'ai posé le stylo, et le paquet de feuilles. J'avais une douleur dans la main, causé par un véritable marathon d'écriture. J'ai mis en ordre les feuilles, dont j'ai ajusté les feuilles entre mes mains. J'allais entamer une relecture quand la lumière se mit à clignoter d'un coup, alternant des périodes de noir complet et des périodes de fortes intensités lumineuses. Au bout de quelques secondes, les ténèbres avaient envahi la pièce. Mes yeux s'accommodèrent petit à petit et je vis une silhouette dans le coin de ma cellule, où devrais-je dire, mon tombeau. Je me raidis, dans l'incapacité de me mettre debout. La silhouette approcha de moi, et s'immobilisa. La très faible luminosité ne me permis pas de voir mon interlocuteur.
« Bonsoir Eric, fit une voix basse, qui semblait chuchoter. »
Cette voix, je la connaissais, c'était celle de Chauret, le premier Chauret que j'avais vu, le vieil homme, celui qui m'avait permis de revenir dans le passé.
« Aristide Chauret ? C'est bien vous ?
- Parfaitement exact, jeune homme, répondit-il.
- Je... C'est quoi ce bordel ? Je suis où ? Et, vous faites quoi ici ?
- Je suis ici, à la demande de mon employeur, pour récupérer ce que vous lui avez promis.
- Mais, je...
- OH, et tant que j'y suis, il est inutile de hurler, personne ne vous entendra. Disons simplement que le temps s'est arrêté.
- Vous venez prendre mon âme, je sais. Expliquez-moi juste ce qu'il s'est passé à la suite de mes actions. Où se trouve ma femme ? Mes amis ? Où suis-je ?

- Je pense que je peux vous dire ce qu'il s'est passé, après tout, vous méritez de savoir ce qu'il s'est passé, vu que vous êtes responsable de l'enchaînement des évènements. Vous avez empêché l'attentat du soir du 14 Juillet 2016, et celui du 04 Septembre 2016. Mais la mort du terroriste à empêcher la mise à jour d'un attentat visant à déstabiliser le monde entier, lors de la conférence de Marakech, le 7 Novembre 2016. 197 pays, ont participé à la Cop 22, autant de pays endeuillés, par la perte de membre importants de leurs gouvernements. Les tensions ont monté crescendo, et un conflit mondial a éclaté. En moins d'une heure, la troisième guerre mondiale avait connu son commencement et sa fin. Les morts se sont comptés en milliards, et les répercussions climatiques ont plongées les survivants dans la famine et les accidents de radiation.
- Et pourquoi suis-je ici ?
- Les caméras de la ville ont montré que vous êtes apparu de nulle part, et surtout que vous avez tué une version de vous-même elle aussi apparu de nulle part. Rajoutons à cela que vous avez tué une personne préparant un attentat… Vous êtes rapidement devenu une source de grand intérêt pour les renseignements. Ils vous gardent ici, certains que vous avez le pouvoir de voyager dans le temps.
- Mais n'importe quoi ? Je ne leur ai pas tout révélé ?
- C'est ici que la nature humaine devient risible. Ils ont été prêts à croire que vous aviez la capacité de faire des voyages temporels, mais pas qu'un vieil homme, devenu jeune après un premier voyage, vous avez donné la capacité de changer un seul élément du passé. Ils vous torturent ici même depuis plus de trois mois, pour que vous leur révéliez un secret que vous ne maîtrisez pas. C'est ironique, ajouta Chauret avec un rire sarcastique.
- Ma femme ? demandai-je avec peu d'espoir à la vue du récit que je venais d'entendre.

- Morte dans les explosions nucléaires, tout comme vos amis.
- Dans ce cas-là, donnez-moi une chance, une chance de remettre les choses dans leur état initial, suppliai-je.
- Vous dîtes tous ça, sans exception. Mais cette fois, vous avez été au-delà des attentes de mon employeur.
- Qui est votre employeur, laissez-moi lui parler, peut-être qu'il me donnera une autre chance.
- Non, croyez-moi sur parole, il est ravi de la tournure que prennent les évènements. Moi, je viens juste chercher son dû, votre âme.
- Mon âme ? Prenez-la je m'en fous, vu que je ne pourrai plus jamais revoir la lumière du jour ou ma famille. Je vous la donne, dis-je d'un ton désespéré.
- Il me reste une seule chose à vous montrer avant de partir. »

Le vieil homme me tendit la main, que je saisis après une longue hésitation. Au moment où ma main toucha la sienne, j'eut l'impression d'être aspiré dans un vortex, teinté de vert et de noir. Le temps de pouvoir analyser mon environnement, nous étions déjà à l'extérieur, quartier du port de Nice. Je savais que j'étais debout, mais mes pieds n'avaient pas la sensation d'être en contact avec le sol. Un homme qui se dirigeait vers moi sans regarder devant lui allait me bousculer, j'ai mis les mains devant moi. Son corps m'a traversé de part en part comme si je n'avais aucune consistance physique. J'ai regardé mon compagnon de route, interloqué.
« Personne ne peut ni vous voir ni vous entendre.
- Pourquoi m'avoir amené ici ? »
Chauret pointa du doigt un banc, que je connaissais bien pour m'y être assis la veille. Une poignée de secondes plus tard, une femme, que je reconnaissais très bien vint s'y asseoir. C'était Mélanie. J'ai essayé de l'appeler, sans qu'elle n'entende rien. Je le savais mais je devais essayer. C'était un réflexe, le réflexe d'un homme désespéré. Je vis ensuite un

homme s'asseoir à côté d'elle, et commencer une conversation. Je me tournai vers Chauret

« C'est quoi cette histoire encore ?

- Votre femme, va nous offrir son âme pour vous faire revenir auprès d'elle. Vous serez donc réunis tous les deux ensuite, dans les abîmes des ténèbres. Ce que vous voyez se passe dans une timeline différente de la vôtre. Dans cette timeline, c'est vous qui avez pris la décision de sortir avec la petite Claire pour assister au feu d'artifice et c'est vous qui êtes mort. Votre femme s'apprête, elle aussi à tenter de changer son passé. Je peux d'ores et déjà vous dire, qu'elle échouera, comme vous, et qu'elle finira par offrir son âme pour changer les choses. Elle demandera à changer sa place avec vous. Ce qui créera ensuite, une répétition des évènements que vous avez vécus. »

C'est donc la raison pour laquelle Mélanie a autant insisté pour accompagner Claire au feu d'artifice. Elle était à ma place, ce fameux soir, mais c'est elle qui allait découvrir mon corps sans vie. Elle a échangé sa place, grâce à la proposition de Chauret, nous engageant dans une série d'évènements, nous menant à cette conclusion. Je repris ensuite

« J'ai donc une dernière chance de pouvoir la sauver, j'ai une chance de pouvoir demander un retour ce fameux soir. Je sortirai moi avec Claire et je me sacrifierai. Vous auriez mon âme, ma vie et moi je sauverai ma famille.

- Vous venez de comprendre le danger des voyages temporels. Vous n'avez pas pensé à changer à nouveau les choses, mais à les remettre dans l'ordre original des choses. Mais j'ai bien peur qu'il ne soit trop tard. Vous n'avez plus rien à monnayer. Votre âme est déjà mienne depuis votre dernier voyage, sourit le vieil homme, dévoilant des dents qui semblaient bien plus jaunes maintenant.

- Espèce de salaud, je vais vous, dis-je en me jetant sur Chauret. »

Je ne pus faire le moindre mouvement, une fois mes yeux plongés dans les siens. Ils étaient noirs, et j'avais l'impression d'être aspirés à l'intérieur de ceux-ci. J'avais froid, j'étais frigorifié. Etait-ce cela la mort ? Je continuai à sombrer à l'intérieur de ces lueurs mortes. J'avais l'impression que les secondes devenaient à présent des minutes, puis des heures. L'impression d'avoir été en chute libre pendant des jours entiers, durant lesquels les ténèbres auraient aspiré la totalité de ma force vitale.

De retour sur mon lit, la sueur dégoulinant sur mon visage et la bave s'écoulant de ma bouche, je levai péniblement les yeux pour fixer Chauret. La lumière toujours éteinte, je distinguais maintenant un large sourire, et des dents jaunes, pointues, desquelles s'échappaient une odeur de putréfaction. Son large sourire partait d'une oreille, pour aller à une autre, l'ouverture de sa bouche était semblable à celle d'un serpent, décrochant sa mâchoire pour avaler une proie. Ses yeux étaient rouge sombre. Il me fixait, et je me sentais quitter mon corps, aspiré par sa bouche. Je quittais mon corps sur une vision atroce de ses yeux. J'avais l'impression de découvrir la terreur, la pire des terreurs que l'on puisse éprouver. Je plongeais dans les ténèbres, tout en hurlant, tout en pensant que Mélanie allait, elle aussi, subir le même sort.

CELLULES

1

J'ai encore les yeux fermés quand je reprends doucement conscience du monde qui m'entoure. J'ai l'impression que ma tête va exploser tellement la douleur est à la limite du supportable. Mes yeux n'arrivent pas à s'ouvrir, exactement comme s'ils étaient encore collés d'une nuit entière de sommeil, sans interruption. D'ailleurs, combien de temps ai-je dormi ? Où suis-je ? Quelle est la dernière chose dont je me souvienne ? Les questions se bousculent, créant une véritable tornade de panique en moi. J'étais dans un parc, essayant de trouver l'inspiration pour mon nouveau livre, avec, je dois le reconnaître, très peu de réussite. Je me mets trop de pression, et je suis aidé par les dettes qui s'accumulent. J'ai toujours mon boulot de prof au lycée, mais je déteste mon travail. La direction ne me laisse aucune chance de changer de méthode. Comment intéresser des adolescents à la lecture quand on leur propose des vieilleries à lire ? « Il y a un programme à suivre Monsieur Krayne, pensez plutôt à l'avenir de ces jeunes. Ils auront tout le loisir de faire des lectures récréatives quand ils auront passé le bac ». Quel pauvre con, mais au final il ne fait lui aussi que suivre les règles dictées par un ministère dont le seul contact avec les gosses, est à l'approche des élections.

J'essaie de bouger d'abord mes jambes, puis mes bras. Mes membres sont lourds, mais ils semblent répondre aux ordres que je leur donne. Je pose le dos de ma main sur mon front et je descends lentement me frotter les yeux, en commençant par celui de droite. J'ouvre enfin les yeux, pour apercevoir un plafond, qui devait être blanc à l'origine. Mais actuellement il est jaunâtre, avec des traces noires, qu'on confondrait avec celles des mains d'un humain, si elles n'étaient pas si hautes. Il doit y avoir une hauteur d'au minimum trois mètres. Je tourne la tête vers la gauche. Un mur, aussi sale et jaune que le plafond. Il y a un revêtement type crépi sur toute la longueur. Je tourne la tête à l'opposé pour apercevoir des barreaux. Mes yeux s'ouvrent plus grands maintenant et je m'assieds rapidement, intensifiant mon mal de crâne, et déclenchant des vertiges. Je tourne les yeux dans tous les sens. J'aperçois un lit en vieux bois, avec des draps gris, sales, et un trou au milieu d'une tranchée dans le sol, que j'associe comme étant un toilette de fortune. Rien d'autre dans cette pièce. Cette pièce minuscule. A peine la moitié de la taille réglementaire d'une chambre. Je me lève précipitamment, et premier réflexe, je mets la main dans ma poche. Mon téléphone portable. Je tâtonne chaque poche, à la recherche du seul objet qui vient de passer du bas de ma liste des objets que j'affectionne à la première place des objets que je voudrais avoir en ce moment. Évidemment, rien du tout. J'imagine que si j'ai été enlevé, n'importe quel idiot aurait pensé en premier lieu à enlever un téléphone de la poche de sa victime. Je me dirige vers les barreaux. Ils sont froids, et ne possèdent aucune ouverture. Impossible de sortir de ma nouvelle chambre. L'odeur qui me chatouille les narines est une odeur de moisi, typique des endroits humides. Une respiration supplémentaire va chercher dans mon répertoire des odeurs connues une vieille odeur de pisse. Comme on en trouve en ville les lendemains de fêtes bien arrosées.

J'essaie de forcer les barreaux, sans succès, évidemment. J'essaie encore une fois, peut-être qu'ils finiront par céder, puis une troisième… Je tente encore dix fois, vingt fois, jusqu'à ce que mes bras me fassent tellement mal que je ne puisse plus les lever.

« Arrête de te fatiguer pour rien, j'ai déjà essayé. Aucun moyen de sortir de ce foutu endroit, me lance une voix grave.
- Bordel qui est là ? Dis-je pris de panique, mon cœur accélérant. »

Je regarde à droite, à gauche, mettant mes mains devant mon corps, en guise de bouclier. Je ne prête presque plus attention à mes céphalées. Je cherche de tous les côtés d'où peux venir la voix.

« Regarde dans le trou des chiottes ! On dirait qu'ils sont reliés entre eux. »

Je tourne la tête et je me précipite vers le trou que j'ai repéré il y a quelques minutes. Je pose mes mains de chaque côté et me penche juste au-dessus. Putain, cette odeur de pisse…Elle vient de là.

« C'est bon, je suis là, dis-je. Vous êtes qui ? C'est vous qui m'avez jeté ici ? On est où ? Vous voulez quoi ? Vous…
- Oh, oh, OH ! Calme-toi, me coupe la voix grave. Je suis dans le même bateau que toi mec, alors calme toi. Je ne peux répondre à aucune de tes questions. Tout ce que je peux te dire c'est que je me suis réveillé ici, il y a quelques heures.
- Vous ne pouvez me donner aucun renseignement ?
- Non, aucun, je ne sais rien. - Je m'appelle Henri Krayne. - Krayne ? me demande l'autre personne d'un ton interrogatif, et surpris.

- Oui Krayne c'est ce que j'ai dit, on se connait ? dis-je avec une lueur d'espoir.
- Ça m'étonnerait beaucoup. Je m'appelle Jason Krayne et crois-moi sur parole, si j'avais déjà rencontré une personne qui portait le même nom que moi je m'en souviendrais et toi aussi.
- Oui c'est certain. On est peut-être ici parce que nous avons le même nom ?
- Possible. Tu as des ennemis ?
- Pas que je sache, et vous ? Enfin, je veux dire, J'ai des désaccords avec des personnes mais pas au point de me faire enlever et enfermer. Et vous ?
- Quand on est chef d'entreprise, surtout avec des actionnaires principalement russes, on se fait pas mal d'ennemis. Les ennemis de mes actionnaires sont prêts à n'importe quoi pour les ruiner. Et toi tu bosses dans quoi ?
- Je ne suis qu'un petit prof de français dans un lycée moyen, sans prétention. Vous avez une entreprise de quoi ?
- Je m'occupe de placements juteux dans le monde des affaires russes, tu vois ce que je veux dire ?
- Oui, vous blanchissez de l'argent ou vous organisez des fraudes fiscales c'est ça ?
- En gros, c'est l'idée. Tu vois, des ennemis je m'en suis fait et je m'en ferai encore. Le monde des affaires russes est incomparable avec celui de la France. Ton dernier souvenir avant de te réveiller ici ?
- Et bien j'étais dans un parc et je cherchais des idées pour un nouveau livre et vous ?
- J'étais au téléphone en train de conclure une nouvelle transaction, je marchais en ville et le trou noir, jusqu'à mon réveil.

- Personne ne vous a suivi, rien de suspect ? Remémorez-vous votre journée.
- Et bien, je me suis levé à cinq heures, pour être raccord avec l'heure de Moscou. J'ai pris mon café en route dans un drive, je suis allé à mon bureau, et comme tous les matins j'étais le premier sur les lieux. Je profite de ces moments pour consulter mes mails, faire du tri dans les dossiers considérés comme sensibles et répondre aux premiers appels. La matinée s'est déroulée sans encombre. Ma secrétaire est arrivée sur les coups de neuf heures. Je suis sorti pour prendre l'air et j'ai répondu à un appel. Puis plus rien. Tu connais la suite. Je me suis réveillé ici et bla bla bla.
- Où est votre bureau Jason ? demandai-je.
- Nice, juste à côté du Jardin Albert 1er pourquoi ?
- Et bien j'étais au Parc Phoenix.
- Oui, et ?
- Rien. Je cherche des pistes, des concordances entre nos deux histoires. Des raisons pour lesquelles nous sommes enfermés ici, répondis-je assez sèchement.
- Oh mon gars, calme-toi un peu, toi et moi on est dans la même merde. On va plutôt chercher ensemble un moyen de comprendre ce qu'il se passe plutôt que de se prendre le chou bêtement non ?
- Excusez-moi, j'ai tendance à m'emporter facilement. Je suis un gros nerveux.
- Ah, voilà qui vient nous faire un deuxième point commun Henri. »

J'entends un gros bruit qui résonne dans toute la cellule. Mon corps se fige et je sursaute. D'un coup une énorme vague de froid envahit mon corps et m'empêche d'effectuer le moindre mouvement. La température de la pièce n'a pourtant pas changé, je comprends immédiatement que j'ai juste une grosse montée d'adrénaline et que l'attaque de panique me guète.

2

Je me relève, lentement, pour m'avancer vers les barreaux de la cellule, afin d'essayer de voir quelque chose. Je me concentre aussi sur l'ouïe. J'essaie de bien ressentir et entendre la moindre vibration de l'air. J'entends des bruits au loin, comme un très léger tintement. On dirait une cloche que l'on sonne au rythme des pas de marche. Exactement comme un prêtre qui marcherait avec de l'encens. Le rythme est lent. Plus les secondes passent, plus j'entends nettement ce tintement. Puis, des bruits de pas, longs, lourds, se font entendre en rythme avec ce que j'identifie désormais comme une petite clochette. Je me contorsionne pour essayer d'apercevoir la moindre silhouette.

Enfin, j'aperçois une silhouette massive au bout du long couloir sombre. L'homme, à condition qu'il s'agisse bien d'un homme, doit mesurer un peu moins de deux mètres. Difficile d'estimer son poids de si loin, mais il ne semble ni trop gros, ni trop maigre. On dirait qu'il a les cheveux longs, et… Il porte une robe…Une soutane, identique à celle que portent les moines du monastère de Cimiez. Une longue corde pend autour de la taille et la capuche m'empêche de distinguer un visage. Ce que je prenais pour une clochette m'apparait maintenant très clairement. Il s'agit d'un trousseau de vieilles clefs. Elles sont rouillées, et il doit y en avoir une bonne vingtaine. Je m'apprête à hurler pour interpeller celui que j'imagine être notre geôlier quand je distingue dans sa main gauche une longue lame. Un frisson me glace le sang et des gouttes de sueur froide perlent le long de mes tempes et humidifient instantanément mon cou. Je me tapote les joues comme pour me redonner un peu de courage et je lance d'une voix des moins assurées :

« Hé, vous êtes qui ? Vous nous voulez quoi ? Ma voix est cassée et les mots restent coincés au fond de ma gorge. Je prends une bouffée d'air, bouffée saccadée et je me lance à nouveau. Oh, je vous parle, vous voulez quoi ? Pourquoi nous sommes ici ? J'exige des réponses ! »

Cette fois-ci, les mots sont plus fluides et le ton plus assuré. Evaluant rapidement la distance qui nous sépare, je suis certain que j'ai été entendu par l'homme à la soutane. Quelques mètres nous séparent désormais, mais mes mots n'ont eu aucun effet ni sur sa démarche, ni sur sa direction. Il est maintenant presque en face de moi et je distingue de mieux en mieux ses clefs, sa lame et le balancement de la corde. Je tends la main à travers les barreaux dans un geste désespéré afin de l'attraper par le tissu et de pouvoir lui poser les questions en face, les yeux dans les yeux. Les yeux dans les yeux, je me répète la phrase inlassablement… Je ne sais même pas à quoi ressemble son visage. Soudain il s'arrête devant ma cellule, mais il est hors de portée de mon bras.

« Putain, mais vous êtes qui ? Répondez-moi bordel ! »

Je me surprends à hurler, si fort que ma gorge me brûle après seulement ces quelques syllabes. Il s'arrête alors de marcher. Le tintement du trousseau de clefs s'arrête net, et la musique des bruits de pas stoppe comme si on avait éteint une chaine Hi-Fi. Mon regard ne quitte pas sa lame. Après la colère motivée par la volonté de trouver des réponses, vient la panique, la peur profonde. Et s'il me tranchait la gorge ? S'il me tranchait seulement le bras et qu'il me laissait me vider de mon sang ? S'il m'attachait et me tranchait la langue, simplement pour lui avoir hurlé dessus ? Au moment où je me vois agoniser au sol, couvert de sang, de pisse et de merde, une goutte froide, glaciale, coule le long de mon cou et descend le long de ma colonne vertébrale. Je ressens chacune des bosses de mes cervicales, puis de mes vertèbres, et je la sens même s'arrêter au niveau de l'élastique de mon caleçon. J'ai l'impression que ma vessie va exploser. Mes yeux se remplissent de larmes, qui restent cependant au bord de mes yeux. Ma mâchoire se met à trembler et la cellule se met à tourner autour de moi. La lumière s'éteint. Non, elle baisse d'intensité pour se concentrer uniquement sur nos deux silhouettes. L'homme ne se tourne pas vers moi, impossible de distinguer le moindre trait de son visage. Soudain, je sursaute. Je viens de faire sans m'en rendre compte plusieurs pas en arrière, qui m'amènent à coller mon dos au fond de la cellule. J'ai envie de fermer les yeux, mais la terreur m'en empêche. Je distingue un mouvement de jambe, puis un deuxième et la musique émise par le balancement des clefs recommence. J'éprouve même du soulagement à l'entendre, à entendre le bruit des pas reprendre, signe qu'il s'éloigne de moi, qu'il quitte mon espace vital. Moi qui était rouge de colère envers lui il y a moins d'une minute… Me voilà, avec de la reconnaissance. Oui, je lui suis reconnaissant d'être en vie. Toujours collé dans le fond de ma cellule, mes jambes me lâchent en même temps que ma vessie. Du liquide chaud coule le long de ma jambe droite, et vient tâcher mon jean. Mes fesses touchent le sol pendant que mon dos est griffé par le crépi du mur. Mon t-shirt m'a servi de rempart sur la moitié du chemin avant de se retrousser et de laisser mon dos se faire griffer. Je n'y prête quasiment pas attention. L'odeur de vieille pisse me monte au nez et j'hésite à enlever mon jean pour me mettre en caleçon.

    Je prends une grande et longue inspiration, pour me calmer. Je sens mon cœur qui bat à une vitesse irréelle dans ma poitrine. Les battements raisonnent même à l'intérieur de mon cerveau, venant marteler mes tempes. Je presse mon annulaire et mon majeur de chaque côté de mon crâne, dessinant de petits cercles réguliers. Comme un rituel, je respecte un rythme identique depuis toujours, provoquant un léger mieux. Au fur et à mesure que mes cercles se dessinent, le bruit des pas de mon geôlier se fait plus discret et finit par s'arrêter net.

Alors que je pense avoir mérité de reprendre mon souffle, j'entends une porte s'ouvrir. Une des cellules vient de s'ouvrir, j'en suis quasiment certain. Un vieux bruit de porte en métal, grinçant par manque d'entretien, grippé par la rouille et l'humidité du lieu. J'évalue la distance à seulement deux ou trois cellules de la mienne. Même si, avec l'écho, les distances sont souvent faussées. Je jette un œil autour de moi, tout en réduisant mon rythme respiratoire afin de me concentrer sur les bruits. Je veux savoir ce qu'il se passe, même si, guidé par mon imagination, toute sorte de choses horribles me passent devant les yeux. J'entends comme un cri, qui me glace le sang, pour autant qu'on puisse encore refroidir mon sang. Il vient à la fois de ma nouvelle chambre et à la fois du trou des toilettes, juste à côté de moi. Je repense aux mots de Jason, les trous des chiottes communiquent tous entre eux. Surement parce qu'ils sont tous reliés à la même évacuation. Je me projette au sol, mes genoux heurtent violemment le sol, en béton brut. Une légère douleur se traduisant par une décharge électrique parcours mon ménisque droit, avant de se diffuser comme une onde se diffuserait sur la surface de l'eau après que des gosses aient balancés des pierres plates pour faire des ricochets.

« Jason, vous m'entendez ? Je laisse un moment de latence, mais aucune réponse. Jason ? Vous êtes là ? C'est vous que je viens

d'entendre crier ? Ma voix est maintenant un peu plus forte. Je finis par prendre une longue inspiration et me mets non plus à parler mais à hurler. Jason, Jason, vous êtes là ? Répondez merde à la fin.
- Hé, mec, ferme ta gueule, parle moins fort ! Tu veux attirer l'attention sur toi ? Tu veux être le suivant ?
- Puis, je parle plus bas, juste pour qu'il puisse m'entendre s'il tend suffisamment l'oreille. Ouais désolé, j'ai cru que vous aviez hurlé. »

En y repensant, même si au départ le fait de ne pas crier pour ne pas attirer l'attention me semblait être une bonne idée, maintenant, je la trouve ridicule. Ce type doit parfaitement savoir que nous sommes là vu qu'il vient de passer devant nous. Puis, je reprends

« C'était quoi ce bruit ?
- Il y a une femme dans la cellule juste à côté de la mienne.
- Vous pensez que… »

Puis, j'entends à nouveau un cri strident, puis un deuxième noyé dans des gargouillis de gorge horribles. J'ai la sensation d'entendre des bulles pétiller, alors que je suis assez éloigné. Mes pensées imaginent la scène horrible qui vient de se dérouler. Un silence de quelques secondes vient s'insérer entre ce bruit qui résonne dans ma tête et un claquement de porte. Le même bruit que précédemment, mais comme si on passait le son à l'envers. La porte vient de se refermer et les bruits de pas et de clefs recommencent. Il se rapproche à nouveau de ma cellule.

Cette fois, hors de question qu'il s'arrête et que je me mette à flipper, pour finir par me pisser dessus, ou pire… Je me jette dans un coin de la cellule, prêt de mon lit et j'enfouis ma tête entre mes genoux, laissant dépasser juste mes yeux pour regarder sur le côté jusqu'à m'en faire mal aux orbites. Je tremble, au rythme du balancement des clefs. Ce bruit qui devient strident et qui, si je me sors d'ici vivant me hantera dans chacun de mes cauchemars. Comment vais-je pouvoir retrouver le sommeil à la suite de cette aventure ? Soudain, j'ai une envie de sourire, un sourire ironique… Avant de penser à la suite… Il faudrait déjà que je sorte d'ici vivant. Vivre, je n'ai jamais eu autant envie de vivre que maintenant. Tout me manque. Mon boulot minable, faire les courses, et même mes rendez-vous chez Benamou, mon psychiatre. Putain, si je m'en sors vivant et que je lui raconte ça, sans amener des preuves, il me fera enfermer immédiatement. « Allez monsieur Krayne, vous allez passer quelques jours dans un lieu qui prendra soin de vous, avec des personnes compétentes ». À y penser, finalement, même ce programme m'enchante plus que de rester ici.

Les pas se font de plus en plus proches et j'aperçois le bout de la capuche du coin de l'œil. Je pense alors « T'arrête pas, t'arrête pas, t'arrête pas ». Le genre de pensées magiques que vous utilisez quand vous roulez sans vos papiers ou avec une bière de trop dans le nez et que vous croisez une patrouille de police. J'aperçois maintenant le bout de ses pieds, enfin, pour être plus précis, je devine la forme de ses pieds sous sa soutane. Je le vois maintenant presque de dos, il continue son chemin, ne ralentit pas. Je retiens ma respiration. Je ne distingue pas son trousseau, resté dans la main droite. Mais je vois sa lame, qui brille moins qu'à l'aller. Je regarde au sol, pour apercevoir des gouttes d'un liquide foncé. Je lève à nouveau doucement les yeux pour me rendre compte que la lame ne brille plus parce qu'elle est maculée de sang. Les informations que mes yeux voient et celles que mes oreilles ont entendues font maintenant chemin vers mon cerveau, où se fait la connexion. La femme que je viens d'entendre hurler, s'est

fait trancher la gorge. Une fois le sang monté et inondant sa trachée, les cris se sont mus en gargouillis. Elle s'est étouffée dans son propre sang. Mon cœur manque un battement et j'ai l'estomac au bord des lèvres. Je me concentre pour ne pas rendre mon petit déjeuner, et je ferme les yeux. Trop tard…
Devant mes yeux, j'imagine alors une femme blonde, jeune, le sang coulant autant de sa bouche que de la nette ouverture au milieu de sa gorge, s'étouffer tout en adressant un dernier regard suppliant son meurtrier. J'ouvre instantanément les yeux et pose ma main devant ma bouche. Le meurtrier de ma camarade d'infortune est désormais loin et la musique macabre de ses déplacements vient de cesser de tourner dans mes oreilles.

« Henri ? T'es là ? me sort de ma torpeur une voix familière.
- Oui je suis là, dis-je en allant à quatre pattes jusqu'au point de communication.
- Putain, t'es inconscient ou quoi à gueuler comme ça ? dit-il d'un ton accusateur.
- Tu crois que ça change quelque chose ?
- Je n'en sais rien mais je ne veux pas être le prochain.
- C'était quoi ce truc ?
- C'est déjà la troisième fois que je le vois passer. Il rentre dans une cellule, égorge un prisonnier et se barre. Je n'ai jamais vu son visage, ni même sa couleur de peau. Je ne sais même pas si c'est un mec ou une nana.
- Il attend quoi de nous ? Une rançon ? Il a peut-être contacté nos familles et celles qui refusent de payer se voient offrir un petit colissimo avec la tête de leur protégé.
- Ouais, j'ai déjà vu un truc de ce style une fois à la télé. Ça pourrait être ça.

- Et, il se finit comment ton programme ?
- Les rançons sont payées mais le gars nettoie la zone pour éviter les témoins avant de quitter le pays pour aller faire la même chose en Asie.
- Ouais, ok, on ne va pas disserter sur le sujet. Dis-moi, tu connaissais cette femme ? Celle qui a été assassinée ?
- Non, pas du tout. Elle était dans cette prison depuis hier. Elle promenait son chien devant son immeuble, et s'est réveillée ensuite ici. Elle a vu partir un mec qui était dans la cellule en face de la sienne. Elle travaille dans un cabinet de médecine. Elle est secrétaire. Je ne sais pas si je devrais te le dire, mais, de toute façon elle ne s'en plaindra plus, mais elle se faisait sauter par son boss. Elle était sa maîtresse. Elle pensait au départ que c'était la femme de son patron qui avait découvert le pot-aux-roses et qui avait organisé ce merdier. Et en discutant ensemble, après mon arrivée, on s'est rendu compte que nous n'avions aucun point commun, et que je ne connaissais pas son médecin. Voilà.
- Elle ne vous a rien donné comme autre information ? Un sentiment d'être suivie, une sensation bizarre, un goût bizarre dans la nourriture, une drogue dans un verre ?
- Rien du tout.
- Vous en êtes sûr ? Essayez de bien vous remémorer votre conversation.
- Mais si tu veux, tu peux toujours essayer de lui parler par notre nouveau moyen de communication ! »

  Le ton est agressif, mais je le comprends. Tout ce que je veux c'est trouver pourquoi je suis là, et ce que ce…ce truc me veut. Je frappe du poing contre le sol. J'entends un crac sourd dans mon poignet, suivi d'une décharge ressentie jusque dans l'avant-bras.

Putain, je suis sûr que je viens de me fracturer le cubitus. Je me relève et me traîne jusque sur le lit. Je pose ma tête entre mes mains et je me balance d'avant en arrière. Comme les autistes dirait ma mère…Comme pour réfléchir et forcer l'afflux sanguin dirait mon père… Je vais bientôt vous rejoindre, j'en ai bien l'impression. Soudain, je sens une vague d'angoisse me prendre par les tripes. Mes boyaux se tordent. Ma transpiration se fait abondante et mon rythme cardiaque s'accélère, jusqu'à provoquer des douleurs dans ma poitrine. J'ai comme l'impression de sentir l'odeur de rouille, du sang humain. Cette odeur me soulève le cœur, et ma bouche se remplit du bol alimentaire matinal. Je me penche en avant, des gouttes de sueur perlant de mon front, et je vomis sur le sol. Une autre goutte de sueur, perdue, éloignée de son chemin habituel vient courir le long de mon nez et plonge elle aussi vers le sol. J'essuie ma bouche du revers de la main. Ce simple geste me rappelle la douleur apparue un peu plus tôt.

« Henri, tu vas bien ?
- Ouais, j'ai juste vomi, je vais reprendre mes esprits, répondis-je tout en pensant que cette question est d'une débilité sans nom. Comment pourrais-je aller bien dans une telle situation ?
- Toi non plus tu ne supportes pas l'odeur du sang ?
- Ouais, on peut dire ça. Depuis petit, après un accident de voiture. J'y ai perdu ma mère, et… enfin, je vais t'épargner la suite. »

S'en suit un long, très long silence, de plusieurs secondes, qui deviennent ensuite des minutes.

« Jason ? Vous êtes là ?
- Oui, oui, c'est juste que, j'ai aussi perdu ma mère d'un accident de la route. Et je ne supporte plus le sang depuis cette même période.

- Encore un point en commun.
- Moi aussi j'ai perdu ma maman dans un accident de voiture, lance une toute petite voix frêle. »

3

La voix vient d'en face de ma cellule, j'avance doucement vers les barreaux, pour tenter d'apercevoir la détentrice de cette voix. Je pose mes mains sur les barreaux, qui sont froids, et dont la peinture semble s'écailler sous le frottement de mes doigts. J'ai beau plisser les yeux, je ne vois pas plus loin que le début de la cellule. Je distingue le dessin de l'ombre des barreaux, mais rien d'autre. Je ferme les yeux, prends une inspiration, tout en serrant de plus en plus fort mes mains.

« Hé, il y a quelqu'un d'autre avec nous ? Je m'appelle Henri. J'ai entendu une autre personne. Qui êtes-vous ?
- Je m'appelle Camille, entends-je à peine audible.
- D'accord Camille, Vous êtes là depuis longtemps ? Vous savez comment vous êtes arrivée ici ?
- Je jouais dans le parc, je grimpais à l'araignée et je suis tombée. Puis je ne me souviens plus de rien du tout. Je ne sais pas depuis quand je suis là mais ce que je peux dire c'est que j'ai très faim, et soif.
- Heu… Tu jouais au parc ? Tu as a quel âge ?
- J'ai neuf ans. Quand est-ce qu'on va partir d'ici, commence-elle à sangloter.
- Camille, tu sais où es ton papa ? Peut-être qu'il te cherche ?
- Je suis venue avec le foyer, je n'ai plus de papa ni de maman.
- Oh, excuse-moi, je ne voulais pas…Je m'en veux.

- On me dit toujours que les autres ne peuvent pas connaître ta vie et qu'il arrive parfois qu'ils puissent être blessants sans le vouloir.
- Je ne sais pas qui t'a dit cela, mais c'est totalement vrai. Je m'appelle Henri, et pas loin de nous, il y a une autre personne, qui s'appelle Jason, et qui est un ami à moi. On essaye de trouver un moyen de sortir d'ici.
- Tu sais, je sais très bien que ce n'est pas ton ami, tu viens juste de le rencontrer, ici. Ce n'est pas parce que je suis une enfant que je suis stupide.
- Oui, tu as parfaitement raison. *Bon sang, voilà une gamine qui est loin d'être idiote.*
- J'ai entendu la femme crier tout à l'heure. Tu penses qu'on va aussi venir venir nous tuer ?
- Non, non non non je vais tout faire pour que personne ne vienne te faire du mal.
- Il va d'abord falloir que tu sortes de ta prison. *Encore un point de marqué.* Le docteur Benamou me dit toujours qu'il faut faire les choses une par une.
- Quoi ? Attends une minute, le docteur Benamou tu dis ? Le psychiatre ? Tu le connais ?
- Oui c'est le docteur que je vais voir pour parler. On parle tous les deux et il me donne des petites choses à faire. Respirer profondément avant de prendre la parole. Faire le vide dans ma tête quand je panique. Tu le connais toi aussi ?
- Oui, je vais le voir aussi, une fois par mois. Jason ? Vous êtes toujours là ? Vous connaissez Benamou ?
- C'est mon médecin aussi, je vais le voir une fois par trimestre. Il me suit depuis des années. J'ai commencé à aller le voir quand j'ai eu du mal à gérer le stress de mon entreprise. Je n'en ai pas forcément

besoin mais ça me calme et je peux balancer tout ce qui me passe par la tête sans être pris pour un fou. *Ouais, enfin, si tu vas voir un psychiatre c'est que tu n'es pas complètement équilibré.* J'entends sa voix mais elle semble éloignée de moi. Mais si on veut pouvoir converser à trois, c'est un moindre mal.

- Voilà notre point commun. Nous sommes tous les trois des patients de Benamou, dis-je en fermant les yeux pour visualiser ma dernière entrevue avec lui. »

Ma dernière consultation… Elle remonte à la semaine dernière. J'avais un rendez-vous le matin, pour une fois. D'habitude je demande toujours un rendez-vous le mercredi, à une date impaire. C'est comme une sorte de rituel auquel je ne peux absolument pas me défaire. Il appelle cela la pensée magique. Lors de notre quatrième rendez-vous, c'était un mercredi 11 Janvier, je suis sorti de son cabinet beaucoup plus calme et détendu que les fois précédentes. J'ai alors décidé que les mercredis impairs étaient des jours porte-bonheur. Et comme, je souhaite me débarrasser de ma dépendance aux psychiatres, j'ai décidé de choisir mes rendez-vous en fonction de ces critères. Plusieurs fois Benamou m'a proposé de casser cette chronicité mais je ne m'en sentais pas prêt. Je l'entends encore « Henri, et si nous essayions de changer un peu vos habitudes. Nous pourrions choisir une date paire ou bien un autre jour de la semaine, à votre convenance. » Et chaque fois, je lui répondais la même chose « Peut-être une prochaine fois, docteur, je vais y songer » La semaine dernière, j'ai réussi à me sevrer définitivement de cette saloperie de Xanax. Je sais qu'il m'a rendu plusieurs fois service, mais je voulais éviter de passer pour un drogué aux yeux des autres. J'en garde toujours une demie plaquette dans ma besace pour mes déplacements. Comme un alcoolique cache toujours une bouteille dans ses placards. Pas pour la tentation mais pour savoir qu'au cas où, tout est prêt pour une rechute. Je conçois que les autres puissent trouver cela contreproductif, mais à ceux-là, je leur répondrai qu'ils ne peuvent comprendre cette démarche sans avoir eu eux-mêmes une dépendance. Je me souviens un jour où je courrais dans les couloirs pour éviter d'être en retard. Un des mes élèves m'avait bousculé et ma sacoche s'était ouverte, répandant à même le sol un gros paquet de copies à moitié corrigées, les clefs de mon casier, ma tablette scolaire et ma demie plaquette de secours. Évidemment, cette dernière était tombée côté pile et quelques élèves avaient vu l'inscription. Et avant la fin de la journée, j'étais devenu le prof drogué. J'avais été convoqué par le directeur le lendemain, qui m'avait demandé de laisser ces cachets chez moi, et hors de la vue des élèves. En rentrant j'avais pris une vieille boîte de chewing-gum et j'avais balancé six comprimés dedans. La boîte est toujours dans ma sacoche, et plus personne ne prêterait attention au contenu de celle-ci. Néanmoins, je restais le professeur Cacheton pour au moins la moitié du lycée.

Un bruit sourd et répétitif commence à brouiller mes souvenirs, puis un bruit plus aigu, un tintement en rythme arrive à mes oreilles. Je ne sais pas ce qui m'a sorti de mes pensées. Les gouttes de sueur froide coulant le long de mes tempes ou l'association de ce bruit devenu malheureusement familier. La mélodie des clefs ! Elle est de retour. Je me précipite dans le coin de la pièce, retenant ma vessie de se vider.

« Camille, mets-toi dans le fond de la pièce et silence !
- Tu penses que ça va changer quoi que ce soit d'être silencieux, intervint Jason.
- Tu as mieux à proposer peut-être ? répondis-je tout en m'asseyant, adossé au mur, poisseux.

- Oui monsieur, j'y vais de suite. »

       A nouveau le rythme des clefs et des pas, file au rythme de mes battements cardiaques, qui résonnent jusque dans mes yeux, que je ferme par réflexe. Un concerto commence, ou plutôt recommence. L'odeur de rouille, celle du sang fraîchement déversé vient me chatouiller les narines comme un serpent viendrait s'entourer autour d'une proie pour l'immobiliser tout en laissant son venin pénétrer sa cible depuis le point de morsure. Mes mains viennent couvrir mes yeux et mon cœur bat de plus en plus fort, de plus en plus vite. J'ai du mal à maintenir une respiration suffisamment rapide pour ne pas être essoufflé. J'entends le son des pas prendre le dessus sur celui du tintement des clefs. Il est là, tout prêt. Peut-être à trois cellules de moi. Puis à deux cellules. Le temps semble ralentir, les sons raisonnent dans la pièce, puis dans ma tête. J'ouvre les yeux, terrorisé, je les plisse, comme si le fait de ne pas le regarder allait me sauver la vie. Je vois ses bottes, sombres et sa soutane. Il s'arrête au milieu de ma cellule, mais regarde face à lui. Cette fois, la victime sera moi ou bien la gamine. Dans un film, je supplierai le tueur de prendre ma vie et de laisser celle de l'enfant intacte. Mais, je ne suis pas un héros de film et aucun son ne sort de ma bouche. Il se tourne vers la cellule de Camille et soulève sa main droite, celle qui porte les clefs. La gauche elle, détient ce sabre, le même que la dernière fois, nettoyé du sang de la précédente femme. La lame semble dire « J'ai à nouveau besoin de m'abreuver de sang ». Au même moment, j'éprouve de la gratitude, du soulagement d'être en vie, de ne pas être celui qui atténuera la soif de la lame. Comment puis-je éprouver cela alors qu'une gamine de neuf ans va être égorgée. Camille se met à crier et à supplier. Je me bouche les oreilles, avec mes mains dans un premier temps. J'entends encore, les cris. Je replie lentement mes deux index et je les enfonce, le plus loin possible, douloureusement à l'intérieur de mes oreilles. Je suis prêt à me percer les tympans pour ne plus entendre les cris, qui se sont mués en pleurs. Une fois les doigts enfoncés au maximum, les bruits cessent. Ouf, c'est allé plus vite que la dernière fois. Une remontée acide, de la bile, vient parfumer l'intérieur de ma bouche. Je change mes mains de position pour venir les placer en face de mes lèvres. Et je pense, je répète: ne vomis pas… Ne vomis pas… Ne vomis pas… NE…VOMIS…PAS. Je le répète de plus en plus fort comme une incantation. Puis, j'entends un gargouillis et des gémissements, puis un bruit de liquide qui coule sur le sol. Un bruit de lame qui vient de sortir d'un corps mou, comme un boucher qui viendrait de terminer la découpe d'un morceau de viande. Un bruit sourd, celui d'un corps, du corps d'une gamine qui s'effondre au sol. Et moi, je suis là, et je remercie le ciel que ce ne soit pas moi, allongé par terre. Je prends conscience alors que je viens de me réjouir d'être en vie, que je viens d'être soulagé de la mort d'une enfant que je ne connaissais même pas. Et maintenant ? Serais-je le prochain ? Non, sûrement pas. Je n'ai aucune envie de laisser finir ma vie dans cet endroit miteux. Je veux…J'exige de savoir pourquoi nous sommes enfermés ici, à attendre gentiment d'être égorgé. Qu'est-ce que j'ai bien pu faire qui mérite pareil traitement ? Qu'est-ce que cette gamine a bien pu faire elle aussi ? Dans un état semi conscient, je me lève, oubliant ma douleur au poignet, oubliant mon envie de vomir, oubliant ce lieu pourri dans lequel je moisis et je m'approche des barreaux. Je le vois, lui, de dos, à peine perceptible mais je le vois. Sa silhouette, sa soutane et ses bottes. Il a la lame à la main, couverte de sang dont les dernières gouttes viennent tacheter le sol de la cellule, dont la porte est grande ouverte. Je prends une grande respiration, au moment où il se tourne pour sortir de la cellule et hurle, de tout mon souffle, un souffle libérateur, comme si toute la rage, les interrogations et l'angoisse de ces dernières heures voulaient quitter mon corps d'une seule traite :

« Hé, qu'est-ce qu'on fout ici putain de merde !! Tu vas répondre sale con ? J'exige que tu répondes. »

Pas de réponse. Ni même un mouvement d'épaule qui aurait pu marquer la surprise d'être interpellé de la sorte. Alors qu'il continue d'avancer et de claquer la porte derrière lui, et qu'il ne prête aucune attention à moi, je recommence, la même suite d'actions. Inspiration, je m'appuie aux barreaux :

« Hé, je te parle, tu vas me répondre connard ? Tu bosses pour Benamou ? C'est lui qui s'amuse avec nous, qui nous prend pour des rats de laboratoire, qui… »

Je ne puis finir ma phrase, terrorisé par ce que je voyais. Il venait vers moi, s'approchant de ma cellule, de mon espace vitale, de ma sphère d'intimité. Je distingue à peine son visage. En revanche je vois deux yeux rouges, du rouge couleur sang, dans des orbites noires, creuses, sans fond. Je veux reculer, mais je ne peux pas faire le moindre mouvement. Ma respiration s'arrête nette, je ne peux même pas cligner des yeux, je suis comme aspiré par son orbite, par sa pupille rouge, sa pupille sans vie. Le sol semble se dérober sous mes pieds. Je me sens lourd, tellement lourd. Impossible d'articuler le moindre mot, impossible même de penser. Je me laisse glisser lentement dans les pupilles de mon geôlier, oubliant presque mon existence. Mes yeux se ferment lentement, très lentement.

4

J'ouvris les yeux dans une pièce, allongé sur un divan. La salle dans laquelle j'étais ne me semblait pas inconnue. C'était le bureau du docteur Benamou. J'avais l'impression de flotter, une sensation d'ivresse, loin d'être désagréable, mais me privant de mon côté analyste habituel. Etait-ce un souvenir ? Etait-ce seulement réel ? Je regarde autour de moi, aussi rapidement que je puisse le faire, mais mes mouvements restent lents, très lents. J'entends une voix qui m'interpelle au loin « Henri ? Henri vous êtes avec moi ? ». Je tourne la tête, ce qui me prend plus de dix secondes. J'aperçois Benamou qui m'appelle. Il me saisit le visage entre ses mains et s'approche de moi, son nez a seulement quelques centimètres du mien. Je sens le souffle chaud passer le long de mon menton, comme une brise chaude en plein été.

L'odeur est légèrement mentholée. Je reconnais là ses habitudes. Avant chaque patient, il prend un petit bonbon à la menthe. Il me l'a avoué lors d'une de nos premières séances. Je lui avais dit que j'aimais cette odeur, qu'elle avait quelque chose d'apaisant, de doux et qu'elle me rappelait les huiles essentielles que ma mère utilisait pour laisser une douce odeur dans le salon après avoir lavé le sol et fait la poussière sur les meubles. C'est d'ailleurs une des raisons pour lesquelles je me sentais bien dans son bureau, et que j'ai accepté de me laisser prendre en charge par lui.

« Henri, vous m'entendez ? Vous devez revenir à vous. Vous ne devez pas... »

Impossible de comprendre la suite de sa phrase. Je ferme à nouveau les yeux. Une odeur bien différente emplit maintenant mes narines. Une odeur d'urine, de transpiration et de moisi. J'essaie d'ouvrir les yeux, mais je ne parviens qu'à les entrouvrir. Je distingue du rouge, j'ai comme l'impression que je viens de sortir des yeux rouges de mon bourreau. Je reprends conscience pleinement, mais je suis toujours dans l'incapacité de bouger le moindre muscle. Il me fixe, de son regard vide et inexpressif. Il se mit à hurler. Mais son hurlement n'avait rien d'humain. Aucune ressemblance avec le bruit d'un animal enragé. Non, ce son semblait provenir tout droit des enfers. Il était grave, assourdissant. Tous mes membres tremblent, j'ai l'impression que ma peau va se déchirer lentement, comme si on allait me dépecer vif. Je sens chaque poil de mon corps s'extirper lentement, emportant avec eux une parcelle de peau. J'ai envie de hurler, de supplier à nouveau que tout cela s'arrête une bonne fois pour toute. Je suis projeté violemment contre le mur derrière moi. C'est le cri qui m'a propulsé. La silhouette, ce que je me fais de l'idée de la représentation d'un démon, s'approche de moi, après avoir ouvert la porte de la cellule. Il me fixe de ses yeux, ses yeux démoniaques. Je suis paralysé par la terreur que je ressens. Il avance d'un pas supplémentaire. Plus que cinq pas avant qu'il ne soit à bonne distance pour m'ôter la vie. Une sensation de brûlure m'envahit. Ma peau est en feu, mon visage semble brûler dans les flammes de l'enfer. Plus que quatre pas. J'ai froid maintenant, je suis congelé, comme si j'avais passé plusieurs heures dans les neiges éternelles, nu. Je sens à peine les extrémités de mes doigts. Cette sensation, j'ai l'impression que le bout de mes doigts a gelé et tombe, cassé comme des morceaux de glace. Plus que trois pas. Mes dernières pensées. Mes parents, que je vais rejoindre, mes collègues de travail, que je ne reverrai plus, mes élèves, qui se demanderont où je suis, mon directeur qui pensera encore que le drogué n'a pas réussi à se lever. Plus que deux pas. La suite de la vie. Dieu existe-t-il ? Qu'y a-t-il après la mort ? La fin de toute chose ? Le néant absolu ? Le paradis ? Je ne sais même pas si j'ai cru un jour à la vie après la mort. J'ai lu, tellement lu sur le sujet. Des témoignages, des thèses, des retours d'expérience de mort imminente, des témoignages de gens ayant vu ce que leur réserve l'enfer. J'ai peur, peur que tout se finisse, peur du vide, peur de la fin. Plus qu'un pas. La douleur. Est-ce-ce que ça fait mal de mourir ? Certains disent que c'est comme s'endormir, d'autres disent même que c'est plus facile. Je repense à ces vidéos de décapitation que j'ai vu sur des forums. Leurs visages, leurs yeux, la terreur, la douleur que l'on pouvait lire, et ça, après le geste qui les a tué. Ça y est, il est devant moi, il brandit la lame haut, encore éclaboussé du sang de Camille. Je choisis de fermer les yeux. Je ne peux pas affronter la mort en face, je ne peux pas la regarder dans les yeux. C'est plus fort que moi. J'entends la lame pourfendre l'air, et je sens les premières pénétrations de celle-ci dans ma chair. C'est moins douloureux que je le pensais. Je sens la lame courir le long de ma gorge. Un liquide chaud s'écoule le long de mon torse, et je sombre doucement dans les bras de la mort, comme si je m'endormais…

5

Dans le bureau d'un psychiatre, un homme ouvre les yeux, un léger sourire aux lèvres. Le docteur Benamou est en face de lui. Il le regarde, puis regarde autour de lui. Il voit dans les mains du psychiatre une télécommande. En même temps qu'il pose son regard sur celle-ci, une douce musique, calme et apaisante, se fait entendre, de plus en plus basse, avant de devenir inaudible. L'homme s'adosse dans le divan, profitant de l'ambiance douce et chaleureuse du cabinet, une odeur légèrement mentholée caresse doucement ses narines. Il ferme les yeux, prenant une bonne inspiration, avant de les ouvrir à nouveau. Il pense « Je suis enfin le seul maître de ce corps, il m'appartient, à moi seul ». Il se répète ses mots, lentement, plusieurs fois, comme guidé par un métronome.

« Henri, vous êtes à nouveau parmi nous ? interroge le docteur.

- Oui, c'est moi docteur, je suis enfin revenu. Et je crois que cette fois, je vais être tranquille un long moment.
- Ne vous précipitez pas, Henri, prenons le temps de discuter encore un peu.
- Vous voulez vous assurer que c'est bien moi. Rassurez-vous. Et j'ai un bon moyen de vous prouvez que je suis Henri.
- Bien, je vous écoute alors, répondit le psychiatre, concentré sur les intonations et sur la gestuelle de son patient.
- Que diriez-vous de prendre notre prochain rendez-vous mercredi prochain. Nous serons le 11.
- Je vois, sourit légèrement, presque imperceptiblement Benamou avant d'ajouter, vous ne voulez pas changer de jour ? tout en fixant l'homme en face de lui.
- Une prochaine fois. Je ne voudrais pas bousculer tous les progrès que j'ai fait. Le maintien d'une base de repères n'est-il pas le principe de votre prise en charge ? »

Un long silence s'installa dans la pièce. Silence durant lequel Benamou plongea ses yeux dans ceux de celui qu'il pensait être Henri. L'homme pensa « Je dois rester le plus détendu possible, je connais maintenant tous les secrets d'Henri, je connais ses habitudes, je connais sa façon de parler, sa façon de bouger. Personne ne se doutera que Jason a pris enfin le pouvoir sur les nombreuses personnalités d'Henri. » Méticuleusement, Jason avait réussi à apprendre les arcanes de l'hypnose, et avait enfermé tour à tour les différentes personnalités, les supprimant, simulant une mort pour chacune d'elle. Jason était souriant, il était la dernière personnalité, la personnalité survivante. Il souriait intérieurement à cette idée. Il se leva doucement, pour mettre fin à la séance. Il enfila son blouson, à la manière de Henri, et se mit à marcher, comme le ferait la dernière de ses victimes.

« Henri, dois-je vous rappeler que la maladie dont vous souffrez ne doit pas être prise à la légère ? lança inquiet le médecin.
- Je sais docteur Benamou. Je ne prends pas cela à la légère.
- Vous êtes un des cas les plus graves que j'ai pu voir au cours de ma vie.
- Peut-être un des plus intéressants également, n'est-ce pas ?
- Un psychiatre apprend toujours de ses patients. S'il est trop sûr de lui, il s'expose à des erreurs.
- Dites surtout que je suis un des cas les plus instructifs que vous ayez eu. Un des cas qui vous apporte la notoriété dont vous avez toujours eu envie.
- Que voulez-vous dire Henri ? Le médecin fronça les yeux, sachant que quelque chose ne tournait pas rond.
- Regardez votre cabinet. Luxueux, mais pas autant que vous le voulez. Vous avez une belle voiture, une BMW série 5 si je ne me trompe pas. Mais vous rêvez de plus. Vous savez, lorsque que l'on passe plusieurs années, suivi par le même médecin, on en apprend beaucoup sur lui. Par exemple, cette façon que vous avez de vous frotter les mains pour pouvoir regarder votre montre discrètement. Lorsque vous vous disputez avec votre femme, vous avez sans cesse les yeux rivés sur votre téléphone, pourtant dissimulé par votre calepin. Quand vous vous ennuyez, vous décroisez les jambes et commencez à griffonner des petits dessins, au milieu de vos notes. La plupart des psychiatres sont toujours tellement persuadés d'être imperméables à l'analyse de leur patient. C'est assez drôle finalement. Ironique, plus que drôle, je dois le reconnaître.

- Henri, nous devons écourter ce rendez-vous, prenez rendez-vous auprès de ma secrétaire, le jour qui vous conviendra. »
Jason, se dirigea lentement vers la porte en pensant « Facile de déstabiliser une personne. La pire crainte d'un psychiatre ? Etre lui-même analysé, par un de ses patients qui plus est. » Il avait envie de rire à gorge déployée, mais il se retint. Il poussa lentement la porte du bureau et la referma derrière lui. Il s'adossa à cette dernière et inspira, sentant chaque molécule d'air se glissant dans ses poumons. Il avança vers le bureau de la secrétaire et prit un nouveau rendez-vous, avant de sortir du bâtiment. Après quelques mètres il se tourna vers la fenêtre du bureau de Benamou, qui regardait au travers de celle-ci. Il adressa un clin d'œil taquin au médecin et continua sa route. Le médecin poussa le rideau et marcha rapidement à la rencontre de sa secrétaire. Il passa derrière le comptoir et chercha le nom de son patient. Il tourna les pages, une à une prêtant plus d'attention aux mercredis, jours habituels des rendez-vous avec Henri Krayne. Ses yeux furent attirés par un nom, celui de Krayne, mais le rendez-vous était pris au jeudi. A ce moment, le docteur compris que la personne qu'il avait eue devant lui ses dernières minutes n'était pas Henri, mais une de ses nombreuses personnalités.

Benamou n'eut plus jamais de nouvelles de son patient. Il reçut, un an plus tard une carte postale envoyée depuis la Norvège. Le texte, simple et direct était écrit à la main, avec une écriture appliquée. « Merci de m'avoir permis de me libérer. Bien à vous. Jason Krayne »
Le psychiatre prit place devant sa fenêtre, la tête remplie de questions quant à la nature de celui qu'il avait aidé contre son gré à s'emparer du corps d'Henri Krayne.

HARCELEMENT

Avril 2016

Le réveil sonne, et j'ouvre lentement les yeux. Il est 6H30 et nous sommes enfin vendredi. Un des jours que je préfère de la semaine. Parce qu'il est temps de quitter le collège et de profiter des après-midis entre potes ? Parce qu'on peut enfin glander à la maison devant l'ordinateur ? Non. Rien de tout ça. Aujourd'hui est un jour que j'aime particulièrement parce que pendant deux jours, je vais enfin pouvoir respirer. Les moqueries vont prendre un congé sur deux jours.

Je soulève ma couette et je m'assieds au bord du lit. Je me frotte doucement les yeux, comme pour chasser le reste de sommeil qui cohabite encore avec moi. Je jette un œil rapide à mes volets. Ils sont fermés mais je sais reconnaître à la luminosité, le temps qu'il fera. Et aujourd'hui je dirais, très légèrement nuageux. Je me lève et ouvre les volets. Comme je le pensais, quelques nuages. Mais ils ne sont pas menaçants. Je profite du calme de la campagne pour prendre une grande bouffée d'air frais. J'ai l'impression de sentir le froid se nicher dans chaque recoin de mes bronches. Une sensation douce et agréable.

Je me dirige vers la salle de bain, dans le silence du petit matin. Mes parents sont sûrement déjà partis à l'usine. Ils sont d'équipe de nuit ce mois-ci. Ils partent à 21h et rentrent autour des 7h30. Ils ne se plaignent jamais. Le salaire est suffisant pour nous permettre de manger et même de faire quelques extras, comme partir une semaine par an en vacances près du lac, à trois heures de route d'ici. Heureusement que la maison est un héritage familial, sinon ils auraient du mal à joindre les deux bouts. Ils essaient de le cacher, mais je ne suis pas stupide. Pourtant, jamais, je ne les entends se plaindre de quoi que ce soit. Ils ont ce petit quelque chose qui vous dit sans arrêt « On est pas si mal, les choses pourraient être pires ». C'est presque devenu une devise. Le genre de chose que l'on pourrait graver sur une assiette et la poser à côté de celle qui indique « Dieu bénisse notre maison et tous ceux qui en franchissent le seuil ». Je n'ai aucune idée de si Dieu existe réellement ou si c'est juste une invention de l'Homme pour donner une signification à la vie, et garder une certaine retenue. Tout ce que je peux dire c'est que Dieu ne fait pas l'unanimité en ce moment. Quand on voit les guerres, les souffrances et autres. Il parait que c'est le libre arbitre de l'homme. Je ne connais pas très bien la psychologie, mais il me semble que ce ne sont pas les réflexions que devrait avoir un gamin de quinze ans. A quinze ans, on devrait plutôt penser à sortir, faire la fête. Les premiers émois, les premières soirées à boire des bières, comme si on devenait des adultes…

    Je prends mes affaires et fais couler l'eau de la douche. Elle est tiède, tout juste chaude, comme j'aime. La température idéale pour se réveiller. Je me laisse bercer par le bruit de l'eau qui coule le long de mon corps et qui vient chuter sur le sol de la douche. On dirait le même bruit que la pluie, exactement comme si j'étais juste en dessous d'une averse, la froideur en moins. J'ai cours de sport le vendredi matin, et je déteste devoir aller à la douche après la séance. Heureusement qu'il y a des box fermés, dans lesquels je peux avoir un peu d'intimité. Une fois ma tenue enfilée, je descends dans la cuisine, pour voir sur la table que mon bol, mon verre et mes céréales sont déjà disposés. Un rituel de ma mère, qu'elle accomplit quand elle est de nuit, juste pour me dire « Hé mon chéri, je ne t'oublie pas ». Ma mère… Merci maman. Il y a même un petit mot, accolé à la brique de jus d'orange. Il dit « Dernier jour avant le week-end, bon courage pour les cours ». Je souris bêtement. C'est le genre de petite attention que j'aime, même si mon caractère d'adolescent boutonneux prend presque cela comme une moquerie, comme si j'étais incapable de me préparer mon petit déjeuner seul. Mais je n'en ai que faire. Cette petite voix, je ne l'écoute que rarement. Je branche mon téléphone à la petite enceinte de mon père au milieu de la table et je lance une playlist YouTube des musiques que j'apprécie. Il y a du Radiohead, du Pink Floyd, et d'autres groupes dont je n'aime qu'une ou deux musiques. Des musiques de vieux, comme diraient mes camarades de classe. Mais avec un père fan de musique et particulièrement de rock alternatif, je ne pouvais pas être autrement. Je ne critique pas la musique moderne, mais je trouve la musicalité redondante. Toujours les mêmes accords, bien souvent aux nombres de quatre quand on a de la chance, qui tournent en boucle. Un peu de vocodeur et la même caisse rythmique. Je savoure mon bol de céréales et mon verre de jus d'orange, plongé dans la musique, oubliant de penser…

    Soudain je sors de ma torpeur et me rends compte qu'il est déjà sept heures et demi. Mon bus passe devant la maison dans dix minutes, soit le temps de ranger ma vaisselle, de fermer la porte et de prendre mes affaires. Il fait frais aujourd'hui et j'aime le froid, cette sensation qu'il donne, la sensation d'être vivant. Je prends ma veste légère. Une veste noire, très légèrement épaisse, mais oh combien agréable. Je ferme les volets de la cuisine, et me dirige vers l'abri bus. Je suis seul, comme d'habitude. Je fais partie de ceux qui habitent le plus loin du collège. Une bonne vingtaine de bornes. Souvent le trajet est l'occasion pour moi de flâner en écoutant de la musique. Ma place est toujours la même. Deuxième rang en partant du fond et presque couché contre la vitre. Le choix de la place vient d'une histoire toute bête. Je suis amoureux depuis maintenant deux ans d'une fille. Elle est juste belle, simple, douce et gentille. Pour elle, je ne suis qu'un simple PNJ, et elle ignore tout de mes sentiments. Je n'ai jamais eu le courage de franchir le pas et d'aller lui parler. Je suis tellement timide… Et puis, avec trente kilos en trop, difficile d'avoir l'air crédible. J'avais écrit une fois à une fille quelques jours après la première rentrée au collège. Une petite lettre, enfantine, je dois bien le reconnaître dans laquelle je louais sa beauté et son parfum de vanille. Je lui avais demandé de ne pas ébruiter ma déclaration, mais au bout d'un quart d'heure, j'étais devenu la risée de ma classe, et de la moitié des sixièmes. Cette histoire a duré presque deux mois, avant que Peter, le cliché typique que l'on se fait du geek déclare lui aussi sa flamme à Laurène, une fille plus âgée de cinquième. Une différence d'âge qui quand on a treize ans est presque colossale. Enfin, toujours est-il que je dois remercier Peter d'avoir détourné les regards sur lui. Une nouvelle fois, l'histoire a duré presque deux mois avant qu'une autre histoire, plus récente, fasse son apparition. Bref, je vous parlais de cette douce fille qui avait fait que je resterais le temps de ma scolarité à cette place. Anna, rien que de penser à son prénom, je rougis. Une fille magnifique avec des cheveux roux et des yeux bleu pâle dans lesquels on pourrait se noyer, en s'y perdant, oubliant la notion du temps, rien qu'à les contempler. Quand elle vous regarde, le sol se dérobe sous vos pieds. Elle a des dents parfaites, un visage aux courbes qu'on a envie de caresser et des cheveux qui sentent une douce odeur de noix de coco, dont plusieurs heures passées dans les rayons du Carrefour market du coin m'ont permis d'en découvrir l'origine. Elle a la taille fine et une petite poitrine qu'elle essaie de cacher par des petites robes larges ou des vêtements amples. Elle est bonne élève, douée en sport, et très discrète. Elle a un petit groupe d'amies, qui ne sont pas les plus exubérantes de notre collège. Elle suit des cours de solfège en dehors des cours et pratique le piano. Je donnerais n'importe quoi pour écouter un des morceaux qu'elle joue. Dans mes rêves les plus fous, je me posterais en dessous de sa fenêtre et écouterais une douce mélodie. Mais bien entendu, mon côté plein de couardise m'empêche déjà de lui parler et lui demander comment elle va, alors m'imaginer cinq minutes d'aller chez elle et de me cacher comme un amoureux transi. J'en rigole seul, moqueur, rêveur, tout en montant dans le bus, maintenant arrivé.

    Je me dirige vers ma place favorite. Il y a deux personnes dans le bus, dont un gars de mon collège, avec qui je ne parle jamais. Nous ne pouvons pas avoir des centres d'intérêts communs avec tout le monde. Je m'assieds et repense au jour de notre rencontre… Le meilleur jour de ma vie, et je pèse mes mots. J'étais assis à cette place et la pluie tombait tellement fort que quand le bus roulait, je pouvais apercevoir le spectacle des éclaboussures d'eau qui venaient s'écraser sur la vitre. J'avais même coupé mon lecteur MP3 pour pouvoir profiter du spectacle sonore de l'eau venant jouer une symphonie sur le toit du bus. En guise de percussions, le bruit du tonnerre à un rythme soutenu, mais irrégulier. Le genre de temps que j'affectionne particulièrement. Plusieurs arrêts après le mien, les portes s'ouvrent et je vois monter Anna, les cheveux mouillés par la traversée de l'abri jusqu'aux portes du bus, chercher des yeux une place. La seule place disponible était celle à côté de moi. Et je me sentais, pour une fois, le garçon le plus chanceux du monde. Un sentiment nouveau pour moi. Mon cœur s'accélérait au fur et à mesure qu'elle baladait ses yeux de droite à gauche pour trouver une place. J'avais envie de hurler « Par ici ! Il y a une place ici ! » Et je l'ai fais. J'ai hurlé chacun de ces mots, dans ma tête. Son regard s'arrêta sur la place à côté de la mienne et elle se mit à marcher. Une sensation de brûlure sur tout le visage m'envahit. J'en transpirais presque. Heureusement que la pluie glaciale et le chauffage en panne du bus maintenaient une température à un chiffre. Elle s'approcha de moi et mes yeux furent aspirés par les siens. Elle souriait. Elle me souriait à moi. Et pas à un autre garçon, assis derrière, ses yeux étaient bel et bien sur moi. Elle prit place devant le siège et fut renversée quand le bus repartit. Elle perdit l'équilibre pour tomber sur moi. A ce moment, le chauffeur de bus était devenu mon héros, l'homme que je respectais le plus au monde, même si j'ignorais son nom.

« Je suis désolée, dit Anna
- Pas de problème, ils ne font pas gaffe quand ils redémarrent, et avec toute cette pluie, les roues ont dû patiner, dis-je en parlant lentement pour ne pas bafouiller, pendant qu'Anna se redressait sur son siège.
- Je te connais, on va au même collège non ?, m'interrogea-t-elle.
- Oui, je suis en 6eme C et toi en 6eme A il me semble, dis-je en feignant la réflexion alors que je savais exactement qu'elle était dans cette classe.
- C'est bien ça. Tu as le sens de l'observation on dirait. Je m'appelle Anna, lâcha-t-elle, avec une voix aussi douce que son visage.
- Moi, c'est Thomas, mais on m'appelle Thom, répondis-je en respirant

profondément un doux parfum de noix de coco, ce qui enchanta un peu plus le moment.

- Et bien, enchantée Thom, sourit-elle, encore une fois un sourire destiné uniquement à moi, un sourire juste pour moi, que je rangerai dans la boîte des souvenirs chaleureux de mes années collégiennes. Une boîte vide et minuscule, mais à ce moment précis, c'était largement suffisant pour moi.

- Moi aussi, commençais-je en essayant de trouver un moyen de poursuivre une conversation, juste pour qu'elle me regarde. Quel temps de merde ! Tu as vu il pleut ? *Oh mais ce n'est pas vrai, quel abruti, évidemment qu'elle a vu qu'il pleuvait.*

- Oui, j'ai vu, merci, ria-t-elle. *Oh moins je l'avais faite rire, ou alors je lui avait donné l'occasion de se moquer de moi.*

- Désolé, je voulais pas être idiot. *Ah ben voilà, c'est le pompon je suis un abruti fini.*

- T'as un lecteur MP3, je vois, tu écoutes quoi ? dit-elle en tendant la main vers l'objet. »

Nos mains se frôlèrent quand je lui tendis mon lecteur. Elle avait les mains douces, tellement douces. Mon cœur battit encore plus fort, encore plus vite, avec cette impression qu'il allait sortir de ma poitrine. Mes cheveux et mes poils se dressèrent comme si eux aussi voulaient profiter de la douceur qui émanait d'Anna. Elle saisit le lecteur et porta mes écouteurs à ses oreilles. Les fils pendirent sur ses épaules, juste sous ses cheveux. J'espérais qu'elle écoute suffisamment de temps la musique pour que mes écouteurs prennent l'odeur de sa chevelure, et que je puisse sur le chemin du retour en profiter. Je pris le temps de la regarder, de mémoriser chaque trait de son visage, chacune des petites taches de rousseur présentes sur ses pommettes. J'ai dessiné dans ma tête chacune des courbes de ses lèvres, imprimée dans ma tête chaque ondulation de ses cheveux. Pour moi, c'était comme si j'étais au paradis ce jour-là. Je ne m'inquiétais même pas de ce qu'elle penserait de mes choix musicaux. Nous étions seuls, et je n'avais pas assez de l'éternité pour contempler Anna.

« Je savais pas que tu aimais Radiohead, me dit-elle, me coupant de l'état de méditation contemplative dans lequel je me trouvais.
- Oui c'est un des groupes préférés de mes parents, répondis-je bafouillant le temps de reprendre mes esprits.
- J'aime beaucoup aussi, bien plus que les daubes qu'on nous balance sur les radios, ricana-t-elle. *Même son rire est charmeur. Il a quelque chose qui vous force à sourire, vous fait oublier tous vos soucis.*
- Ah oui ? Tu n'aimes pas les standards actuels ? demandai-je
- Pas du tout. Rythmes redondants et sans originalité. Aucun intérêt. Dis-moi, c'est quoi ton morceau préféré de Radiohead Thom ? m'interrogea-t-elle, tout en souriant.
- No surprises, sans hésiter une seule minute.
- Ce n'est pas leur création la plus joyeuse, tu ne penses pas ?
- Je pense que c'est la plus réaliste sur le monde qui nous entoure.
- Pessimiste Thom ? me demanda-t-elle en penchant légèrement la tête, déclenchant un retour de cette odeur de noix de coco.
- Ouais, un peu, dis-je en riant, un rire nerveux, stupide de surcroît.
- J'aime voir le bon côté de la vie. Alors, tu sais ce qu'on va faire ? Tous les jours que nous passerons ensemble dans ce bus, jusqu'à l'école, je te raconterai quelque chose de positif que j'ai vécu, impliquant une autre personne et tu en feras de même. D'accord Thom ?
- Allez, je vais jouer le jeu. *La vérité, c'est qu'Anna vient de me fournir une excuse pour passer du temps avec elle. Chaque trajet ne sera plus qu'un doux*

et agréable moment. Les meilleurs de ma journée… Non… les meilleurs de ma vie…»

La sonnerie du bus arrivant à destination me ramène à la réalité, au présent, et le sourire qui se dessinait probablement sur mon visage à la pensée de ses souvenirs fait place à un visage fermé. Je me lève quasiment en dernier comme d'habitude et je marche en direction des portes ouvertes du bus. La mélodie de mes souvenirs fait place à une luminosité qui est presque aveuglante. Dire qu'il fait beau aujourd'hui… Je progresse doucement. Je sais que je vais être, aujourd'hui encore la cible de brimades de la part des autres. Le groupe de Henri, Christophe et Kevin est déjà en train de rire. Au moment où je passe, Christophe lève la jambe et je perds l'équilibre. Je me rattrape de justesse aux deux sièges juste devant moi et comme à mon habitude, je ne dis rien, pour ne pas recevoir de coups.

« Hé gros sac, excuse toi, tu m'a bousculé, me lance Christophe.
- Ne te retourne pas, ne te retourne pas, ne te retourne pas, marmonne-je comme une incantation, persuadé que répéter plusieurs fois la même phrase aura un impact, sur ce qui est déjà écrit.
- Réponds lui au moins, excuse-toi et plus vite que ça si tu ne veux pas que je te fasse lécher la semelle de mes godasses, salopard de gros sac. Ça lui va bien hein, ce petit surnom, j'en ai même oublié son prénom, éclate de rire Henri, accompagné bientôt par ses deux compères. »

Je descends les marches et sors rapidement du bus. Je serre les poings, et les larmes me montent aux yeux. Un rituel quotidien, rythmant ma vie. Je les réprime pour ne pas leur donner la satisfaction qu'ils pourraient en retirer.

« Ho, mais c'est qu'il est en colère ! Regarde Christophe il serre les poings ce con ! Putain, il y en a qui n'ont vraiment honte de

rien, hurle Kevin en se postant devant moi.
- Alors tu vas nous faire quoi ? Hein ? Me glisse dans le creux de l'oreille Henri. Je devrais peut-être te balancer un bon gros coup de pieds dans le bide, tu perdrais peut-être un peu de graisse. »

Je reçois une petite claque derrière la tête, puis une deuxième, bien plus puissante, qui me fait vaciller en avant, et pris dans un début d'élan, je me mets à courir de toute mes forces. Je galope comme si ma vie en dépendait. Au loin j'entends Christophe hurler comme un sauvage.

« Cours, cours vite, si je te rattrape je vais t'éclater comme un ballon de baudruche ».

Je pense gagner du terrain car je les entends m'insulter mais de plus en plus loin. Je passe le portail d'entrée du collège. Si je cours vers les toilettes, c'est mort. C'est le premier endroit qu'ils iront fouiller. Je vais me planquer dans un des bâtiments. C'est le premier cours, et je suis certain que le ménage n'est pas fini dans les laboratoires de science. Je tourne à gauche après le portail et pique un sprint sur cinquante mètres. Un des plus rapides de ma vie. Bon sang si le prof de sport voyait ça, il serait sûrement étonné. J'arrive à l'entrée du bâtiment C. Comme prévu, la porte n'est pas fermée à clef et je m'engouffre à l'intérieur. Je grimpe au troisième étage et je m'écroule à bout de souffle sur le palier. Je serai tranquille ici, au moins quelques minutes jusqu'à ce que la sonnerie retentisse et que je doive rejoindre la salle de cours. Je continue à souffler comme un bœuf quelques secondes, et je sens mon rythme cardiaque redescendre, en même temps que mon taux d'adrénaline. Et comme après chaque pic d'adrénaline, la fatigue gagne du terrain et j'ai presque envie de m'octroyer une petite sieste. Merci Madame Taderstein pour les cours de SVT. Comme je m'y attendais la sonnerie retentit et je descends doucement les marches, par prudence, même s'il est presque impossible que sur les huits bâtiments, plus les toilettes, ils m'attendent dans celui-ci précisément. Une fois devant la porte par laquelle je suis rentré, je continue ma descente et j'emprunte les couloirs sous-sols des urgences. On les appelle comme cela pour deux raisons. La première, raison officielle, c'est que c'est par ce couloir qu'en cas d'attaque terroriste, on est censé sortir du bâtiment attaqué, et la deuxième, la raison officieuse mais la plus populaire, c'est que c'est ici que les élèves se donnent rendez-vous pour une bonne petite baston. J'arpente les couloirs dégueulasses jusqu'au bâtiment A. Les murs sont jaunis par les milliers de cigarettes fumées à l'intérieur, le sol est sale et collant car nettoyé seulement une fois par trimestre. On dirait vraiment une zone de non droit, abandonnée par l'Institution. Un peu comme si on voulait masquer l'utilité primaire de ce chemin. On ne nettoie pas ce couloir, et les attentats et autres n'existent pas. Encore une pensée magique à la con, mais j'utilise les mêmes mécanismes de défense. Aux murs, des vieux plans, jaunis eux aussi. On dirait des imitations de papyrus. Ils indiquent les différentes sorties disponibles à proximité, avec le fameux point rouge…Vous êtes ici. Il me vient à l'esprit un sketch de Bigarre sur le mec parano qui se sent observé avec cette signalétique. Je souris bêtement tout en marchant.

    J'arrive enfin à la sortie du bâtiment E. C'est ici que je dois remonter. La sonnerie a retenti, mais les portes principales ne sont pas encore ouvertes. Je connais le moyen de ne pas me faire prendre dans les couloirs en dehors des heures de cours. Je me poste derrière la porte principale et attends que le premier professeur ouvre. La porte s'ouvre en couinant, et je me faufile après deux ou trois élèves, et je rejoins le deuxième étage, sans croiser mes poursuivants. Je sais que je vais le payer au centuple dès qu'ils en auront l'occasion. Mais au moins, ce matin, je suis tranquille.

Le cours de maths se déroule à peu près sans encombre. Quelques noms d'oiseaux fusent à mon intention mais Mr Vaindeur est particulièrement vigilant. C'est un des seuls profs qui prête une réelle attention aux brimades des plus forts envers les plus faibles.

« Si quelque chose se passe, je veux que tu viennes me voir. Sache que chez moi, il y aura toujours une oreille attentive en cas de problème. Tu seras en sécurité », m'avait-il dit au cours d'une fin de cours pendant laquelle j'avais été la cible de moquerie pendant les conversions kilos/tonnes. Christophe et ses deux toutous avaient même inventé l'unité de poids Thomas. Un Thomas équivalait à cent kilos, et ils avaient passé la totalité du cours à convertir en Thomas. Au moins, avais-je pensé, ils avaient compris un cours de math pour une fois. Ce ne sont pas les plus intelligents, laissons leur ce moment de gloire. Le problème quand on est défendu par un prof est que les agresseurs ne peuvent se laisser aller à du harcèlement sans être interrompus mais c'est qu'après les cours, on en prend le double. En sortant du collège le soir, ils m'avaient bloqué contre le mur de l'enceinte et m'avaient mis une belle gifle chacun avant de cracher sur mes cheveux. J'avais tenté de trouver du soutien auprès du surveillant, mais sans succès. Ce qui se passe en dehors de l'enceinte du collège ne me concerne plus. C'est ce que j'avais lu dans son regard. Il avait même haussé les épaules, ce que j'avais traduit par « Désolé mon gars ». J'avais ensuite pris le bus et effacé les traces des conséquences de ma mutinerie sous une douche, prenant soin de faire plusieurs shampoings, tant j'avais l'impression que les crachats coulaient encore le long de mes cheveux et de mon cou.

Au collège, tous le monde sait que je suis le souffre douleur d'une poignée de connards qui me persécutent depuis presque quatre ans. Mais comme partout, quand vous êtes habitués à quelque chose, cela devient presque la normalité. Les autres élèves ne disent rien, et mes deux seuls amis se contentent de me plaindre, sans me défendre, par peur des représailles. Je ne leur en veux pas. Après tout, peut-être ferais-je de même. Le harcèlement, est un nouveau mal, selon certain. Non, il a toujours existé, mais on préfère fermer les yeux, tant qu'on y est pas confronté de manière directe, tant qu'il ne nous touche pas de plein fouet.

Et voilà qu'arrive un des moments que je redoute le plus sur une journée, après la sortie des cours : La Cantine. Je me présente devant la file du réfectoire et prends le menu classique de tout collégien, à savoir un œuf mayonnaise en entrée, steak haché frites, yaourt sucré et compote. Je me dirige vers une table. Une table vide, histoire d'être tranquille quand je sens une légère bousculade et je vois une main se pencher sur mon plateau pour prendre le yaourt. Je reconnais au premier coup d'œil cette montre. Une montre connectée, noire, bracelet métallique de même couleur. J'entends une inspiration dans mon oreille et Henri me dit :

« Je prends ça mon gros, ça va te faire du mal, chuchote-t-il à mon oreille
- Fous moi la paix sale con, répondis-je sans réfléchir aux conséquences.
- Pardon ? Tu m'insultes ? Gratuitement alors que je n'ai rien fait ? me répond Henri en se postant devant moi, une tête de plus que moi, le regard aussi noir que ses cheveux, et la mine patibulaire.
- Un problème Henri, intervient Christophe, se postant sur ma droite, avec le même regard que son compère.

- Ben alors gros sac, on se rebiffe ? Mais c'est que tu vas prendre une belle branlée, ajoute Kevin, se postant juste derrière moi, me respirant dans le cou.
- Foutez moi la paix je vous en supplie, dis-je en baissant les yeux.
- D'accord mais d'abord, tu vas faire quelque chose pour moi Thomas ! lance Christophe, un sourire en coin.
- Tu veux quoi ? demande-je, presque résigné à faire ce qu'il me demandera.
- Mets-toi à genoux devant moi, embrasse-moi les chaussures et je te laisserai tranquille jusqu'à demain. Je consens même à oublier le petit incident de ce matin.
- Je ne peux pas. Je ne peux pas me mettre à genoux ici, au milieu du réfectoire… dis-je les yeux regardant le sol, les larmes presque au bord des yeux.
- Comme tu voudras Thomas, comme tu voudras… »

Une fois les mots sortis de sa bouche, j'aperçois une ombre passer devant mon regard et mes pieds décollent du sol. Je lâche mon plateau et me retrouve au sol. Un grand silence s'abat sur le réfectoire pendant ce qu'il me semble être plusieurs minutes, alors que ce ne sont que des secondes. Je regarde autour de moi. Je vois la plupart des élèves, me regarder comme si j'étais l'attraction du moment. Je passe de regard en regard, sans y voir le moindre soutien ou la moindre compassion. J'aperçois même quelques téléphones sortis et au même moment, j'entends les premiers rires. Pendant que j'essaie de me relever, une main me maintient par le cou proche du sol et me pose le nez dans la mayonnaise éclaboussée au sol. Je pousse de toutes mes forces sur mes jambes pour me relever. J'ai l'impression que toute la haine accumulée au long de ces années sort d'un seul coup. Je pousse, fort, et je finis par me mettre debout. Je pousse Christophe de toutes mes forces, le faisant trébucher sur une des tables derrière lui. Il chute lourdement au sol, et se retrouve couvert de ketchup, de mayonnaise et de sauce tomate. Kevin et Henri, me regardent, sans dire le moindre mot, étonnés par ma rébellion. Je bouillonne, pour la première fois, j'explose intérieurement. Je plonge vers eux, à la manière d'un rugbyman qui doit plaquer au sol un adversaire. Je profite de leur étourdissement pour amener Henri au sol et lui décrocher un énorme coup de poing dans la mâchoire. Mes phalanges me font mal. C'est ça la sensation de donner un coup de poing? J'en donne un deuxième, puis un troisième. Les rires ont maintenant fait place à des cris. Je suis passé de la piste du cirque sur laquelle le clown fait le pitre pour faire rire les gens à un combattant, au milieu d'une arène, sous les hurlements d'une foule qui réclame du sang et des blessés. Je laisse mon corps gérer l'ensemble de mes mouvements, me contentant de fixer les yeux de Henri, qui me demandent de stopper mon assaut. Mais je frappe, encore, encore. Une main stoppe la mienne derrière. Persuadé que c'est Kevin qui essaie de m'immobiliser pour permettre une contre-attaque je me tourne, et d'un balancement de hanche envoie un dernier coup. J'y mets toute ma rage. Une rage accumulée depuis quatre ans. Ma main rencontre le visage d'une personne, mais ce n'est pas Kevin. C'est un des surveillants, qui est arrivé, alerté par le brouhaha de la salle de réfectoire. Il recule de deux pas tout en me tirant au sol avec lui, et s'allonge sur moi. Les deux autres surveillants en poste aujourd'hui arrivent à leur tour et font sortir les autres élèves, ne laissant que mes trois agresseurs et moi au milieu du champs de bataille improvisé. Je me calme, ma respiration retrouve une allure normale et je vomis au sol, pris de tremblements. Je tourne mes yeux vers Henri, Christophe et Kevin, qui lèvent les mains en l'air, signe de reddition. Ils parlent, mais je ne comprends pas ce qu'ils disent, toujours sous l'effet provoqué par l'adrénaline. J'aperçois le directeur qui arrive, une serviette à la main. Je suis fier de moi, j'ai répondu, j'ai enfin osé répondre à ceux qui m'opprimaient depuis des années. Tu vois Anna, j'ai réussi à proposer une réponse. Ce n'est pas la réponse que tu aurais voulu mais en voilà une. Si tu savais comme tu me manques. Je ferme les yeux et je repense à notre dernière rencontre.

Nous étions dans le bus. Deux mois après avoir commencé à lui parler, je devenais de moins en moins gêné. Mais je me refusais totalement à lui faire la moindre allusion à ce que je ressentais pour elle. Je préférais cent fois être juste un ami plutôt que plus rien du tout. Dans mon imagination, si je lui avouais des sentiments qui n'étaient pas réciproques, plus rien ne serait comme avant. Et je m'y refusais.

« Hier j'ai réussi à convaincre mes parents de me laisser déménager ma chambre dans le bureau de papa, et de lui laisser ma chambre comme espace de travail, commença-t-elle avec le sourire, son si beau sourire. De cette manière, je pourrai écouter la musique tranquillement tous les soirs de la semaine. D'ailleurs tu as pensé à me faire une copie de tes musiques ?
- Oui, elles sont ici, dis-je en sortant une clef USB de la poche avant de mon sac. Tu peux la garder autant de temps que tu veux. Je ne suis pas pressé. Il m'en reste plein. *J'avais le sourire, mon moment préféré de la journée. J'allais en cours, juste avec le sourire de ce moment passé*
- Bon, alors aujourd'hui, quelque chose de bien m'est arrivé. Une personne que j'aime beaucoup m'a préparé une liste de musiques, comme je le lui avais demandé. *Une personne que « J'aime beaucoup ». J'ai bien entendu. Mais c'est aimer dans le sens apprécier, ou aimer dans un autre...Non, arrête de rêver Thom, elle t'apprécie juste comme un ami. Un*

ami très proche. Thom, tu rêves ? Hé oh !
- Je suis désolé, excuse-moi Anna, j'étais un peu perdu dans mes pensées, dis-je en me frottant la tête, un peu honteux.
- Non, pas de souci, souria-t-elle. Alors et toi ? C'est quoi ton moment positif aujourd'hui ?
- Et bien, c'est simplement d'être… »

J'étais lancé, mais n'ai jamais pu finir ma phrase. Aujourd'hui encore je ne sais pas si j'allais dire « être ici, avec toi, à côté de toi, tous les jours dans ce bus… » ou si j'allais inventer une fin de phrase à la va vite, en me dégonflant comme d'habitude. C'est à ce moment que les choses ont pris une tournure apocalyptique.

« Salut Anna, lança Christophe, sûr de lui.
- Oui salut, excuse-moi mais mon ami était en train de me parler, répondit Anna toisant Christophe du regard.
- Quoi, lui c'est un ami à toi ? Ce gros sac ?
- Il s'appelle Thomas. Et évite de lui manquer de respect, lança-t-elle en le fixant dans les yeux, pendant que moi, je les baissais.
- Ouais, ok je me fous de son nom, c'est à toi que je voulais parler.
- On s'assoit dans le bus, les jeunes, lança le conducteur de bus une première fois, nous fixant depuis son rétroviseur.
- Je t'adresserai la parole quand tu seras un peu plus poli. On ne coupe pas les gens comme ça.
- Bon ok, ça va, commença Christophe
- On s'assoit, lança le chauffeur, un peu plus fort, nous fixant maintenant à intervalles réguliers.
- Anna, ça te dirait qu'on sorte manger une glace après les cours ? ajouta-t-il. *Cette fois, mon cœur avait manqué un battement. Il avait osé, lui. Ce Christophe, qui sortait de nulle part, avait osé lancer une invitation. J'étais admiratif de son courage et en même temps je le détestais. Et si Anna*

disait oui ? Si elle consentait à sortir avec lui ? On se verrait moins, elle me délaisserait, et je perdrais mon moment à moi, le seul qui rendait mes journées moins pénibles.

- Je suis désolée Christophe, mais tu n'es absolument pas mon style. Et puis, tu ne fais pas partie des gens les plus sympathiques. Une fille aime aussi la gentillesse de temps en temps. Thom, relève la tête, n'aie pas honte, dit-elle à mon intention. Tu ne dois pas te laisser faire. Tu dois relever la tête. Tu vaux mieux que lui !
- Quoi ? Tu me dis que tu préfères cette…chose à moi ?» lança-t-il en me montrant d'une main ouverte, les yeux remplis de dégoût. Anna se leva sèchement pour mettre une belle gifle à Christophe, et s'avança vers lui pour lui en remettre une deuxième.

« Mais merde, mettez-vous assis bordel ! hurla le chauffeur »
Juste après ces mots, le bus se retourna sur la route et fit plusieurs tonneaux. Le temps que je comprenne ce qu'il se passait, j'avais perdu connaissance. J'ai repris connaissance plusieurs heures après l'accident, entouré de mes parents, en larmes, qui me tenaient la main. Distrait par notre spectacle, le chauffeur n'a pas vu le camion de chantier qui arrivait de sa gauche. J'ai appris que le bus avait fait deux ou trois tonneaux sous la puissance de l'impact. Anna avait été projetée à l'avant du bus, était passée par une vitre et s'était retrouvée sous le camion, couché sur le flan en portefeuille. Christophe, lui, que je tenais pour responsable de la mort de la seule personne qui comptait pour moi en dehors de ma famille, s'en était tiré avec une fracture de la jambe. De la même manière, lui me jugeait responsable de l'accident. « Si tu n'avais pas été là, espèce de gros sac, je me serais assis à côté d'Anna et elle serait sûrement tombée dans mes bras. » Lui était envahi par la jalousie, moi par la tristesse. Il était haineux et moi je me sentais coupable. C'est peut-être pour cela que j'ai encaissé les

brimades chaque jour, sans trop broncher. J'ai accepté le traitement des autres comme une punition, une punition que j'avais décidé de m'infliger. Mais aujourd'hui, j'ai dit stop. Pour la première fois de ma vie, j'ai décidé de me rebeller.

Je suis dans le bureau du principal, avec mes parents. Mr Omen a le visage fermé. Il est derrière son bureau et nous sommes, mes parents et moi, devant lui. La porte est fermée et je sais que dans la salle d'attente, se trouvent Christophe et ses parents, ainsi que Kevin et sa mère. Henri, lui est aux urgences pour faire des radios de la mâchoire. Je n'arrive pas à m'en vouloir. Je sais que je n'aurais jamais dû autant m'acharner sur lui, mais cela m'a fait du bien. C'est moi qui devrait être aux urgences, pour faire vérifier ma main qui me lance terriblement depuis une bonne heure. La fenêtre de son bureau donne sur la cour, le lieu de la plupart des humiliations que j'ai subies ces dernières années. Quoi qu'en y repensant, chaque lieu ou recoin de ce collège a été le lieu de diverses brimades. Tout y est passé. Mes affaires de cours dans les chiottes, mes vêtements balancés sur le toit des bâtiments, mes chaussures qui ont servi de bac à urine, mon sac planqué dans le trou des évacuations des eaux pluviales et d'autres encore, dont certaines, me sont sorties de la tête.

« Thomas, tu comprends bien que je ne peux pas tolérer un tel comportement dans l'enceinte d'un lieu qui accueille des enfants ?
- Oui monsieur, lâche-je sans aucune conviction, tout en pensant « Par contre tu laisses faire les autres hein vieux salopard »
- Je me dois de faire un exemple. Tu es allé jusqu'à essayer de frapper un adulte, tu te rends compte ? dit-il, le ton calme mais déterminé en mordillant le bout de ses lunettes.
- Oui monsieur, dis-je en le regardant dans les yeux. Je n'ai jamais voulu frapper le surveillant, je voulais juste mettre fin à des années de

brimades, des années de moqueries.
- On ne résout pas tout avec de la violence.
- Que faites-vous de la violence verbale que j'ai subie pendant quatre ans, sous vos yeux ? Sans que personne n'ait jamais osé intervenir !
- Pourquoi ne pas être venu me voir dans ce cas ? Moi, ou un autre professeur ? me demanda Omen.
- Pour subir des représailles ? Vous pensez qu'après tout cela ils vont me laisser tranquilles ? Vraiment ? Je ne subirai aucune vengeance ? Vous pouvez me le garantir ? demandai-je d'un ton sec, à la limite d'une agressivité qui m'était inconnue jusqu'à aujourd'hui.
- Et bien, je m'engage à y être le plus vigilant possible. Mais tu dois être conscient que vous êtes près de quatre cents élèves et que je ne peux pas détacher un surveillant pour veiller sur toi. Tu comprends ?
- Oui, je comprends. Et en plus, si c'était le cas, je serais la cible de nouvelles moqueries, inédites celles-ci.
- Les parents de Kevin m'ont assuré qu'ils allaient déposer une plainte contre toi, et contre l'Établissement.
- Que risque-t-il ? demanda ma mère, qui était silencieuse jusqu'à maintenant.
- Et bien, madame. Il risque le conseil de discipline, et sera sûrement vu par un juge pour mineur. Nous vivons une période dans laquelle le ministère de l'éducation fait la chasse aux violences scolaires.
- La chasse aux violences scolaires ? reprend mon père. Parfait, nous allons pouvoir leur expliquer que vous laissez vos gamins se faire humilier, harceler, et que vous ne réagissez qu'à partir du moment où les choses se voient ! Qu'attendez-vous ? Un drame ? Votre rôle est de soutenir les élèves. C'est le rôle des adultes qui ont en charge l'éducation et la formation de nos enfants, les adultes de demain.
- Je suis navré que vous preniez les choses comme ceci, monsieur. En

attendant, Thomas, tu vas être exclu à titre conservatoire, pour une durée de trois jours. C'est une mesure préventive, pour éviter aussi que tu ne sois la cible de vengeances, comme tu disais à l'instant.
- Pardon ? m'emporte-je. Maintenant je suis exclu pour ma protection ? Mais c'est le bouquet final ! Et les autres ? Ils vont avoir quoi eux ? Des bonbons et une poignée de main de leur directeur ?
- Tu vois ? C'est ce comportement, cette agressivité, qui t'ont amené à user de la violence physique. Ces trois jours vont être un temps de pause pendant lequel je t'invite à réfléchir. »

    Ce soir, à table, mes parents n'ont pratiquement pas mangé. Ils se font du souci pour moi, mais ne savent pas comment le dire. Ils m'ont assuré de leur soutien, et m'ont demandé de leur parler quand les choses ne vont pas bien. Ils envisagent de me faire quitter l'établissement et de me mettre ailleurs, même en privé s'il le faut. Sachant les ressources financières dont nous disposons, je n'ai pas envie de leur infliger ce sacrifice. J'ai du mal à me calmer. Je repense à tout ce que j'ai vécu depuis mon arrivée. Christophe m'a pris ma dignité, mon amour propre…et Anna. A cause de lui, à cause de son comportement, de son entêtement, de son irrespect. Elle est morte. La seule personne à qui j'arrivais à me confier, à qui je pouvais dire des choses que je ressentais. Son parfum, son sourire, l'emplacement de ses taches de rousseur, tout commence à devenir sombre dans ma mémoire. Le souvenir d'Anna sera bientôt si flou que je ne me souviendrai plus de tout cela. Le temps fait son œuvre, les souvenirs le plus anciens, même précieux, se font de plus en plus flous. Et aujourd'hui, voilà que se rajoute une nouvelle injustice. Je suis renvoyé trois jours, pendant que les trois autres seront en cours demain, se gargarisant de leur énième victoire contre moi. Ils doivent être en train de se féliciter les uns les autres. Même cette ordure de

Kevin doit avoir oublié ses douleurs à la mâchoire et rire de bon cœur, se réjouir de mon malheur, alors que ma main me lance terriblement. Je veux que cela cesse, je veux que tout s'arrête. Et tous les autres, présents dans le réfectoire. Ils ont ri, eux aussi. Ils auraient pu donner leur version des faits auprès de Omen. Mais aucun n'a voulu se mouiller. Je les entends déjà « Christophe et ses potes sont tellement populaires… Ils sont tellement beaux… Ils sont tellement cool…Et toi tu es si… » Je suis minable, voilà le mot. Une merde, un bon à rien, même pas bon à réussir sa rébellion. Je dois me venger, les faire taire une bonne fois pour toute. Le téléphone vibre, je le prends dans mes mains

« Salut mon gros, tu devrais jeter un œil sur ce lien. Bisous et bonne soirée »

Le message est anonyme. Encore un truc envoyé par un des trois fameux intouchables. Je clique sur le lien et l'application YouTube se lance. Le titre de la vidéo ne laisse aucun doute. Un gros sac de merde humilié au collège. Je lance la vidéo. On y voit les autres me malmener avant de me faire tomber au sol, sous les hurlements de bonheur et les encouragements du reste du réfectoire. Puis la vidéo se coupe. Déjà cent vues. Le temps de rafraîchir la page, c'est déjà quinze vues de plus. Je fais défiler les commentaires.

« Putain, la loose du gros, lol

L'histoire ne dit jamais s'il a réussi à se relever

Ah c'est ça les secousses ressenties ce matin

Ses parents devraient avoir honte d'avoir un fils comme ça

Il a plus de seins que ma grande sœur

J'ai vomi à apercevoir son ventre… »

Le reste des commentaires, au nombre de vingt, sont du même registre. Une seule personne a osé mettre autre chose, quelque chose de presque réconfortant.

« Formidable, aucun connard pour l'aider. Tous le monde filme, personne n'aide. La jeunesse d'aujourd'hui est à gerber. »

Un seul sur vingt-cinq. Révélateur de l'état d'esprit des gens, cachés derrière leur clavier à vomir leur haine sur les autres. Moquant les différents, les humiliants. Ce monde me répugne.

C'est vrai, tous le monde a ri, et d'autres ont filmé. Personne n'a bougé le petit doigt. Les larmes coulent sur mes joues. Ce sont des larmes de rage, des larmes de haine. Je jette mon téléphone à l'autre bout de ma chambre et l'écran éclate en morceaux, avant de s'éteindre. La batterie est projetée sous mon lit et je m'allonge, la tête dans l'oreiller pour hurler de toutes mes forces. Je hurle jusqu'à ce que ma gorge me brûle, jusqu'à m'en étouffer. Je serre les poings jusqu'à ce qu'ils tremblent. Je répète ses mouvements pendant plusieurs secondes, puis plusieurs minutes, avant de sombrer dans un demi sommeil, épuisé par cette décharge d'énergie.

Quand j'ouvre les yeux, il est trois heures du matin. Je tâtonne mon lit à la recherche de mon téléphone, oubliant l'espace d'une seconde que je l'ai balancé au sol. J'allume mon ordinateur. Une sonnerie retentit dans le silence de ma chambre. Une notification de message, sur l'application des SMS. Un message anonyme. « Alors mon petit aquarium de gras, tu penses qu'Anna aurait pu sincèrement te voir avec d'autres yeux que ceux de la pitié ? » Mon sang ne fait qu'un tour et mon cœur s'accélère. Il y a un lien vers une vidéo YouTube. Le même lien que précédemment. La vidéo a été vu plus de mille deux cents fois. Je ferme la fenêtre, je me lève de ma chaise en respirant le plus calmement possible. Je fixe mon reflet dans l'armoire et je balance un coup de poing de toutes mes forces. Le miroir vole en éclat et la porte se fissure. C'est à ce moment que je sens que je sombre

dans la folie, me laissant guider par ma haine. A ce moment précis, que je me dis « Cette fois, ne te débine pas, tue-les ! Tue-les » et cette phrase résonne dans ma tête… Je m'abandonne à la haine, je la laisse prendre le contrôle. Elle est douce, séduisante et réconfortante…
SEPTEMBRE 2016

    Je suis assis dans le fond de la salle d'audience. Aujourd'hui, il n'est pas question d'exposer ma version des faits. Mes parents, au premier rang, en tant que mes tuteurs légaux sont eux, obligés d'être dans ce que j'ai décidé d'appeler les loges présidentielles. Il y a mon avocate, l'avocate du collège et celui de la sainte Trinité des intouchables. J'aperçois dans la salle des parents d'élèves, quelques curieux venus ici pour l'occasion. Les journalistes, eux, n'ont pas obtenu l'autorisation d'assister au « procès du siècle », comme ils le surnomment. Au village, nous préférons appeler cela, le « procès de la culture américaine ». Nous sommes au tribunal le plus proche, à une petite heure de route du village. La salle est de taille moyenne, l'assemblée ne remplit qu'une petite moitié de la capacité d'accueil maximum et tant mieux, j'ai moins cette sensation d'étouffement, et comme je suis dans le fond, personne ne fait attention à moi, aucun regard. La juge, une femme d'une bonne cinquantaine d'années, les cheveux gris, ne laisse rien transparaître. On dirait ce que les psychiatres appellent de la froideur affective. Je pense, pour ma part, qu'elle a dû tellement en voir, qu'elle trouve toute cette agitation bien banale. C'est d'ailleurs presque drôle quand on y pense. Mes parents ne dorment quasiment plus, comme tous les protagonistes de cette histoire, pendant que je parie que les avocats rentrent chez eux le soir, et se couchent sans même penser à leur client. Certains ne se gênent pas pour conseiller d'autres clients, sûrement plus lucratifs, entre deux pauses dans les audiences. Les trois autres familles, ont un comportement différent. La famille de Kevin, les Archeur sont en pleurs, comme si leur rejeton allait être décapité en place publique. J'aimerais assister à ce spectacle. La famille Raouche, la famille de Henri, ont pris leur distance des deux autres et encouragent leur fils par des regards qui semblent dire « si tu dois mentir pour t'en sortir, ne te gène absolument pas ». La famille de Christophe, les Sinerdone, sont eux, sur une ligne plus agressive. Vindicatifs, moralisateurs, accusateurs, ils sont des plus détestables, à l'image de leur fils. Il est intéressant de voir à quel point le comportement des parents déteint sur celui de leur enfant. Psychologie de comptoir me diriez-vous, et, vous auriez raison.

Henri est appelé à la barre, sous le regard de ses parents. Son père brandit le poing, en direction de son fils, qui lui répond d'un simple hochement de tête. On fait moins le fanfaron, pas vrai Henri ? Voilà ce que je voudrais pouvoir lui dire, pouvoir hurler dans la salle. Je me ferais probablement sortir pour une connerie du genre outrage ou je ne sais quoi. Henri se dirige vers le pupitre en bois et pose ses mains dessus. Il tremble, et j'imagine sa voix chevrotante, retenant ses sanglots, intimidé par le face à face avec des gens plus puissants que lui. Quel effet cela te fait mon petit Henri ? La juge se tourne vers lui et lui demande, calmement, la voix posée, en détachant chacun de ses mots :

    « Monsieur Raouche, pourriez-vous me décrire les relations entre vous et Thomas Beaumine ?

- Je dirais que nous ne nous sommes jamais entendus. Je voudrais pour commencer dire que je n'ai jamais voulu cela et que si j'avais su que les choses prendraient cette tournure, je n'aurais jamais commencé.

Alors ça mon gars, c'est trop tard pour y penser, fallait prendre ton indépendance auprès de ton maître Sinerdone bien avant. Et dire que nous ne nous sommes jamais entendus, c'est un sacré euphémisme. Je ne sais même pas si nous aurions pu nous entendre, si tout avait été différent.
Thomas était notre souffre douleur, nous le harcelions quotidiennement. Toutes les excuses étaient bonnes pour le mettre minable. Quand on s'ennuyait, on allait s'amuser de lui. Quand on était en colère, on passait nos nerfs sur lui.

- Pourriez-vous me raconter une de vos séances, comme vous les avez décrites hier ? demande la juge. *Henri, j'ai vraiment hâte de connaître quelle petite histoire tu*
vas leur raconter.

- En début d'année, il avait réussi à nous échapper après une course poursuite dans les escaliers du collège. Christophe lui avait demandé de calculer son IMC, et de le donner à haute voix. Il avait fait circuler une feuille blanche et chacun avait mis son estimation. Cinq euros à celui qui était le plus proche de la vérité. Thomas avait refusé de lui donner le résultat.
Excellent choix mon petit Henri, c'est une de mes préférées.
A la fin du cours, Thomas s'est précipité dans les escaliers, et nous avons été retenus par la sortie d'une autre classe. Il était allé se réfugier dans les toilettes.
Tiens, des sanglots dans la voix, j'aurai dû mettre cinq euros moi aussi sur le fait que tu ne tiennes pas la moitié de l'histoire sans chialer. Mais ce jour-là, c'est moi qui étais en pleurs, recroquevillé dans les chiottes.
Nous sommes rentrés, Christophe, Kevin et moi. Nous l'avons appelé, cherché.
Oui, je me souviens encore des « Hé oh, gros sac, tu es là ? Je sens l'odeur de la graisse bien chaude, avait lancé Christophe, sous les rires des deux autres.

Nous nous sommes tus et nous avons écouté. Nous avons entendu des sanglots. J'ai indiqué la porte, la troisième en partant de la fenêtre du fond.

Henri, le souci du détail, la précision chirurgicale. Tu ferais un bon avocat si tu savais un peu mieux t'entourer.

J'ai ouvert la porte d'un coup de pied, et la porte a heurté un obstacle. Thomas s'est levé, et nous lui avons interdit de sortir. Kevin et moi l'avons pris chacun sous un bras, attendant ce que voulait faire Christophe.

Tu as même rajouté « Putain, il pèse une tonne le salaud, heureusement qu'on est deux ». Mais je pense que tu vas garder cela pour toi, comme un petit secret, comme le fait que tu désires Christophe, comme un amant et non comme un ami. Peut-être serais-tu devenu une cible si cela avait été su ?

Christophe nous a demandé de lui mettre la tête dans la cuvette sans tirer la chasse, il a appelé ça « un shampoing de merde ». Nous l'avons suspendu tous les trois par les pieds et lui avons mis la tête dans la cuvette.

Et moi, j'entendais vos rires gras, pendant que je fermais les yeux et que je m'imaginais loin d'ici, près d'une rivière, avec un bon bouquin. Je jette un regard vers ma mère qui a enfoui sa tête dans ses mains. J'aperçois ses épaules se soulever lentement, elle pleure. Mon père lui, a les poings fermés et il regarde Henri d'un air plein de haine. C'est peut-être de lui que j'ai tiré cette capacité à enfin me rebeller.

Nous l'avons laissé ensuite dans les toilettes et nous sommes partis.

- Merci monsieur Raouche, lance la juge, toujours neutre dans la voix et dans le regard. Vous pouvez aller vous asseoir ».

Je regarde les visages décomposés du directeur et de la plupart des gens dans la salle et j'ai envie de leur balancer à la gueule « Et ouais les gars, j'en ai chié et croyez-moi, c'est une des plus douces humiliations que j'ai subie » Je me demande si vous le saviez Omen ? Je suis passé en courant devant votre bureau pour rentrer chez moi. Vous avez au moins dû sentir l'odeur de merde dans les couloirs. Vous êtes peut-être même sorti de votre bureau pour voir ce qu'il se passait. Sans rien dire, sans rien faire. Même les parents d'Henri baissent les yeux et osent à peine regarder leur fils regagner sa place. Personne n'ose regarder mes parents, personne ne leur adresse un regard compatissant. Chacun des non professionnels fixe devant lui, le regard dans le vague, presque assommé par le premier des trois récits. Un long et lourd silence s'abat sur la salle, je peux presque entendre la respiration de chacune des personnes présentes dans la salle. Certaines sont saccadées, marquées par la surprise ou la peur, d'autres sont nettement au-dessus de la moyenne, marquant la déstabilisation. La juge vient interrompre le silence, avec sa voix monocorde.

« Monsieur Archeur, je vous demande de bien vouloir prendre la place monsieur Raouche »

Kevin se lève, tremblotant, et je peux voir ses parents sanglotant. C'est étrange, quand on voit leur fils dans cet état, on pourrait presque croire qu'il est ici par hasard. Mais, on sait très bien, toi et moi, Kevin, le sale con que tu as pu être. Je suis curieux de connaître la petite histoire que tu vas leur raconter. Il arrive de dos dans un premier temps et se retourne pour faire face à la salle, qui a les yeux braqués sur lui. Il laisse son regard sur le sol et s'assoie, attendant la question de la juge.

« Je vais vous poser exactement la même question, à savoir, quelles étaient vos relations avec Thomas Beaumine ?
- Je ne vais pas vous refaire le même discours qu'Henri, je ne supportais pas Thomas. C'est physique. Il me dégouttait. Il

représentait en sorte tout ce que je ne voulais pas être. Gros, faible, seul…

Quel joli portrait, il faudra que j'aille le remercier quand tout cela sera fini. Je vois des gestes de mécontentements dans la salle, certains semblent outrés par les déclarations. Elles ont néanmoins le mérite d'être sincères, tout comme les brimades que j'ai subies.

J'ai juré de dire la vérité. Je suis désolé monsieur et madame Beaumine mais c'est la stricte vérité, je le détestais.

- Pouvez-vous me raconter vous aussi une des séances dont vous avez parlé hier ?

- Tout d'abord, sachez que je n'en suis pas fier. Si j'avais pu ne pas le faire, je ne l'aurais jamais fait. Mais c'était plus fort que moi. C'est peut-être là une de mes faiblesses.

Et également, un point commun entre toi et moi. J'étais faible, tu l'étais aussi, peut-être même d'avantage que moi. Parce que moi, je me suis toujours montré le plus fort possible face à vos humiliations, pendant que toi, tu t'abandonnais à tes pulsions.

En cours de sport, l'année dernière, nous faisions de l'endurance. L'objectif était de courir trente minutes sans interruption et de gérer notre effort pour être le plus régulier possible. On faisait le tour du stade du lycée, à savoir une distance de quatre cents mètres. Christophe et moi, étions les plus rapides. Nous le sommes toujours d'ailleurs. Chaque tour que nous prenions sur Thomas lui valait une claque derrière la tête et une copieuse bordée d'injures. Nous nous motivions à courir rapidement juste pour profiter de cet instant. Nous étions au mois de Novembre, et il faisait froid. La neige avait recouvert une partie du stade, qui était nettoyé tous les jours afin que l'équipe d'athlétisme puisse préparer les rencontres inter lycée de fin d'année.

Je crois que je vois exactement à quelle histoire tu vas faire référence. Excellent choix d'ailleurs, elle est inoubliable.

Nous venions de terminer la séance et le règlement de l'école nous imposait à tous de prendre une douche. Il y avait une grande salle de douche commune, avec une dizaine de pommeaux et cinq cabines individuelles. Thomas avait pour habitude de prendre une de ces cabines, d'entrer parmi les premiers et de sortir très vite. Je pense qu'il devait être complexé par son physique.

Un vrai psychologue ce Archeur, tu feras une grande carrière j'en suis certain.

J'étais venu un peu plus tôt le matin, en escaladant le portail et j'avais condamné les douches individuelles. Thomas a essayé chacune d'entre elle, est devenu blanc quand il a vu qu'elles étaient toutes fermées. Je me suis avancé vers lui, et j'ai susurré au creux de son oreille « Ben alors mon gros, on va devoir prendre sa douche au milieu de la plèbe on dirait » Il a laissé passer un premier groupe d'élèves et nous avons attendu, tous les trois avec lui. Plus les minutes passaient et plus il devenait pâle. Plus il devenait pâle et plus j'étais satisfait. Il est ensuite rentré en courant dans la salle et a ouvert le robinet le plus proche de lui, tout en se savonnant à grande vitesse, tandis que nos rires raisonnaient. Je me suis dirigé vers son casier et j'ai pris ses affaires, et je les ai mises dehors, à quelques mètres de l'entrée des vestiaires. Quand je suis revenu, il avait sa serviette autour des hanches et cherchait son linge. Je l'ai regardé dans les yeux et lui ai indiqué la voie, main ouverte, montrant l'extérieur. Il a hésité plusieurs secondes, mais n'a jamais rien demandé.

C'était peine perdue, tu n'allais pas aller me chercher mes affaires et me les donner gentiment avec un poème d'excuses.

Il a couru dehors en direction de la pile de linge. Ce que j'ignorais c'est que Christophe avait prévenu les autres élèves du cours de sport, garçons et filles et qu'ils avaient chacun leur téléphone lancé sur le mode vidéo. Henri s'est collé devant la porte, empêchant Thomas d'entrer et Christophe s'était glissé derrière lui, pour lui enlever la serviette. Thomas s'est retrouvé nu, et a été obligé de s'habiller devant tout le monde. Le soir même la vidéo avait fait le tour de la plupart des lycéens. Il a été la risée de tous, jusqu'au vacances de Noël.
Ce soir-là, ma mère m'a demandé plusieurs fois si tout allait bien. Je ne voulais pas l'inquiéter, et je n'ai rien dit. Une nouvelle fois, j'ai bombé le torse et affronté la situation. Était-ce vraiment de la faiblesse Kevin ? Je te poserai la question. »

A nouveau des grognements d'exaspération. Je donnerais n'importe quoi pour voir la tête du directeur, et lui dire « Hé ouais mon gars, tu as fermé les yeux. Parce qu'aujourd'hui, la seule question que je me pose est de savoir qui était au courant, en dehors de certains élèves ? Qui savait ce que je vivais ? Et ceux qui auraient pu m'aider ? Je regarde Kevin regagner son coin sans rien ne demander à personne, sans adresser un regard à personne. Ses parents regardent toujours le sol et se contentent d'embrasser et d'étreindre leur fils, comme si le simple fait de s'être confessé, contraint et forcé, auprès d'un juge, lui donnait un statut de victime, et lui vaudrait l'absolution. Maintenant, la suite des évènements, va nous amener à notre « main event » comme on dit chez les américains. Je regarde Christophe, assis au milieu de la salle, avec ses parents. Je le vois de dos, déjà prêt à se lever pour rejoindre la barre. Contrairement à ses deux compères qui étaient mort de trouille, lui semble attendre ce moment. Quelle version va-tu donner ? Je suis certain que tu vas mentir, comme tu le fais si souvent, et avec tant d'aisance. La juge l'appelle et lui demande de s'avancer. Le démarche est bien plus aisée que les deux derniers que j'ai vu effectuer le même chemin. Il slalome entre les bancs, et regarde l'ensemble de la salle. Il n'évite même pas les sièges où sont assis mes parents. Il regarde la juge dans les yeux, puis chacun des avocats.

« Monsieur Sinerdone, étant donné que vous êtes seul à pouvoir nous raconter ce qu'il s'est passé ce 21 Avril, nous écoutons votre version. Je vous rappelle que vous devez vous montrer le plus précis possible.
- Madame le juge, je vous assure que l'ensemble de mes souvenirs est totalement clair. Je n'ai pas l'habitude de me retrouver en face d'une arme chargée et braquée sur moi tous les jours, et c'est un événement traumatisant, je peux vous l'assurer.
- Parfait, nous vous écoutons.
- Thomas avait été renvoyé trois jours de l'école, et pas nous. Et, avec le recul, j'avoue que je pense que c'est une injustice. Nous avons été quatre à semer le trouble, et nous aurions dû être quatre également à nous partager la même sanction.
Tu peux mentir à qui tu veux Christophe, mais pas à moi. Toi et moi savons ce que tu penses réellement. Tu vas simplement jouer la corde sensible. Si j'avais pris un petit déjeuner, j'aurais pu vomir mon repas à ta première phrase.

Mais c'est comme ça, et on ne refait pas le passé. J'ai décidé d'aller de l'avant après tout ça et reprendre une vie normale, tranquille et me concentrer sur mon avenir. Le 21 Avril 2016, je suis allé en cours, comme chaque jour avec le bus du ramassage scolaire. La place habituelle de Thomas, celle côté route, était vide. J'ai salué Kevin et Henri, et je me suis assis. Nous avons échangé sur les faits de la veille, et pour être honnête, j'avais comme première intention d'échafauder un plan pour une belle vengeance. Rien à avoir avec les humiliations habituelles, je voulais du grandiose, je voulais lui donner une leçon.

Tiens, voilà un truc honnête… Je me demande parfois moi aussi ce que tu aurais fait, si je n'avais pas mis fin à ce petit jeu. Tu aurais peut-être fini par me tuer, dans la montée crescendo de tes actes.

Nous sommes descendus à l'arrêt et comme tous les matins, j'ai posé mon sac sur le banc, juste en face de l'entrée du bâtiment C. *La vérité serait plutôt que tu as distribué quelques claques derrière la tête des petits sixièmes qui étaient sur le trône de sa majesté Christophe 1er.* J'ai tourné la tête pour apercevoir Thomas, juste à la petite fenêtre, le majeur dressé dans ma direction et me faisant des signes de l'autre main. Il me faisait signe de le rejoindre et que nous allions nous affronter, un contre un, d'homme à homme. Je me suis alors dirigé vers le bâtiment. Il était ouvert, et je pense que c'est lui qui l'avait ouvert. Je l'ai vu courir dans les escaliers et je l'ai suivi en courant.

En y ajoutant une copieuse liste d'injures en tout genre, mais la routine de tes mots, fait que tu ne dois même plus t'en souvenir.

Nous avons fini par nous faire face dans le couloir des urgences. Il n'était pas dans son état normal. Il était pâle, et semblait désorienté, mais j'étais décidé à en découdre avec lui. Après tout, il ne devait pas être là et je n'aurais eu qu'à invoquer de la légitime défense, en affirmant qu'il était venu pour régler ses comptes avec moi. Je lui ai demandé plusieurs fois ce qu'il voulait, ce qu'il attendait de cette rencontre. Il s'est contenté de répéter plusieurs fois, les yeux rouges de colère, que c'était terminé, qu'il ne se laisserait plus faire. Je me suis avancé vers lui, il a reculé et a sorti une arme. L'arme de chasse de son père, dont il avait scié le canon et une partie de la crosse, pour le ranger dans son sac.

Oui, j'avais une partie de la nuit à regarder sur mon ordinateur si on pouvait scier un canon de fusil de chasse, et sa crosse sans endommager le mécanisme de tir en lui-même. La précision était diminuée, mais suffisamment proche de la cible, cela ne faisait aucune différence dans les dégâts infligés. J'ai enlevé le maximum de longueur, enlevé la lunette de visée et rangé soigneusement le fusil, chargé dans mon sac, posé contre la porte de ma chambre. J'ai vidé l'historique de mon navigateur, et j'ai attendu, assis sur mon lit quelques heures, incapable de trouver le sommeil. J'ai fait comme tous les matins, mon lit, aéré ma chambre et pris une douche. J'ai quitté la maison deux heures plus tôt que d'habitude et j'ai pris la direction du collège. J'ai marché. J'ai sans cesse essayé de réfléchir à la gravité de ce que je voulais faire. Prendre une vie. Puis une deuxième, et enfin une troisième. Je voulais qu'ils paient, pour ses années de souffrance, de torture. J'ai envisagé même un très court instant de lister la totalité des autres personnes au courant qui n'ont jamais pris la peine de me demander si j'allais bien. Toutes ces personnes qui ont préféré rire que de montrer de la compassion, de l'empathie, des notions bien loin des préoccupations des jeunes de nos âges, j'en suis bien conscient. C'était comme si je n'étais plus moi-même, comme si autre chose avait pris possession de mon corps et grignotait mon âme, petite bouchée par petite bouchée. Je suis arrivé au collège sans avoir eu l'impression de parcourir la distance, moi qui ne suis pas vraiment habitué à marcher autant. La chance avec moi, les portes du collège étaient ouvertes, et la porte du bâtiment C aussi. Comme si quelque chose, avait senti l'odeur du sang et du massacre à venir, et avait choisi de me faciliter la tâche. Je me suis posté devant la fenêtre et j'ai attendu l'heure de l'arrivée du bus scolaire. J'ai aperçu Kevin et Henri dans un premier temps, puis Christophe, délogé des plus jeunes de « son » banc et j'ai attendu qu'il regarde dans ma direction. Comme si j'avais pu l'appeler par simple télépathie, il a regardé dans ma direction et je lui ai fait signe de venir, le fixant, le temps de son court trajet, comme un chasseur fixe une proie avant de le positionner dans son viseur. J'ai descendu lentement les marches, pour qu'il me voit bien et qu'il descende dans le couloir des urgences, ce couloir jauni par l'humidité et la fumée de cigarette. Toujours comme une marionnette j'ai répété plusieurs fois que tout allait se terminer dans les prochaines minutes. J'ai ouvert mon sac, et plongé ma main à l'intérieur. J'ai touché le canon du bout des doigts, il était froid. Je l'ai sorti et pointé vers Christophe, me rapprochant de lui, doucement, lentement, pour qu'il sente la peur monter en lui. Je l'ai fixé dans les yeux, et pour la première fois, j'y voyais de la terreur, des interrogations. Je me sentais chasseur, et plus la proie. Une sensation étrange, loin d'être désagréable. Et j'ai presque senti un détachement. Comme si mon corps agissait seul, et que je regardais la scène depuis l'extérieur.

Il a pointé le fusil sur moi, et a même collé le canon au niveau de ma poitrine, me poussant à reculer. Il avait l'air sûr de lui, bien décidé à me tirer dessus. J'ai levé les yeux, pour l'affronter du regard. Pour lui signifier que je n'avais pas prévu de me laisser descendre. Il baragouinait des mots incompréhensibles, trop bas pour que je puisse les entendre. Il a avancé, à nouveau et j'ai vu à ses yeux qu'il n'y avait aucune échappatoire. J'ai mis un coup de coude au niveau de ses doigts, posé sur la gâchette et je me suis jeté sur Thomas. J'ai senti le fusil se tourner à l'intérieur de nos bras entremêlés et le coup est parti. Le bruit m'a assourdi et nous sommes tombés tous les deux, moi sur lui. Il y avait du sang au sol, derrière son crâne. Je me suis relevé, entendant encore la résonance du coup de feu et je me suis hissé tant bien que mal à la sortie du couloir, espérant trouver de l'aide au plus vite. Je ne me suis même pas posé la question de savoir s'il était encore en vie. Je le reconnais, je n'ai pensé qu'à sauver ma peau. »

Je savais que tu allais mentir. La version réelle est tout autre, mais tu la connais toi aussi. Et tu sais qu'elle viendra un jour te chercher, qu'elle prendra plaisir à venir dévorer ton âme. Cette ombre que nous avons vu toi et moi ce jour là. Tu dois même la voir de plus en plus souvent dans tes rêves. Quand au milieu de la nuit tu ouvres les yeux, avec cette sensation d'étouffer comme si elle entourait ton cou de ses doigts longs et froids. J'ai pointé en effet mon fusil vers toi. Mais à ce moment tu t'es mis à genou et tu as pleuré, comme un gosse, implorant ma pitié. Je t'ai même demandé si tu connaissais ce qu'était réellement ce sentiment. Tu as fait sur toi, Christophe, tu as pissé dans ton froc. J'assistais à la scène, spectateur de ton imminente fin, de ton imminente mort. Et puis dans un excès de bonté, j'ai tenté de reprendre le contrôle de mon corps. Mais cette chose qui était en moi m'en a empêché. S'est alors déroulée une bataille non verbale entre elle et moi, dont tu as été le témoin. Je l'ai vu à tes yeux. Tu étais terrifié, autant que moi. Impossible de savoir si c'était la mort elle même qui était là. Plusieurs fois, mon âme a été rejetée de ce corps, et chaque fois j'y suis retourné. Jusqu'au moment, où j'ai pris la seule décision qui me permettrait de reprendre le contrôle et de mettre fin à tout ça. J'ai choisi de retourner le fusil à l'intérieur de ma bouche, et j'ai pressé la détente. Une seule détonation, dont je n'ai pas eu le temps d'entendre la réverbération. J'étais à nouveau dans mon corps, allongé. Je me suis levé, et constaté que mon corps était au sol, gisant, une marre de sang au niveau de l'arrière du crâne. Et nous l'avons vu, tous les deux. Une ombre noire, aux yeux rouges, couleur de sang sortir de mon corps inanimé. Elle a hurlé, faisant vaciller les lumières, et t'a regardé bien en face, comme pour te dire, qu'elle finirait par avoir ton âme. Je le sais Christophe, je sais aujourd'hui qu'il y a autre chose et que ces choses sont capables de prendre le contrôle de nos corps, si on les laisse entrer. Et tu le sais, toi aussi, tu sais qu'elles viendront un jour pour toi. Et tu n'en dors plus la nuit, tu as peur du noir peur de t'endormir, peur de rêver. Je ne sais pas si c'est une consolation pour moi de savoir cela, mon avis n'est pas défini.

Octobre 2016

Je suis toujours assis dans le fond du tribunal. Le verdict vient de tomber. Ni le lycée ni les trois accusés ne sont responsables de mon passage à l'acte. La plainte et le procès voulu par mes parents pour harcèlement n'aura rien donné. Finalement, on reconnaîtra que j'étais émotionnellement instable, ce qui est sans doute vrai, mais que les humiliations que j'ai subies ne justifiaient pas un tel passage à l'acte. Mes parents sont effondrés. C'est drôle de voir à quel point les réactions sont différentes. Le directeur du lycée semble soulagé, dans la retenue, cependant. Il remercie ses avocats d'une poignée de main franche. Les familles des jeunes sont plus démonstratives. Ils étreignent leurs fils, sans penser que ma mère, elle ne peut plus le faire, en partie à cause d'eux. Mon père est plus dans la retenue, mais je sais qu'il craquera quand il sera seul, comme le jour de mon enterrement. Ils se lèvent tous les deux pour sortir de la salle. Je me lève à leur rencontre. Ils ne peuvent pas me voir, et ne peuvent pas non plus sentir ma main essayer d'essuyer leurs larmes. J'espère qu'ils auront une vie heureuse, un jour. Il est temps pour moi de partir, de quitter définitivement ce monde. Je me souviens de mon vivant avoir plusieurs fois lu des théories sur les âmes des défunts qui attendaient la conclusion d'une histoire pour passer dans l'au-delà. Certaines théories disent que c'est une personne qui compte qui vient nous chercher. Je me tourne vers la porte de sortie, pour voir mes parents quitter la salle de dos, laissant derrière eux cette ancienne vie. Une douce lumière vient prendre les silhouettes de mes parents dans ses bras. J'interprète cette image comme un message, qui m'est adressé « Ne t'inquiète pas Thomas, tout va bien se passer ». J'aurais aimé voir tout cela. Voir la suite de leur vie. J'aimerais qu'ils aient un nouvel enfant, qu'ils surmontent leur peine et aillent de l'avant… Leurs silhouettes disparaissent et je vois une petite ombre se dessiner, une ombre toute menue. Une douce odeur de noix de coco envahit la pièce. Les autres peuvent-ils la sentir ? C'est Anna. C'est elle qui est venu me chercher pour me conduire dans l'au-delà. Je jette un dernier coup d'œil dans le coin de la salle. L'ombre est toujours présente, les yeux rouges, les bras étendus autour de Christophe. La première fois, elle était venue pour moi. Dans mon imaginaire, si cette ombre est bien la mort, je l'imaginais plutôt avec un physique doux, rassurant. Peut-être que c'est le cas. Elle a peut-être cette apparence lorsque notre mort est une mort douce. Là, c'était une mort violente, soudaine. Elle porte une longue cape déchirée, qui l'entoure complètement, et une capuche. Je distingue à peine ses yeux, d'un rouge couleur sang et ses dents, d'un blanc immaculé, mais trop nombreuses pour une si petite mâchoire. Autour d'elle, une aura grise, en forme de fumée. Elle me fixe, avec un sourire qui aurait pu me glacer le sang de mon vivant. Un sourire qui semble me dire « Avec ce Christophe, j'ai de quoi me régaler. J'ai manqué me nourrir de toi, mais avec lui, avec la colère qui l'anime, je vais me faire un sacré festin ». Un frisson de peur me parcourt. Anna me tire par le bras et murmure « On doit y aller maintenant Tohm… »

VERONIKA

1

Une horrible sonnerie me sort de mon sommeil. J'ai du mal à ouvrir les yeux, encore collés par la fatigue. J'allonge mon bras pour me saisir du téléphone. La lumière blanche traverse mes paupières encore closes. Je finis par décrocher au bout de cinq ou six sonneries supplémentaires.
« Ranitch, répondis-je avec une voix d'outre-tombe, l'haleine chargée de la demi-bouteille de whisky et du demi-paquet de clopes que je me suis envoyés la veille au soir.
- Thomas, c'est Momo. Désolé de te déranger à cette heure-ci, mais il faut que tu viennes au bureau, tout de suite. »
Je travaille avec Momo depuis plus de dix ans maintenant. S'il me dit de bouger mes fesses, surtout avec un ton à la fois inquiet et sérieux, c'est que c'est important.

« OK, je passe sous la douche et je rapplique. Tu peux m'en dire plus ?
- Non, je ne peux rien dire au téléphone, non que je ne veille pas, mais surtout, parce que je ne comprends pas trop. Ah, et dernière chose. Fais gaffe, il a bien neigé encore cette nuit. »

Je pose mon téléphone sur le rebord de la table de nuit, regarde en direction de ma femme, qui dort paisiblement. IL pourrait y avoir un tremblement de terre qu'elle ne broncherait pas. Je dépose un baiser sur sa tête et m'asseyais au bord du lit. Putain j'ai un de ces maux de crâne, un de ces jours, cette merde va me tuer. Je bois depuis cinq ans maintenant, de façon régulière. Je suis un alcoolique, tout ce qu'il y a de plus banal. Je rentre chez moi le soir, je sors une bouteille de whisky, la plupart du temps, de la vieille piquette, je m'ouvre un paquet de clopes, et je picole et fume jusqu'au retour de ma femme. Les choses ne vont plus entre elle et moi depuis la mort de notre fille. Lila avait tout juste une semaine et Audrey avait décidé de sortir prendre l'air, après un accouchement compliqué, dont elle venait de se remettre. Sur le bord de mer, elle avait notre fille en porte-bébé, et un type avait voulu lui voler son sac. Le sac était enroulé autour de son bras et, en voulant se débattre, elle avait été projetée dans l'eau. Quatre jours de recherches n'avaient pas suffi à retrouver le corps du bébé. Après ça, ma femme a écumé les hôpitaux psychiatriques pendant trois ans et tournait encore aujourd'hui avec une quantité de cachets à rendre malade un greffé. Nous avons décidé de changer de vie et de venir ici, à Chauraix, pour prendre du recul. Comme je suis flic, je n'ai pas de trop de mal à trouver un poste facilement, et ma femme, infirmière, peut arriver dans n'importe quel village et trouver un boulot en moins de trois jours.

Je passe sous la douche, bien chaude, en profite pour me raser, me laver les dents. Je passe par la cuisine pour prendre une poignée de bonbons à la menthe glaciale, qui aura pour effet de chasser cette haleine de poivrot. Je pousse la porte d'entrée de notre chalet, pour voir que Momo n'avait pas exagéré. Il a sacrément neigé cette nuit. Les voitures sont ensevelies sous la neige, je dois donc passer au plan B, presque devenu le plan A depuis le début du mois de février. Dans le garage se trouve le seul moyen fiable de déplacement par un temps aussi pourri : la motoneige. J'espère juste qu'elle va démarrer sans trop de problèmes. C'est une vieille machine qui a déjà une bonne vingtaine d'années, mais qui peut encore offrir ses services pour une dizaine d'années, à condition que je l'entretienne un peu mieux que ce que je fais depuis ces derniers mois. Je mets mon casque, en prenant bien soin de nettoyer les lunettes de ski avant de les poser sur mon nez. Coups de chance, la moto démarre au quart de tour. Je distingue à peine à quelques mètres de moi. J'avance mon engin et en descends pour fermer le garage. Au bout de trente mètres, je me retourne, et je ne vois déjà plus mon habitation, dans un tourbillon de flocons qui dansent devant mes yeux. Un trajet qui aura pris une dizaine de minutes, quand, il me prend moins de la moitié en voiture.

Le commissariat est un vieux bâtiment mal isolé, qui ressemble à ceux des films des années 80 dans les films américains, ce genre de films dans lequel l'action se passe dans un village tellement perdu que le téléphone est un objet de luxe, quand les communications ne sont pas coupées à cause des chutes d'arbres. Et bien, à Chauraix c'est pareil. La population est de trois cents habitants, résidences secondaires incluses. Autant dire qu'à cette période de l'année, on doit tourner à cent personnes. Je me gare juste devant l'entrée du bâtiment. IL y a trois autres motos devant l'entrée. Celle de Momo, un modèle récent, et deux autres. Celle de Paul, et celle de David. Effectif réduit donc pour cette nuit. Au vu du temps ce n''est pas étonnant. Le village doit être d'un calme comparable à celui d'un cimetière. Je pousse la porte du commissariat, qui grince comme un chien qui se serait coincé la patte dans la portière d'une voiture. Je pensais trouver tout le monde dans le hall, mais je n'aperçois personne. Je pose ma doudoune et mes affaires sur la banquette devant l'entrée. D'habitude cette banquette est réservée à nos visiteurs, ou à leur famille, mais je ne pense pas que des gens nous rendent visite cette nuit. Le bâtiment est certes mal isolé, mais, comparé à l'extérieur, il fait presque chaud ici. Les flocons de neige qui s'étaient posés délicatement sur ma doudoune se muent en gouttes qui s'écrasent au sol dans un concert de « ploc » et de « plac ». Une voix attire soudain mon attention, brisant le silence religieux du hall d'entrée.

« Ranitch, c'est vous ? me demande une voix que je connais, mais qui n'est aucune de celles de mes collègues.
- Oui, je suis là, où êtes-vous ? demandais-je

- Devant la cellule, me répondit Momo, dont, cette fois, je reconnaissais la voix.

- J'arrive tout de suite, ajoutai-je en me dirigeant vers la salle suivante, celle de la cellule. »

La seule et unique cellule du commissariat. Une vieille cellule, avec des barreaux. Loin de celles que l'ont peut voir dans les villes. IL y a quatre personnes dans la pièce. Momo, Paul, David et Allen Befeur, le maire du village. Un vieux bonhomme de presque soixante ans, à qui l'on donne dix ou quinze ans de plus. Lui aussi aime bien la bibine. Mais c'est un chouette gars, qui fait beaucoup pour le village, et plus encore ces deux dernières années, qu'il vient de passer comme veuf. Depuis, il ne loupe aucune des réunions du village, aucune des fêtes et est proche de ces citoyens. Les quatre ont les yeux fixés sur la cellule, comme s'ils observaient quelqu'un ou quelque chose dont ils ne peuvent détourner les yeux. Je me range à leur hauteur, et aperçois une silhouette dans la cellule. Une jeune femme, mince, en débardeur et pantalon de jogging noir avec des baskets. Elle est de taille moyenne, je dirai un mètre soixante. Mes yeux s'accommodent à la différence de luminosité entre le hall et la pièce dans laquelle nous sommes. Elle est brune, les cheveux au niveau des épaules, le visage très pâle et les yeux d'un bleu magnifique. Elle a le visage fermé et les yeux dans le vague.

« Salut, les gars, dis-je en direction de mes collègues. Monsieur le maire, ajoutai-je d'un hochement de tête respectueux, sans qu'aucune réponse ne me parvienne ? Hé les gars ! Je vous parle. C'est qui dans la cellule ? »

Je n'avais pas remarqué au premier coup d'œil, mais les mains de notre prisonnière étaient couvertes d'un liquide rouge, qui, au vu de l'odeur de rouille régnant dans la pièce, ne pouvait être que du sang.

« Elle dit s'appeler Veronika. Elle a tué la vieille Madeleine il y a moins d'une heure. C'est Befeur qui l'a trouvé et ramené ici. Elle n'a opposé aucune résistance. On aurait dit qu'elle attendait de venir ici, dit Momo. Allen m'a appelé, et a demandé à ce que tu sois prévenu aussi. Paul et David étaient… commença-t-il

- En service, finis-je.
- Je crois que nous sommes au complet pour cette nuit messieurs, lança Veronika, d'une voix douce, en accord total avec son physique.

Sa voix fit sursauter Paul et David.

- Au complet pour quoi ? demanda d'un ton sec Allen.
- Nous allons surement passer au moment où vous allez me demander pourquoi j'ai tué l'adorable Madeleine, cette petite vieille sans histoires.
- Parfait, vous allez donc pouvoir nous épargner de poser la question, dis-je.
- Les apparences sont souvent trompeuses. Vous saviez que votre petite vieille avait égorgé son mari l'année dernière parce qu'il passait son temps à regarder les courses sur la télévision ? Et qu'il avait dilapidé jusqu'aux moindres sous qu'ils avaient de côté ? Elle a ensuite planqué le corps dans la camionnette familiale et poussé du

haut d'une colline, faisant croire à un accident. Tout le monde a pensé qu'il s'était assoupi au volant. Mais non, la réalité est toute autre. Et j'imagine que vous saviez aussi que Madeleine avait aidé, que dis-je, à participer à la collaboration de manière active dans les années quarante ? Elle, et sa sœur avaient ouvert un petit concours. Avec vingt-huit familles dénoncées, Madeleine avait battu sa sœur de deux unités. Elle avait ensuite quitté Paris pour Chaumaix quand les soupçons avaient été un peu trop dangereux pour elle. Mais juste avant de quitter la région parisienne, elle avait déposé une jolie lettre de dénonciation, expliquant les agissements de sa sœur, tout en omettant bien entendu de parler des siens.
- C'était il y a longtemps. Une vie a passé depuis, affirma le maire.
- Allez dire ça aux familles, lança Paul.
- SI je voulais, votre avis, je vous l'aurai signifié, répondit agacé Befeur.
- C'est bon, calmez-vous. Je reste le plus haut gradé, et ce commissariat st donc sous ma responsabilité. Je peux vous dégager tous les deux. Alors, gardez-voyère calme, dis-je d'un ton ferme. Et donc, vous avez vengé des membres de votre famille, lançai-je en direction de la prisonnière ? Pourquoi ?
- Comment ? Momo ne vous rien dit au téléphone ?
- Je ne sais pas, qu'avait-il à me dire ? demandai-je en regardant en direction de Momo, qui, lui, fixait Veronika.
- Thomas, commença Momo, cette femme… a appelé ici et à demander à ce qu'on vienne l'arrêter pour le meurtre de Madeleine.

Nous sommes allés chez elle, elle nous attendait, les mains pleines de sang, dégoulinant encore le long de ses doigts. Elle était devant le corps de la victime. La vieille était crucifiée au mur. Un couteau dans chaque membre, qui la tenait encore en position de croix au mur.
- Pas complètement crucifiée, reprit Veronika. Je me permets d'apporter une précision. Les couteaux étaient plantés dans les mains, alors que, dans les récits bibliques, les clous étaient enfoncés dans les poignets, pour permettre au corps de tenir sans que les mains ne soient déchiquetées.
- Je peux vous parler dans la pièce à côté ? dis-je aux autres, les invitant à retourner dans le hall.
- Oh, je vous le dis en avance, mais ne vous en faites pas. Les générateurs de secours sont pleins d'énergie, ce qui explique l'ampoule est grillé, enfin, grillera, ajouta Veronika avec le sourire. »

2

« Putain, c'est qui elle ? demanda David, et comment elle sait pour la petiote vieille ?
- Il faut déjà être sûr de ce qu'elle avance, ne cédez pas à la panique, ce n'est pas la première fois que l'on se retrouve face à quelqu'un de bizarre, dis-je.
- Ce que dit cette femme, est la vérité, lança, tête baissé, regard vers le sol, le maire. Madeleine m'a parlé de son passé. En revanche j'ignorais pour son mari.

- Oui, je le souviens de cette affaire, on avait retrouvé la voiture en bas du ravin. Après une chute de près de cent mètres, i ne restait plus grand-chose de la voiture. J'avais conclu à un accident, faute de pouvoir étudier le corps.
- N'importe qui ayant eu accès aux archives des journaux peut connaître cette histoire. Il suffit de broder autour. Elle ne cherche qu'à nous faire tourner en bourrique.
- Ok Thomas, mais, alors, dans quel but ? Pourquoi faire cela ? me demanda Paul.
- Je n'en sais rien. Il y a moyen de vérifier son histoire de collaboration ? demandai-je.
- On peut toujours aller fouiller la maison, mais je doute d'y trouver quoi que ce soit. Si elle a voulu oublier son passé, pourquoi aurait-elle gardé des traces de celui-ci ? Allen, vous savez si elle en avait parlé à d'autres personnes.
- Non, pas à ma connaissance. Elle a déjà eu tellement de mal à formuler ces faits, devant moi. Je me souviens encore de ses larmes, et de son teint, blafard. J'ai même cru qu'elle allait vomir sur moi, de dégout.
- Restez ici, je vais aller lui parler, dis-je.
- Seul ? demanda Momo, inquiet.
- Elle est enfermée, elle ne va pas sortir comme ça, dis-je en regardant Momo, toujours aussi inquiet. OK, vous savez quoi ? Prenez les armes dans l'armoire et mettez-vous devant le poste de surveillance. Si vous

me voyez lever la main et pointer du doigt le plafond, alors ramenez-vous, on est d'accord ? »

Je n'eus pour seule réponse qu'un vague hochement de tête de la part de chacun. Je ne comprenais pas leur inquiétude. Depuis que Veronika avait révélé une part sombre de la vieille Madeleine, tellement appréciée, ils étaient déstabilisés. Peut-être avaient-ils eux aussi des histoires enfouies, qu'il valait mieux garder secrètes. En même temps, pour choisir de vivre aussi reclus des autres, dans un village aussi perdu et isolé, c'est bien que chacun d'entre nous avait besoin d'oublier quelque chose. Pour moi, c'était la mort de Lila. Au moment où je passai le pas de la porte de la cellule, le courant se coupa et la pièce devint noire, pendant quelques secondes, avant qu'un bruit de moteur se fasse entendre. Le générateur se lance, comme l'avait indiqué Veronika. Puis la lumière revient, plus lumineuse que précédemment, et l'ampoule explose, rependant du verre au sol, dans toute la pièce. Ne restait maintenant que la lumière du bureau, qui éclairait très légèrement la pièce, laissant l'ombre de Veronika se répandre sur le mur de la cellule.

« Ranitch, vous allez bien ? me lança le maire depuis l'autre pièce.

- Oui, juste une petite frayeur, répondis-je tout en observant Veronika qui s » était assise sur le lit de la cellule, emmenant avec elle son ombre, inquiétante, dans cette atmosphère crépusculaire.

- Vous voulez qu'on vienne ?

- Je n'ai pourtant pas émis de geste en ce sens. Laissez-moi faire. »

Je m'approche de Veronika, qui relève la tête pour me fixer de ses yeux bleus : « Je vous avais dit de ne pas vous en faire, Thomas, si vous me permettez de vous appeler ainsi.
- Je vais être direct. Appelez-moi comme cela vous chante, mais vous ne m'impressionnerez pas avec des petites déclarations. N'importe qui peut savoir qu'avec les tempêtes, les générateurs prennent le relais, deux fois sur trois, pour peu qu'un arbre cède sous le poids de la neige. Alors, vos petits tours ne marchent pas avec moi.
- Et l'ampoule ?
- Un coup de chance. La plupart du temps, quand les générateurs sont mis en route à cause de conditions extrêmes, le temps que la puissance se régule, il se peut qu'il y ait des dégâts. N'importe qui ayant déjà vécu dans des conditions climatiques désavantageuses, connaissent ces phénomènes.
- Je vois, vous êtes ce que l'on appelle un sceptique ?
- Je ne me laisse pas avoir si facilement c'est tout.
- Je vais vous révéler deux informations secrètes, dont personne, en dehors des deux concernés, ne sont au courant. Une fois les informations vérifiées, je vous exposerai mes exigences.
- Vos exigences ? Vous vous croyez où ? *Je sentais la colère monter en moi. Je pose machinalement ma main le long de ma ceinture à la recherche de mon arme. Je tâte mon côté droit. Rien, pas d'arme. J'essaie de ne rien montrer à ma prisonnière. C'est vrai, j'ai posé mon arme dans le hall d'entrée.*

- Vous cherchez votre arme Thomas ? Elle est posée dans le hall, sur la banquette. Vous devriez être plus prudent. Même si personne ne vous rend visite cette nuit, il faudrait éviter de garder de mauvaises habitudes, dit-elle en souriant.
- C'est donc ça vos incroyables révélations ? Vous analysez les gens, leurs mouvements… *Tout en continuant à parler, je vois Veronika qui s'avance vers moi, et pose lentement ses deux mains contre les barreaux de la cellule, avant de me fixer de ses yeux bleus. J'ai l'impression de perdre pied, d'être aspiré dans ses yeux, comme on pourrait l'être au centre d'ouragan.*
- Pourquoi ne pas avoir parlé à votre femme de votre cancer ? me lance, froidement, mais avec une voix très douce Veronika.
- Je… commençai-je le souffle coupé. Mais comment est-ce que vous…
- J'ai essayé de vous le dire. Maintenant que j'ai votre attention, du moins, je l'imagine, je vais vous offrir une seconde révélation. Vous la vérifierez et ensuite, une fois de retour, j'exposerai mes exigences. Cependant, je suis assez curieuse de connaître la réponse à ma question.
- Cela ne vous regarde pas un seul instant, c'est une histoire entre moi et…
- Arrêtez de me prendre de haut ! hurla Veronike, un bois grave, presque doublé. »
On aurait dit qu'elle parlait avec une seconde voix, sur la sienne. Plus grave, presque caverneuse. J'en ai eu la chair de poule. Au même me moment, les barreaux de la cellule ont vibrés, et j'ai senti un souffle sur moi. L'intensité de la lumière s'est baissée un court instant.

Heureusement que je n'avais pas mon arme sur moi, je ne sais pas ce que j'aurai fait, dans un moment de panique. Je me sens oppressé, et je peux me rendre compte que mon visage doit arborer les mêmes expressions que les autres. Je continue de regarder Veronika, dans les yeux, qui lâche les barreaux avant de prendre une grande inspiration. Mes yeux fixent la place qu'avaient ses mains le long des longues tiges de métal. Et, à cet endroit, précisément, je distingue des marques sur celles-ci. Comme quand on sert fort une canette, et qu'on y dépose nos empreintes. Les barreaux étaient déformés.

« Je suis désolée, Thomas, je ne maîtrise pas très bien mes émotions. Pourquoi vous ne me dites pas simplement qu'après ma perte de votre fille, vous avez peur que Léa ne puisse pas se remettre de la perte de son mari ? Et que vous ne voulez pas tout lui révéler tant que vous ne serez pas sûr du caractère irréversible ou non de votre tumeur ?

- Mais qu'est-ce que vous êtes putain ? dis-je en plissant les yeux, penchant légèrement la tête ?

- Une simple femme. Mais je vous en dirai plus après votre deuxième révélation, si jamais vous en avez vraiment besoin, ce dont je doute à la vue de votre tête. Mais j'ai exposé les règles, et je compte bien les respecter.

- Je vous écoute.

- David, votre collègue, est un célibataire endurci. Beaucoup dans le village s'étonnent de cela. Certains pensent qu'il aime s'adonner à l'homosexualité, comme ils disent. Mais la vérité est bien différente,

plus dérangeante. Monsieur Flauvin préfère les jeunes filles, les très jeunes filles. Votre collègue est une saleté de pédophile. Prenez avec vous un de vos autres collègues et rendez-vous à son domicile.
- Comment ? Non ce n'est pas possible. Je sais que David a un comportement un pe étrange, mais de là, à… dis-je en reculant lentement pour apercevoir David, le regard collé à l'écran de surveillance.
- Allez constater par vous-même et lorsque vous reviendrez, nous passerons à la suite.
- Si vous me mentez ou si vous essayez de me piéger, je vous colle une balle entre les deux yeux c'est clair ?
- Qu'est-ce que je pourrais bien faire, enfermer dans ma cage ? Voyons, je ne suis pas une sorcière, dit Veronika en riant. Oh, et n'oubliez pas votre arme cette fois. »

3

Je me rends, encore abasourdi par les révélations de Veronika dans le hall, pour retrouver David, Momo et Allen les yeux rivés sur le retour caméra.
« Momo, viens avec moi, je dois aller vérifier quelque chose, dis-je en mettant ma veste.
- Tu veux sortir ? Tu es malade, tu as vu le temps qu'il fait ? Il neige plus fort que tout à l'heure, me répondit-il.

- Écoute, on discutera après. Là, dans l'immédiat, je te demande de m'accompagner. Si tu refuses, hésitai-je un instant avant de reprendre, je t'ordonne de venir avec moi, en tant que ton supérieur.
- OK, je n'ai pas trop le choix alors. Je viens avec toi.
- Monsieur le maire, Paul, dis*-je en leur lançant mon trousseau de clefs, si jamais elle bronche une oreille, mettez-lui une balle dans le genou. Si elle recommence, mettez-lui une balle dans la tête. »
Sur le coup, je ne me rends pas compte que je n'adresse aucune consigne à David. Probablement un acte manqué, comme on dit. Même si j'ai des doutes, je ne dois pas me laisser emporter, pas avant d'avoir constaté, et vérifier les accusations de Veronika. J'observe Momo enfiler son manteau, ses moufles et son casque. Je prends les clefs de ma motoneige, et j'ouvre la porte. Un vent glacial s'incère jusque sous mon t-shirt. IL fait bien plus froid que tout à l'heure, et, comme me l'a dit Momo, la neige est de plus en épaisse, tombe de plus en plus vite et le broullaird nous laisse la moitié du champ de vision de tout à l'heure. Dans cette nuit glaciale, aucun bruit, si ce n'est celui du vent et celui de nos chaussures écrasant la neige, la faisant crépiter. Crépiter comme un bon feu de cheminée, que j'aimerai partager avec Léa, en ce moment même.

    Je monte en premier sur la moto, puis Momo monte derrière moi, et s'agrippe en faisant le tour de mon ventre avec ses mains. Avec l'épaisse couche de matières synthétiques, je ne sens presque aucune pression et je dois baisser la tête pour voir ses mains enroulées autour de moi. Je démarre la moto, et entame notre route jusqu'à

l'ancienne ferme, transformée en chalet isolé, de David Flauvin. Il y a une dizaine de kilomètres. En temps normal le trajet nous prendrait une vingtaine de minutes. Mais au vu de la tempête de neige, il va nous falloir un peu moins d'une heure. East-ce que cette Veronika m'a dit la vérité ? Ai-je raison de lui avoir fait confiance ? Si jamais, il s'avère qu'un de mes collègues, censé protéger nos citoyens, est vraiment un pédophile, comment vais-je réagir ? Que vais-je trouver là-bas ? Autant de questions qui me font paraître le voyage plus court, mais qui provoque en moi un stress, qui se manifeste par des douleurs au niveau du ventre. Je pense à Léa, seule à la maison, à notre couple, qui part à la dérive. Pourtant, nous avions tout pour être heureux. Même, ici, nous pouvions démarrer une nouvelle vie, et pourquoi pas refaire un enfant. Pas pour combler le manque ou guérir des blessures, mais pour faire un joli doigt d'honneur en direction du ciel, en direction de celui qui s'était levé un matin dans l'optique de gâcher nos deux vies… plutôt nos trois vies. Lila, je sais que tu n'auras vécu longtemps, mais si tu peux me voir, je t'en prie, donne-moi la force de surmonter ces épreuves et je t'en prie, guide nous, ta mère et moi, sur le chemin de la réconciliation et de la communication.
J'ai toute confiance en Momo, ce n'est pas pour rien que j''ai choisi pour m'accompagner. Et pourtant, son passé joue contre lui. Je me souviens parfaitement de notre première rencontre. Befeur m'avait convoqué dans son bureau. Je pensais prendre une belle soufflante pour avoir verbalisé Tarnier, le président du club de tir, qui s'était garé au milieu de la place du village pour aller boire un coup au bar,

mais non. Arrivé dans le bureau du maire, je me suis assis, il avait fermé la porte, et c'était assis.

« Ranitch, vous voulez un verre ?

- Jamais pendant mon service, monsieur.

- Toujours obsédé par les règles ? me demanda Allen en se servant un verre de whisky.

- Disons que, si on veut faire respecter les règles, il faut commencer par ne pas les enfreindre soi-même.

- C'est la raison pour laquelle vous buvez en rentrant chez vous le soir ?

- Comment... vous ?

- Je suis peut-être le maire du village, mais je suis aussi un vieux briscard, qui connait bien ses citoyens. J'aime connaître les gens qui vivent avec moi, encore plus ceux qui travaillent avec moi. Tes tremblements le soir en partant, le fait que tu transpires comme un master freeeze au soleil, ajouta-t-il avec le sourire. Je ne te juge pas, tu es un bon gars.

- Merci monsieur le maire.

- Ici, à CHaumaix, on donne sa chance à tout le monde. Chacun a le droit de refaire sa vie, d'obtenir une deuxième chance. Et j'ai décidé d'en donner une à un gars qui la mérite. Brigitte, faites entrer Ben Kassem, je vous prie, demande-t-il en appuyant sur le bouton près du téléphone. »

C'est la première fois que je voyais Mohamed El Kassem. UN grand mec, assez fin, les yeux baissés, qui semblait gênés. Il a salué la maire, puis moi, et s'est assis sur le siège. La maire me raconta l'histoire d'un mec, paumé, qui était parti à la recherche de ses parents biologiques en Syrie. Une fois là-bas, il avait dû prêter fidélité à L'État islamique après s'être fait capturer et torturé. Ce n'est qu'après avoir dû égorger un groupe de jeunes humanitaires américains devant des caméras, qu'il avait décidé de fuir cette vie, afin de retourner en France. Le destin l'a amené ici, où le maire lui offrait une nouvelle vie. Je me souviens encore de la manière dont il m'avait regardé. Un regard fuyant, la peur du jugement. Je n'approuvais pas ce qu'il avait fait, loin de là, mais je considérais Chaumaix comme une sorte d'El Dorado, ou moins ronflante, comme une maison de retraite, après une vie dépourvue de cadeau. J'avais été missionné pour former Mohamed au poste de policier municipal. Il avait appris vite, bien plus vite que la plupart de mes collègues actuels ou passés. IL s'était également montré plus respectueux des règles aussi. Je ne lui ai jamais posé la question de savoir si c'était un reste des camps d'entrainement de Daesh. Cette rigueur dans le travail, je pouvais lui confier les clefs du bureau sans souci. J'avais plus confiance en un ancien combattant islamiste qu'en la plupart des autres. Il m'a confié plusieurs fois être reconnaissant de la nouvelle vie qui s'offrait à lui. Je lui ai répondu à chaque fois la même phrase « Tout le monde fait des erreurs, seuls les plus braves peuvent en tirer une leçon et revenir dans le droit chemin ». Oui, Momo avait pris une vie, d'une des façons les plus atroces qui soient. Mais il avait appris. J'ai même compris à demi-mot qu'il avait envoyé une lettre d'excuse à la famille du jeune, une lettre sans doute restée sans réponse, qui avait dû susciter colère, haine et insultes. Mais je n'ai jamais abordé son passé avec lui. Je suis persuadé que, certaines nuits, il se réveille en sueur après un cauchemar et s'accroche à ses draps, trempés, avant de fondre en larmes.

Finalement, me remémorer du passé avait considérablement réduit le temps de parcours. Nous étions devant la ferme, du moins ce qu'il en restait, de David. Je coupe le moteur de la motoneige et je descends, en faisant signe à Momo de me suivre. J'ai beau essayer de parler en même temps, si je ne hurle pas directement dans les oreilles de mon interlocuteur, impossible de communiquer. Je montre la porte d'entrée de la ferme et je balance un énorme coup de pied, qui l'ouvre dans un claquement silencieux, couvert par le bruit de la tempête. L'avantage à vivre reclus dans un village isolé c'est qu'il n'y a pas besoin d'avoir des portes sécurisées comme en ville. D'ailleurs, la plupart des gens ne ferment même pas leur verrou. Pour ma part, ma vie antérieure, passée en ville m'a laissé encore ce réflexe. Peut-être ne me suis-je pas complètement abandonné à cette nouvelle vie. Je referme la porte, ou plutôt je la repousse et enlève ma doudoune et mon casque.
« Putain Thomas, pourquoi tu m'as emmené ici ? demanda Momo le visage inquiet. Et surtout pourquoi tu es silencieux depuis tout à l'heure ?
- Je dois juste vérifier un truc.

- Hé, mon gars, tu as fracturé la porte d'un flic, ce n'est quand même pas rien, dit-il en se dressant juste devant moi, ses yeux me fixant avec une inquiétude grandissante. Alors, maintenant, dis-moi ce qu'il se passe. Tu as passé cinq minutes avec cette femme et te voilà à l'envers.
- Elle a parlé d'une chose, que personne ne peut savoir, dont personne n'a connaissance, répondis-je. Et… Elle a ajouté quelque chose, une autre déclaration. C'est pour cela que nous sommes ici, et que je t'ai demandé de m'accompagner. Pour ne pas devenir dingue si ce qu'elle m'a confié s'avère être vrai.
- Qu'a-t-elle bien pu te confier pour que défonce une porte à trois heures du matin ? Tu es devenu fou ?
- Bon… OK, dis-je en me frottant le visage avec mes mains, glacé par le froid. Elle m'a confié que ce gros sac de David aimait un peu trop les gamines.
- Quoi ? répondit Momo, en baissant ses mains, occupées la seconde d'avant à enlever son masque de neige. Tu délires ? Tu n'es pas en train de me dire que tu accordes du crédit à une nana qui sort de nulle part et qui vient de buter une vieille sans défense, même si elle était une collabo ?
- Elle connait un de mes secrets aussi. Écoute, je veux juste en avoir le cœur net. On fait le tour, tranquillement, et on retourne au bureau, d'accord ?
- Et on va lui dire quoi ? Ta porte a été fracturée par un coup de vent un peu plus violent ? Un loup avait un peu trop froid et s'est reposé

tranquillement chez toi, mais ne t'en fais pas il a fait le lit avant de partir ?
- J'improviserai.
- Allez Thomas, viens, on se casse et on rejoint les autres. Tu vas te faire une grande tasse de café bien chaud et ça va aller mieux.
- Une seconde, je te l'ai dit. On fait un tour rapide et on se casse.
- Bien-chef, dit-il en mimant un salut militaire. »

Je commence à marcher. Machinalement, ou peut-être ayant encore en mémoire les derniers mots de Veronika, je sors mon arme, sous le regard interrogateur de Momo, qui, malgré tout, en fait autant. David Flauvin a une grande maison, anciennement vouée à être une ferme. Et comme toute la maison de cette taille, le salon est immense, avec une énorme cheminée au milieu. Une cheminée qui a pour vocation de chauffer l'ensemble de la maison. Il y a peu de meubles. Une grande télévision, accrochée au mur, et un canapé pouvant accueillir facilement huit joueurs de rugby, et pas des plus maigres. Il y a une vitrine, de laquelle je m'approche. Ce malade collectionne les figurines de mangas, mais pas n'importe lesquelles. Toutes, sans exception, mettent en rôle des adolescentes plus ou moins dévêtues.
« J'espère que c'est ce que tu as de plus honteux à cacher mec », pensai-je tout en avançant en direction des escaliers. Les escaliers menaient à un premier étage. Il était en vieux bois e devaient grincer à chaque fois qu'on posait le pied dessus. Je monte la première marche, et, sans surprise, le bois craque. Je suis sûr qu'un chaton aurait fait

grincer ce vieil escalier. D'ailleurs le bruit se rapprochait du bruit que ferait un chat qui se ferait marcher sur la queue. En haut des marches, pas de lumière, pas de visibilité. Je monte une à une celles-ci, et tends le bras gauche pour tâter le côté. Je sens des lambris, puis un interrupteur que j'active. Le couloir s'illumine et révèle cinq portes. La première est un bureau, dont je fais le tour rapidement. Il y a un ordinateur, mais je n'ai pas le courage de l'allumer et de découvrir des choses qui pourraient rester dans ma mémoire à vie. Je le ferais plus tard, si je m'en sentais obligé. La porte de droite est celle des toilettes. Propres, elles sentent bon. Je ne savais pas David aussi soigneux, comme quoi, on ne connait jamais vraiment les gens qui nous entourent. Un peu plus loin, la porte de la salle de bains. Un meuble double vasque, une armoire volumineuse et une baignoire type SPA. Les deux dernières portes s'ouvrent sur des chambres. Celle de David, au lit défait, avec son pyjama presque jeté au milieu du lit et une chambre d'amis, dont le lit est à nu. Rien de bien inquiétant, peut-être me suis-je trompé. Nous regagnons le rez-de-chaussée et je pousse l'interrupteur du bas des escaliers. Rien ne se passe. Je pousse à nouveau l'interrupteur, dans les deux sens.

« Thomas, regarde au sol.

- Quoi donc ? demandai-je.

- Quand tu appuies, on dirait qu'i y a une lumière qui vient du dessous de l'escalier. Recommence. »

Je m'exécute. Il y a bien un mince filet de lumière qui semble venir de derrière l'escalier. Je tâte chaque centimètre carré de l'habillage de l'escalier. IL y a un étage, en bas. J'en suis sûr, et une étrange force me pousse à insister, à persévérer, pour ouvrir ce passage. Un léger bruit de claquement me force à stopper mes investigations. Une porte secrète s'entrouvre. Je regarde Momo, interloqué comme moi, et lui fais signe que nous allons descendre, en silence. Je passe en premier. Les marches sont en bois elles aussi, mais elles ne grincent pas. Elles sont même étonnamment silencieuses. Elles sont moins vieilles que les autres, ce qui explique cette différence. Une chose est sûre, cet escalier n'est pas d'origine. IL y a une quinzaine de marches, plus ou moins hautes, irrégulières, qui semblent indiquer le travail d'un amateur, en tout cas, pas celui d'un professionnel. Plus on descend, plus la lumière se fait légère, voire absente. Je sors ma lampe torche de mon pantalon et j'éclaire. Nous sommes maintenant dans un souterrain, en pierre. Il fait plus froid que dans la maison, mais c'est supportable. Une forte odeur d'humidité s'infiltre dans mes narines. Ma lampe n'arrive pas éclairer le fond du couloir en pierre. Nous avançons le long du couloir. J'ai l'impression de m'enfoncer dans les entrailles de la Terre, comme si j'étais un mineur, cherchant du charbon, au plus profond des mines. L'horizon, noir, nous fait face, et nous tend les bras. Je regarde presque tous les trois pas derrière moi, cherchant Momo du regard. J'ai l'impression d'être observé, parfois même de sentir un souffle dans mon cou. Je prends une longue et profonde inspiration, pour rationaliser. La sensation de souffle froid doit simplement venir du courant d'air créé entre l'ouverture de la porte et le fond de ce couloir. Je recommence à marcher, lentement, sans bruit. L'odeur change petit à petit. La senteur de l'humidité laisse place à une autre odeur, gênante, qui me dérange. Je me retourne vers Momo, qui est devenu aussi pâle que la neige à l'extérieur. Je distingue des gouttes perler le long de son front et de son nez. L'une d'elles coule le long de son arrête nasale et vient s'écraser au sol, dans un ploc silencieux. Au même moment, il s'arrête de marcher, se rapproche doucement de moi, colle sa bouche au creux de mon oreille. Je sens son souffle chaud, son haleine, devinant qu'il a dû boire un café juste avant mon arrivée. Puis il murmure dans un souffle léger « Thomas… commence-t-il avant d'observer une pause entre chaque mot, je connais cette odeur… C'est celle de la mort ».

    Je le tourne vers lui, pour lui faire face. Il est de plus en plus pâle. Sa respiration s'accélère et l'espace de quelques secondes j'ai l'impression d'entendre son rythme cardiaque taper une mesure plus que rapide. Je me tourne à nouveau vers lui, lui pose mes deux mains sur les épaules et prends de longues inspirations, pour qu'il se calque sur moi. Une première, puis une deuxième, son regard se pose sur le mien, une troisième, une quatrième, il essaie de se calquer sur mon rythme, une cinquième et une sixième, avec mes yeux qui essaient de lui faire comprendre « Je suis là, tu n'en fais pas », puis il me fait un hochement de tête et nous reprenons notre chemin. L'odeur devient de plus en plus prononcée. Ça sent la viande avariée, ou, plus précisément, le rat crevé, en décomposition. Je lève mon t-shirt pour cacher l'odeur. Je sens maintenant l'odeur de ma propre transpiration. Momo fait de même. Je pointe ma lampe au plus loin devant comme si ma main allait s'allonger, comme si je voulais prendre mes distances avec mon corps. Encore plusieurs mètres, que je parcours à la fois avec difficultés et appréhensions. Qu'est-ce que je vais découvrir ? Tout y passe. Des jeunes filles enfermées dans une pièce, des corps mutilés sans vie. Puis je me force à ne plus y penser, je refuse de continuer à imaginer toutes ses horreurs, tout en sachant pertinemment que ce que je vais découvrir au fond de cet endroit sera surement encore plus horrible que tout ce que j'ai pu vivre jusqu'ici. Toujours pointé vers l'avant, le mince filet de lumière artificielle semble montrer du doigt une porte. Plus je m'approche, et plus les détails se font précis. C'est une vieille porte, en fer, un mélange de couleur grise et de rouille. Cela semble être une porte comme on peut en voir encore dans de vieilles caves, avant qu'elles ne soient remplacées par des portes en bois. Elle doit faire tout au plus un mètre soixante-dix, et semble juste assez large pour y faire passer la largeur des épaules d'un homme. J'arrête mon pas juste devant. Momo me tape sur l'épaule, ce qui a pour effet de me faire sursauter. Ile me montre le côté gauche de la porte. Un clou, rouillé, enfoncé à même la pierre, avec un anneau posé dessus et une bonne poignée de longues clefs métalliques, rouiller elles aussi. J'hésite longuement avant de me saisir du jeu de clefs, pour ne pas y effacer les éventuelles empreintes. J'en essaie une première, qui bloque dans la serrure. Puis une deuxième, avant que la quatrième soit enfin la bonne. Un clic sonore retentit, vibrant entre les pierres formant le couloir. Je pousse la porte lentement. Elle est lourde, grince dans un bruit aigu. Je positionne ma torche au-dessus de mon arme et avance en prenant toutes les précautions apprises à l'école de police.

Je balaye la pièce de droite à gauche pour découvrir un autre couloir, avec plusieurs portes de part et d'autre. Ce sont… des cellules. Putain de merde, des cellules juste en dessous du chalet d'un flic de la ville. Veronica pourrait avoir raison. Quelques-unes sont ouvertes. Je me dirige vers la plus proche. Je passe un pied dedans, et découvre une pièce minuscule. Un lit contre le mur, dont les pieds et la tête touchent les extrémités. Un drap-housse, un drap plat et une couverture sont pliés au milieu. Les bateaux du lit sont percés pour y faire passer une paire de menottes pour les mains, une pour les pieds. Ce couchage est donc fait pour y attacher une personne. De l'autre côté du lit, une table basse en métal, un peu comme celle qu'on trouve dans les hôpitaux pour poser le matériel pendant une opération. Et c'est tout. Pas de porte, pas de fenêtres. Un muret qui permet de s'asseoir termine le tour de la pièce. Il y a un trou au milieu, surement pour y faire ses besoins au vu de l'odeur pestilentielle qui s'en dégage. Je quitte la pièce. Momo est devant une autre porte, ouverte, glacé par ce qu'il y a découvert. Il est pâle et transpire à grosses gouttes. Je m'approche rapidement pour y découvrir le même spectacle que lui. La pièce est ouverte. Un cadavre, en décomposition, est attaché au lit. Le corps est couvert de vers, et des rats viennent d'entamer un nouveau repas. Je me tiens la bouche à deux mains et ravale une petite gorgée de bile. Je tire mon collègue par la manche pour l'ôter de cette vue ignoble. Il se met dos au mur et se laisse glisser au sol. Je lui mes une main sur l'épaule, et le laisse reprendre ses esprits. Je ne peux pas me permettre de m'arrêter. Je sens cependant ma respiration qui s'accélère et, comme prise de frénésie, je me mets à ouvrir les portes qui sont restées fermées. Il y en a deux. La première s'ouvre au bout du cinquième essai. UN nouveau corps, sans vie, en phase de décomposition. Un nouveau haut-le-cœur m'envahit. Il reste une porte à ouvrir. Je ne sais pas par quel miracle, mais j'aimerais qu'il y ait une personne vivante dans cette dernière cellule. Une personne qui s'effondrerait en larmes lorsqu'elle me verrait. Un souffle de vie, au milieu de ce champ de mort, une lueur d'espoir. Voilà que je me mes à demander à Dieu un peu de lumière dans les ténèbres. Ma dernière réflexion me met mal à l'aise. Plutôt que d'espérer trouver une cellule vide, je voudrais en trouver une occupée, avec de la vie à l'intérieur. La clef tourne et un clic me donne le signal pour tirer la porte vers moi.

Je tombe sur une vision cauchemardesque. Il y a un corps, sans vie, mais pas en décomposition. Un rapide coup d'œil me permet de dater la mort à un ou deux jours maximum. C'est une jeune fille, de dix ans maximum. Enchaînée au lit par les quatre membres. Elle baigne dans une mixture d'urine et de selles. Cette fois, impossible de me retenir. Je m'effondre genoux au sol et dégueule tout ce que je peux. La sueur dessine de petites rivières sur mon front. Mes yeux semblent vouloir sortir de leurs orbites à chaque nouvelle poussée.

Une fois mon estomac complètement vidé de toute substance, je me relève et retourne sur mes pas. Je relève Momo et le tire avec moi jusqu'aux escaliers. Nous n'échangeons aucun mot, aucune parole, pas même un regard, chacun de nous préférant garder le silence. J'aimerais exprimer ce que je ressens, le calmer, ou le laisser le faire, mais impossible. Je pense que ce soir, je viens de rentrer dans le cercle fermé des témoins de l'inhumanité dont peuvent faire preuve les hommes. Je sors de ma poche mon téléphone portable. Que faire ? Prévenir ceux restés au commissariat ? Y, aller moi-même et mettre un ou deux chargeurs dans la tête de Flauvin, cet immonde sac de merde ? La tempête a décidé pour moi. Le réseau est indisponible. La neige a surement dû faire tomber une antenne relais. Nous voilà coupés du reste du monde, pendant les prochaines heures.

4

Maintenant, plusieurs dizaines de minutes que l'on avance dans une tempête de plus en plus épaisse. Je connais la route par cœur, et j'ai une excellente mémoire. Deux raisons qui ont fait de moi le merveilleux « référent surveillance neige ». Un titre ronflant qui me permet d'être celui qui est chargé de rendre visite aux plus éloignés et aux plus vieux les années de forte neige. J'essaie de penser à tout sauf à ce que j'ai vu. Je pense à mon arrivée ici, à CHaumaix, à mon parcours ici, plutôt calme. Je suis heureux de vivre ici, finalement. Je pensais être à 'abri des horreurs que l'on voit en ville. J'avais tort. Je pense à Veronika, cette femme qui vient de faire irruption dans notre village, dans nos vies. Dans ma vie. Elle sait pour mon cancer, elle savait pour Flauvin. Machinalement je décélère comme pour ne pas arriver trop vite au commissariat. Une tape sur l'épaule de la part de Momo me sort de mes pensées. Je l'entends même dans un murmure, qui devait être un hurlement « Oh, Thomas, ça va ? ». Je réponds par un hochement de tête et je réaccélère.

Nous arrivons finalement enfin devant le commissariat. Je coupe les gaz, jette mon casque au sol, et sors mon arme, le doigt posé sur la gâchette au lieu de le poser contre le long du canon. Je serre la crosse de toutes mes forces et fixe l'entrée, comme un chien enragé fixerait un chat qui le nargue depuis des mois. Je marche, rapidement en direction de l'entrée, les yeux rivés vers la porte. Les marches sont avalées rapidement malgré les risques de chutes dus au verglas. Je balance un énorme coup de pied qui ouvre la porte. Je me précipite à l'intérieur de la salle et hurle comme un forcené « Flauvin, amène toi, fils de pute, je vais te foutre au frais sale ordure ! » Pas de réponse, le silence règne. Un silence de mort. J'aperçois deux silhouettes debout devant moi, qui me tournent le dos. Le bruit de la porte enfoncée ne les a même pas surpris. Ils ont le regard fixé devant eux, légèrement en hauteur. Allen Befeur et Paul Johanssen sont debout devant moi, et regardent les bras ballants quelque chose en l'air. J'écarte le maire, toujours l'air au poing et je regarde dans la même direction qu'eux. Un corps flotte dans les airs, celui de David. Je cligne des yeux, et les essuie. Il ne flotte pas en l'air. Il est pendu, le visage rouge, enflé, la langue gonflée pendante. On nous apprend que la première façon de savoir si un homme s'est pendu lui-même est de regarder si les vêtements ou le corps présentent des signes de lutte, si le mobilier à côté du corps a servi de marche pied, et la présence d'ecchymoses sous conjonctivales. À première vue, David Flauvin s'est bien suicidé. Je me tourne vers Paul et l'interroge du regard.

« Thomas, je te promets, on a rien pu ne faire. On était en train de se servir un café chaud et David a voulu rester surveiller la prisonnière. Quand on est revenu, on l'a trouvé là, pendue cyanosée. On vient de prendre son pouls, il est… mort. *Il est tendu, stressé. J'ai besoin qu'il se calme, qu'il puisse me raconter en détail.*

- J'ai besoin que tu répondes calmement. Il faut remonter au plus proche de mon départ. Explique-moi ce qu'il s'est passé. *Je pose une main sur son épaule et exerce une pression. Encore une astuce de l'école de police. UN psychologue nous avait dit un jour qu'il suffisait parfois d'exercer une pression physique sur l'épaule d'une personne pour lui faire comprendre qu'il y avait une force sur laquelle il pouvait s'accrocher. Foutaises, de mon avis, mais cette technique avait déjà démontré son efficacité.*

- Quand tu es parti, nous avons décidé dans un premier temps de rester devant les caméras de vidéos surveillance. J'ai sorti mon arme et je l'ai posé sur la table. Tous les trois, nous regardions le moniteur, nous étions comme aspirés, fascinés, hypnotisés. J'avais l'impression de ne plus être maître de mon corps. J'avais la sensation de sortir de celui-ci et d'être projeté ailleurs, sans rien pouvoir ne faire, ne dire, sans même pouvoir penser. *J'observe le visage du maire, qui me croise du*

regard et acquiesce, pour corroborer la version de Paul. Je ne sais pas ce que nous serions devenus si je n'avais pas renversé le pot à stylos du coin de la table. Le bruit nous a sortis de notre torpeur, nous avons sursauté, tous les trois. Nous transpirions. Et quand j'ai voulu essuyer mon front, je me suis rendu compte que j'avais mon arme à la main. Nous nous sommes regardés tous les trois. Aucun de nous n'a voulu prendre la parole, mais chacun savait que nous avions vécu un phénomène étrange. Puis Allen s'est levé d'un coup sec, nous faisant remarquer que nous avions passé près d'une demi-heure assis, là, alors que seulement quelques secondes semblaient s'être écoulées. Il a proposé d'aller faire du café. Je l'ai accompagné, et fais signe à David de nous suivre. Il a décliné l'invitation, précisant qu'il préférait rester assis devant l'écran de surveillance. Maintenant que j'y pense, il nous a dit cela sans nous regarder, toujours le regard plongé dans les pixels du moniteur. La prisonnière fixait la caméra, on aurait dit qu'elle sondait l'intérieur de nos âmes. Cette idée m'a donné un frisson et, comme sous l'effet d'une terreur incontrôlable, j'ai préféré fuir, loin d'elle, loin de son image. J'ai voulu t'appeler, toi, ou Momo, mais impossible de passer un appel.
- Je sais, les lignes téléphoniques sont coupées. Tu as essayé internet ?
- Pas de signal. Déjà qu'en temps normal, le réseau est merdique, alors avec ce temps…
- Continu, après votre départ, il s'est passé quoi ?
- Et bien, commence-t-il tout en prenant une longue et profonde inspiration, j'ai pris mon temps pour préparer le café. J'étais comme

sonné, ou plutôt comme épuisé, comme si j'avais enchainé toute une nuit après une journée complète. Et nous sommes arrivés et avons découvert David, comme ça, pendus. Nous n'avons rien entendu, aucun meuble poussé ou tiré. Pourtant, les vieux meubles font un refus d'enfer. Et ils sont trop lourds pour pouvoir les soulever seuls.
- Combien de temps, êtes-vous restés dans la salle de pause ? demandai-je, tout en regardant ma montre.
- Tout au plus cinq minutes, le temps que le café coule, dit Befeur, interrogeant Paul du regard.
- Oui, tout au plus, confirma Paul.
- Savez-vous combien de temps, nous sommes partis ? leur demandai-je, jetant un œil en direction de Momo, toujours présent, fixant le cadavre de notre collègue pendu.
- Je dirai une demi-heure, environ.
- Nous sommes partis près de deux heures, leur dis-je.
- Thomas, si tu étais parti si longtemps, nous l'aurions remarqué, dit Paul, fixant sa montre, les yeux ronds et grands ouverts.
- Par tous les diables, Ranitch, comment est-ce possible ? *Le maire me fixe du regard, paniqué, il cherche du réconfort, il cherche des réponses.*
- La vidéosurveillance possède une mémoire de soixante heures. Il nous suffit de la visionner sur les dernières deux heures. Si je synchronise, la surveillance caméra de la cellule et celle du hall d'entrée, on pourra même suivre en temps réel ce qu'il s'est passé. »
Je m'installe devant l'ordinateur, chacun de ceux qui restent, prennent une chaise et se mettent de part et d'autre de moi. Je demande l'accès

aux archives des caméras de surveillance, et regarde en coin Veronika par l'intermédiaire de l'écran. Elle semble nous fixer, alors que ses yeux sont juste posés sur la caméra. On dirait qu'elle me regarde, qu'elle plonge dans mes yeux. Je détourne immédiatement le regard, et continue de taper sur l'ordinateur, qui me demande le mot de passe. « Sentinelle-07-33 » m'ouvre alors ses archives. Je synchronise les deux renvois, manuellement, pour que chacun d'eux corresponde avec notre départ. Je passe les images en accéléré. Je constate qu'ils sont effectivement restés immobiles pendant près de trente minutes, et on voit le mouvement au ralenti, malgré l'avance rapide de Paul qui prend son arme et fait tomber le pot. Chacun de nous regardons les autres, interrogatifs. Je continue l'avance rapide et je vois Allen et Paul se diriger vers la salle de pause. Pendant ce temps, David Flauvin regarde le moniteur et se lève pour aller devant la cellule. Il fixe plusieurs minutes Veronika, qui semble lui parler. David, lui, hoche la tête de temps en temps, pour acquiescer, puis s'effondre sur le sol, et se prend la tête entre les mains. On dirait qu'il pleure. Au bout de quelques minutes, il se relève et est rejoint par Allen et Paul. Je les regarde, ils ont les yeux exorbités. À ce moment, je pense qu'ils ne se souviennent plus de rien. Ils fixent à leur tour la prisonnière, et sortent, tous les trois, en direction de la salle d'accueil. Ils déplacent à tours les meubles, pour les disposer dans la configuration actuelle. Je jette un œil au-dessus de l'écran de l'ordinateur, pour vérifier. Pas de doute c'est exactement la même. David, lui, sort du commissariat été, revient quels instants plus tard, avec une corde. Il la passe autour de son cou, et monte sur le meuble. D'abord à quatre pattes, puis se relève, doucement, lentemps. Il vérifie la solidité de sa corde et la passe au-dessus de lui, par un ancien crochet, qui soutenait un grand lustre. Les deux autres quittent la pièce pour retourner dans la salle de pause. Les derniers moments de Flauvin se dessinent petit à petit sur le moniteur. Il saute du bureau et se laisse tomber dans le vide. On distingue dans un premier temps des convulsions, puis des mouvements de type soubresauts et, enfin, plus rien. Des minutes, qui ont dû lui sembler des heures. À moins qu'il n'était pas totalement conscient ni en pleine possession de son corps. J'avance à nouveau pour voir les deux hommes sortirent de la salle et courir en direction du pendu.

« Putain… de. Thomas, je te jure, nous n'avons rien fait. Dit en se levant de sa chaise, la renversant au passage, Paul.

- Ranitch, je, je ne sais pas ce que ces images montrent, mais elles ne sont pas réelles. Je vous jure que…

- Calmez-vous, lançai-je en direction d'eux. Je ne pense pas que vous soyez pleinement conscients de ce qu'il vient de se passer. »

À ce moment, Paul Johanssen s'est dirigé vers la cellule de Veronika. Il a son arme à la main, et le temps que je réagisse, il est déjà hors de notre vue. Je me précipite vers la cellule, oubliant mon arme au passage. Je passe la porte, suivi par les autres pour voir Paul, l'arme en position de tir, dirigé sur Veronika.

« Paul, arrête tes conneries. Ce n'est pas le moment de péter les plombs !

- Thomas, tu as vu comme moi la vidéo, je n'ai aucun souvenir, dit-il tout en fixant la prisonnière, étonnement calme pour quelqu'un qui a une arme pointée sur elle, par un homme complètement déboussolé. Tu es quoi espèce de salope ? Une putain de sorcière ? Il faut te brûler ?
- Bon sang, Johanssen, calmez-vous ! hurle Befeur.
- Thomas, pourquoi ne pas avoir raconté ce que vous avez découvert, vous et Mohamed, dans la maison de David ? *Je reste silencieux, continuant de fixer Paul du regard, pour ne pas croiser les yeux de la femme, avec cette voix si douce, qui me parle.* Pourquoi ne pas avoir pris le temps de leur dire que cette ordure n'était qu'un pédophile, qui laissait crever de faim ses victimes pour être sûr que son petit secret ne serait jamais dévoilé ? Pourquoi ne pas leur dire qu'il les attachait, les laisser se pisser et chier dessus et les laisser se décomposer, afin que les rats et les vers les grignotent, comme si leur corps d'enfant n'avait pas déjà assez souffert, mutilé par les viols ? Et vous, Paul Johassen, pourquoi ne pas avouer vos petits crimes ? *Au fur et à mesure que Veronika débitait son discours, le rythme d'allocution accélérait, et la voix se faisait de plus en plus menaçante. Tellement, que j'avais l'impression qu'une deuxième voix était venue se greffer sur la sienne, plus grave, terrifiante.*
- Ferme la connasse ! hurla Paul. *Allen était là, les bras ballants, la bouche ouverte, choqué par les révélations. Il pointait désormais son arme en direction d'elle, qui lui faisait face, les mains entourant les barreaux, le front quasiment à dix centimètres du pistolet.*

- Pourquoi ne pas leur avouer que vous aimez que vous aimiez aller dans les grandes villes, faire justice vous-même, pour ce qu'il s'est passé à l'époque du lycée ?
- Je t'ai dit la fermer, hurla à nouveau Paul, le doigt plus proche que jamais de la détente, qu'il commençait à presser, celle-ci bougeant de quelques millimètres.
- Paul, regarde-moi, dis-je calmement, prenant soin de tendre la main, en direction du canon. S'il te plait, donne-moi cette arme, et par pitié, arrête de l'écouter.
- Elle nous a déjà manipulés, tu as vu comme nous tous la vidéo, j'ai aidé au suicide d'un homme, d'un flic. Aussi pourri soit-il.
- Davantage que le fait d'avoir aidé un pédophile à se suicider, vous pourriez aussi avouer, que, comme moi, vous vous retrouvez soulagé de l'avoir fait, et de ne pas avoir dû vous retenir de le tuer vous-même, dit le maire. *Je le regardais, il avançait lui aussi en direction de Paul, les mains ouvertes, paumes dirigées vers son interlocuteur.*
- Alors, Paul, pourquoi ne pas avouer que vous avez été violé en foyer, par deux autres camarades d'infortune, plus âgés que vous. Et surtout qu'un éducateur avait fermé les yeux ce soir-là, pour éviter de devoir s'expliquer sur les relations sexuelles que lui-même entretenait avec ces deux mineurs ? Vous pourriez aussi nous expliquer pourquoi vous écumez les bars gay de la ville pour retrouver trace de cet éducateur ? Et au passage pour quoi, vous avez tué l'un des deux violeurs, un SDF, en le jetant dans une rivière, par des températures négatives, après lui avoir offert plusieurs verres de whisky ? N'est-ce

pas la vérité Paul ? *Paul Johanssen était en sueur maintenant, il se frottait les yeux avec ses mains, et les portaient à ses oreilles. Puis il recommençait, enfermés dans un cercle vicieux, où des souvenirs douloureux devaient remonter. Je fixais son arme, attendant le bon moment pour la lui arracher et le plaquer au sol.*

- Arrête ça tout de suite foutue salope ! Arrête, je ne veux plus y penser.
- Allez, confessez-vous, personne ne vous jugera ici, chacun a ses petits secrets. Toutes les personnes vivant à Chaumaix ont leurs petits secrets. Demandez à Allen Befeur, à Mohamed Ben Kassem, ou bien à Thomas Ranitch. Où préférez-vous nous raconter vos nuits de cauchemars, vos troubles sphinctériens, dus aux séquelles du viol ? »

Johanssen déplie le bras, les yeux hagards, le regard et le visage ravagés par la folie et pointe son semi-automatique sur Veronika, qui reste passive, immobile, presque souriante. Elle fixe, profondément. Un instant j'ai cru voir des yeux noirs, sans pupilles, et une rangée de dents bien trop nombreuses pour un humain. Au moment où Paul pressait la détente, Momo s'est jeté sur lui, par-derrière, et lui a levé les mains. Paul, dans un état tout sauf normal, a retourné l'arme vers le plafond de la salle avant de poursuivre sa rotation. Tout s'est passé en une fraction de seconde. L'arme s'est retrouvée devant le visage de son possesseur, qui a ouvert la bouche pour en glisser le canon entre ses lèvres et a tiré. Un éclair, puis un bruit sourd me faisant sursauter. Du sang apparait sur mon visage et mes mains, venues en protection devant ma tête. Deux corps tombent lourdement au sol, sans vie, deux corps désarticulés. Momo est au sol, un trou entre les deux yeux, d'où s'échappe une mince rivière rouge, venant former une auréole autour de lui. Allen Befeur, rester en retrait, se penche en avant pour vomir. Il ne doit pas être habitué à l'odeur du sang. Il n'a pas dû voir beaucoup de cadavres, en même temps, sa profession ne s'y prête pas tellement. Je me dirige vers lui, les mains vers l'avant pour l'aider à se redresser. Il met ses bras en barrage devant lui.

« Tu n'en fais pas mon gars, j'en ai vu d'autres et des bains pires, lance-t-il dans ma direction.

- Je m'en doute, mais ce n'est pas le moment de faire le fier, monsieur le maire; laissez-moi vous aider.

- Et si tu avouais tes péchés Allen Befeur, suggéra Veronika.

- Mes péchés ? Avoir permis à la plupart de ces meurtriers, violeurs, voleurs, d'avoir une seconde chance ? Vous appelez cela un péché ? dit Allen, entrecoupé de haut-le-cœur.

- Allons allons, monsieur le maire, vous et moi savons parfaitement ce que vous avez fait de cette ville. Pourquoi ne pas avouer à votre seul administré innocent, votre petit arrangement ?

- La ferme, vous ne deviez pas venir aussi tôt, notre marché n'est donc plus valide, répondit Allen, se redressant et essuyant le restant de gerbe sur sa bouche.

- Qu'est-ce qu'elle raconte encore ? C'est quoi cette histoire ? demandai-je assez calmement en direction du maire.

- Je suis désolé, Ranitch, mais vous en savez un peu trop. *Je le vois sortir une arme de derrière son dos, et la pointer dans ma direction. Il a l'air tellement calme, froid et déterminé.*
- Vous me faites quoi ? Vous la connaissez ? Qui est-elle ? »
Je recule doucement et m'adosse au mur, me laissant glisser sur les fesses. En face de moi, le cadavre de Momo, qui semble me fixer des yeux, réclamant, implorant de l'aide. Une aide qu'il est trop tard pour essayer de lui apporter. Il est mort, et je n'ai rien pu y faire. J'aperçois l'arme de Johanssen au sol, je ne la fixe pas, afin de ne pas mettre en alerte celui qui domine à présent le jeu. Le canon de son arme est pointé sur moi. Il s'agit d'un revolver, que l'on doit armer manuellement. Si je trouve le moyen de me protéger du premier coup de feu, j'aurai le temps de saisir le semi-automatique et le pointer pour reprendre le dessus. J'aimerais juste à ne pas avoir à presser la détente. Trop de morts cette nuit. J'essaie de me relever, doucement.
« Ranitch, restez à terre. SI vous vous relevez, je vous colle une balle dans le genou, avant de vous en mettre une entre les deux yeux.
- Bien compris, chef.
- Ce n'est pas contre vous, ne le prenez pas trop à cœur, je veux juste protéger ce que j'ai acquis, chèrement qui plus est. »
Je décide de rester silencieux. Je prends une grande inspiration, puis une deuxième et je me jette au sol, je récupère l'arme, qui est gluante. Un mélange de sang épais et de cervelle. Je pointe mon arme vers Befeur, qui me tire dessus. La belle rentre dans mon épaule gauche et s'y loge, déclenchant une douleur, à la fois brulure et déchirure. Alors

que ce n'était pas ma première intention, la douleur et l'adrénaline ont pris le dessus sur mon corps et je tire une balle qui touche Allen Befeur en pleine tête. À nouveau un corps tombe lourdement au sol, et du sang coule le long des yeux du cadavre encore chaud, qui convulse devant moi durant quelques secondes. Je lâche l'arme, les mains gluantes, rouge de sang. Mon épaule me fait mal, mais la douleur que je ressens dans le plus profond de mon âme est encore plus forte. Je regarde Veronika, qui me fixe, les yeux remplis de tendresse et de compassion.

« Pourquoi vous me regardez comme ça ? demandai-je
- J'ai de la peine pour vous. Je ressens votre peine Thomas. Vous êtes en train de penser qu'il y a eu bien trop de morts cette nuit, et que vous me devez tout ceci. *Elle n'a pas tort, encore une fois. Comment peut-elle tout savoir, comme ça ? Comment peut-elle tout deviner ?* J'ai envie de vous proposer un marché. Mais je pense que vous méritez de savoir avant.
- Savoir quoi ? *Je ramasse l'arme et la pointe en direction de la prisonnière.* Si jamais vos explications ne me conviennent pas, je n'hésiterais pas une seule seconde. Je veux tout savoir et surtout savoir ce que vous me voulez. Je n'ai rien à me reprocher, en tout cas pas autant que les hommes morts ce soir.
- Je crois que vous connaissez bien le maire de votre village, qui a fait pour vœux de donnée une seconde chance à tous les gens qui le nécessitaient. Il l'a fait parce que chacun de ceux qui sont ici sait

garder un secret. Chacun des citoyens de cette ville traine un lourd secret et ne se mêle des affaires de personne. Vous faites vos courses chez l'épicier ? Un ancien dealer de drogue, responsable de la mort de vingt gosses à peine majeures, après avoir coupé sa cocaïne avec du verre pilé. *Je n'aurai jamais pensé cela de Ben, un mec bien, calme et posé.* Le salon de coiffure dans lequel votre épouse se fait coiffer ? Un bien acquis avec de l'argent volé à des hommes riches, pendant des séances d'escorting. *Cheryl, elle qui a toujours le sourire, est le mot qui fait plaisir.* La boulangerie ? Demandez-leur comment, en vendant une centaine de baguettes par jour, ils arrivent à conduire une Audi A4 dernier modèle. Demandez-leur s'ils connaissent la RN 92. Le repère de prostituées, dont ils sont les Macs. L'histoire du bar-tabac ?
- C'est bon j'ai compris, je pense, je n'ai pas besoin d'une liste de tous les crimes commis par chacun des citoyens de ce village.
- Je vais juste terminer l'histoire de votre élu, si vous le permettez. Puisque son histoire est liée à la mienne, en quelque sorte. Votre maire et moi avons passé une sorte de marché. Je lui octroyais le pouvoir, la richesse et, en échange, il, vendait les âmes de ses administrés au diable. *Lorsqu'elle fronça le mot de DIABLE, mon cœur a manqué un battement.* Ce n'est pas la première fois que je viens chercher des âmes, qui me sont dues, sourira-t-elle.
- 1890, plus de deux cents personnes ont péri dans un effondrement, pendant un banquet. 1943, quatre cents personnes décédées dans des bombardements, sauf qu'aucun plan de bombardement de cette région n'a été découvert. Et d'autres faits troublants, dans les années

passées. Je suis au courant, j'ai fait des recherches sur ces faits, mais chaque fois, les explications avancées semblent correctes.

- Exact, et aujourd'hui, je reviens chercher les âmes de ce village.

- Mais qu'est-ce que vous racontez, vous auriez plusieurs centaines d'années ?

- J'étais là bien avant tout ceci. *Elle écarte les barreaux de la cellule et sort, lentement, se rapprochant de moi. C'est la première fois que je la vois, sans barrière devant moi. Sa beauté est en opposition avec ce qu'elle prétend être capable de faire. Je suis sans réaction, terrorisé par sa force physique. Elle aurait pu sans problème s'échapper de la cellule. Elle a seulement joué avec nous, pour passer le temps. Toutes ces morts, pour un simple amusement.* Et je serai là encore pour longtemps, aussi longtemps que les hommes seront aussi mauvais. Parfois j'avoue qu'ils m'étonnent, ajouta-t-elle en ricanant. Votre collègue pédophile est un bel exemple qu'il reste encore des hommes étonnants dans ce monde. Quand je vois tous ces reportages, toute cette fascination pour les meurtriers en série, l'argent que rapporte la narration de la haine et de la colère, j'ai encore de quoi profiter plusieurs générations. Et je pense que cela n'est pas près de s'arrêter. Oh, mais j'ai oublié de vous raconter le magnifique parcours de votre femme. Je suis un peu chamboulée cette nuit, il faut croire. Votre femme n'a jamais été agressée comme elle le prétend, elle était juste trop défoncée pour tenir debout. Elle s'est accoudée sur les barrières et a fait tomber la petite Lila dans la mer. Dans un geste désespéré, elle a sauté dans l'eau pour essayer de récupérer la petite.

L'eau froide a dû la secouée et elle a inventé cette histoire, pour éviter de devoir affronter votre jugement. »

Je m'effondre au sol, les mains sur les oreilles. Des larmes chaudes coulent le long de mes joues et s'écrasent sur le sol. L'odeur de sang sur mes mains me monte au nez et je dois ravaler ma bile. J'ai été trahi par la seule personne en qui j'avais confiance. Notre couple était fébrile, mais je n'aurai jamais imaginé qu'elle était capable de tenir un mensonge sur plusieurs années, surtout un mensonge comme celui-là. Je ne prétends pas que j'aurai essayé de pardonner, mais j'aurais pu construire mon deuil autrement que dans la haine de l'autre. J'aurai eu une cible, une personne, la personne responsable de ma peine, de ma plus grande peine. Et j'aurai haï, profondément, ma femme. Veronika vient interrompre mes pensées et me tend la main.

« Laisse-moi t'aider à te relever. Laisse-moi te montrer, et laisse-moi te proposer. »

Je saisis sa main, et me laisse relever. La porte s'ouvre et un courant d'air glacial remplit la pièce. Du moins, c'est ce que je pensais. Je ne sens pas le froid. Le vent semble me contourner et une douce chaleur m'entoure. Je regarde mes bras. Une aura doré m'entoure. Elle entoure également celle qui m'a tendu la main. La douceur de sa main fait le vide dans mon cœur et dans mon cerveau. Je lutte dans un premier temps, avant de me laisser envahir par ce doux sentiment de réconfort. Nous flottons dans les airs, nous nous élevons de plus en plus, et nous prenons place en face de la plus haute falaise de la montagne. J'aperçois au loin un long fil noir. Je plisse les yeux dans un premier temps, pour me rendre compte que ce sont des personnes. Des personnes qui avancent en direction de nous. Au bout de plusieurs minutes, les premiers arrivent en face de la falaise et sautent, un à un. Sans un bruit, sans un mouvement de contestation, des dizaines de cadavres vivants sautent. Je connais chacun des sauteurs, je connais leurs métiers, leurs familles, mais pas leurs secrets. Quel est celui de Johan, le pompiste garagiste ? Ou celui de Julie, le médecin du village ? Pas le temps d'y penser plus longtemps, leur corps est déjà écrasé en contre bas, le bruit des craquements des os couverts par le bruit de la tempête. J'aperçois ma femme, qui ne prête aucune attention à ma présence. Je n'ai aucune envie de penser à elle. Pas après ce que j'ai appris sur elle aujourd'hui. Comme les autres elle saute.

Des centaines de sauteurs plus tard, j'aperçois le dernier citoyen de Chaumaix prendre son envol, pour son dernier souffle de vie. Veronika se tourne vers moi.
« Thomas, tu as le choix. Tu peux les rejoindre, en bas, ou rester avec moi, et rassembler un nouveau village autour de toi. Réunir toute la raclure de ce monde, et offrir leurs âmes aux démons.
- J'aurai la chance de laisser un monde meilleur derrière moi ? IL m'attendra le même sort que l'ancien maire ?
- J'ai un autre projet pour toi, si tu acceptes. Tu vois, je pense que le moment est venu de me montrer au grand jour. De débuter

l'Apocalypse. Je vais déchainer le feu sur cette terre, et je voudrais faire de toi, mon premier cavalier de l'Apocalypse. »

Me voilà avec deux chemins tracés devant moi. Dans le premier, je saute et je meurs, mon âme allant directement nourrir les démons. Si j'emprunte le deuxième, j'ai l'occasion de faire le ménage sur cette terre, de déchainer le feu sacré, et de réduire la plupart des hommes en cendres. Je souhaite offrir un nouveau souffle à cette planète.

« J'accepte Veronika, j'accepte de devenir le premier des quatre cavaliers de l'Apocalypse, j'accepte de te servir. »

LE CONTRAT

1

Je garde les yeux sur la route, pour essayer de ne pas penser à ce que nous a dit le médecin. Il a détruit le doux avenir que j'avais envisagé avec Léa. Une petite maison, dans la montagne, loin de tout. Un petit potager pour l'été, une dizaine de poules, une vache et pourquoi pas un cheval. Nous aurions vécu de notre retraite, avant de nous éteindre, chacun notre tour, elle quelques mois après moi, à l'âge de 90 ans. Nous aurions fait des promenades dans les champs, pique-niqué au bord d'une rivière, fait l'amour sous le bruit de l'eau qui coule doucement le long du lit de la rivière, bercé et rafraîchi par une douce brise fraîche. Nous aurions passé nos froides nuits d'hiver auprès d'un feu de cheminée, chacun plongé dans un livre, avec une douce odeur de fumée suffisamment discrète pour ne pas être incommodés.

Nous aurions profité de nos petits-enfants, et peut-être même connu nos arrière-petits-enfants.

« Madame Rasiens, je suis désolé, mais vous avez un cancer, avait dit le médecin, un jeune interne.

- Un cancer vous dites ? avait répondu ma femme, ça va aller, j'ai déjà côtoyé cette maladie dans ma famille, nous sommes des battants, je vais en venir à bout. »

Ma femme avait ce côté optimiste dans la vie. Elle affrontait tous les défis avec le sourire et cette joie de vivre, que je lui enviais tellement. Elle sourit, mais je sais qu'elle se montre forte parce que je suis là. Si elle était seule, elle s'écroulerait en larmes. Je l'ai surpris une fois, dans notre chambre après la mort in utero de notre premier enfant. Elle m'avait consolé, et disait que c'était une épreuve que Dieu mettait sur notre route, pour tester notre force à rester unis dans la douleur et la peine. Je détestais cette façon qu'elle avait de tout remettre sur la religion. Et pourtant c'est ce qui lui donnait cette force, la force d'affronter toutes les épreuves de la vie.

« Je suis désolé, Léa, si je peux me permettre de vous appeler ainsi. C'est une tumeur placée entre le lobe pariétal et le lobe frontal, elle est inopérable. C'est ce qui explique vos pertes d'équilibres et de motricité des derniers mois.

- Je vais vous poser une question très franche, docteur, je vous demande une entière honnêteté. Combien de temps ?

Entendre ses mots, ses quelques mots, m'ont littéralement coupé la respiration. Si je n'avais pas été assis, je me serais écroulé au sol.

- Un an, au maximum. Entre six mois et un an. Je suis désolé, ajouta l'interne en baissant les yeux.

- Je… bafouillais-je, comment, je veux dire…

- La suite, vous voulez dire ? demanda le jeune médecin.

- Oui, ajoutais-je avec un signe de tête approbatif.

- Encore une fois, docteur, je vous demande une totale franchise, enchéris Léa.

- Vous allez perdre de plus en plus votre motricité, puis votre perception des choses, votre capacité à percevoir de manière sensorielle les évènements autour de vous. Au vu de la taille de la tumeur, je dirais que d'ici trois mois, vous allez vous retrouver en fauteuil. Avant cela, vous allez éprouver des douleurs atroces au niveau de votre boîte crânienne. Nous avons des protocoles de pompe à morphine pour la gestion de la douleur. Je vais vous donner un livret qui vous explique tout ça. Vous le lirez tranquillement chez vous, et nous fixerons un rendez-vous avec le professeur Atrelle, qui vous suivra, et vous orientera sur les soins palliatifs, ou vers un centre antidouleur, mais je lui laisse la liberté de voir tout ça en détail directement avec vous ».

Je n'ai presque pas parlé depuis l'annonce. Je reste concentré sur la route. Je me mords l'intérieur de la bouche. J'ai un goût de rouille dans la bouche, j'ai dû m'arracher un bon lambeau de peau. Léa est à côté de moi, silencieuse. Elle a sa main posée sur ma cuisse, elle déplace lentement ses doigts, pour me caresser tendrement la jambe. Je ne suis pas bavard, je ne sais pas quoi dire. Je sais que je dois me montrer fort, mais je ne sais pas comment. J'éprouve de la haine, de la colère. Pourquoi elle ? Pourquoi pas d'autres personnes, plus nocives, moins utiles ? Le monde regorge de raclures qui ne manqueront à personne. Alors pourquoi ma Léa ? Je dois ravaler mes larmes, je serre ma mâchoire, jusqu'à éprouver de la douleur physique. Une douleur bien insignifiante par rapport à la douleur morale que j'éprouve. Face à l'abattement que je ressens. Je serre le volant de toutes mes forces, jusqu'à ce que mes doigts s'engourdissent. Léa déplace sa main et la met sur la mienne.

« Mon amour, s'il te plaît, parle-moi. Après, je vais te laisser tranquille longtemps. Tu seras débarrassé de moi. Alors je voudrais profiter du temps qu'il reste pour te casser les pieds. Tu dis toujours que je parle trop, dit-elle, avec son petit sourire plein de tendresse.

- Tu te crois drôle ? Je sais. Je sais qu'on s'était promis en cas de maladie de toujours profiter et d'en rigoler. Mais c'était facile à dire… dis-je en la regardant dans les yeux, tout en ravalant un flot de larmes, en me raclant la gorge.

- J'ai juste envie de profiter, de me construire de bons souvenirs, des rires, de danser, de chanter… de profiter de la vie, de ma vie avec toi. Je t'ai choisi, je t'ai aimé dès les premiers instants de notre histoire. Je veux qu'elle soit brûlante, à en donner des regrets à tous les couples qui nous entourent. »

À ce moment, je prends conscience que c'est tout ce que je peux lui offrir. Une fin de vie heureuse. J'aurai tout le temps de pleurer quand je serai seul. Tout le temps d'en vouloir à la terre entière. Tout le temps de devenir aigri, rongé par cette épreuve. Mais ma vie, je veux la dédier à ma femme.

« Tu sais ce dont j'ai envie ?
- D'un nouveau cerveau ? dis-je par habitude, avant de me rendre compte de la portée de mes mots. Excuse-moi, je…
- Tu n'as pas tort, il m'en faudra un nouveau, dit-elle en riant. Non, je m'arrêterais bien au marché. On va se prendre des légumes du petit vieux des montagnes et on va se faire une bonne tranche de viande de bœuf, ou un pot-au-feu, comme tu préfères.
- C'est une bonne idée. Je voudrais bien un pot-au-feu. »
Tous les jeudis, sur la place du village, il y a un petit marché. Une dizaine d'exposants. Rien de formidable. Quelques stands de vêtements, pour les amateurs de trucs mal taillés et de qualité douteuse, des stands de produits régionaux, comme du miel, des confitures, du fromage ou des biscuits et le petit vieux des montagnes. Je n'ai jamais demandé son

prénom. Mais il est toujours le premier installé, toujours à la même place depuis que je suis gosse. Il cultive des légumes de saison, dont la qualité goûteuse n'a pas bougé d'un millimètre depuis toutes ces années. Si tant est qu'on puisse évaluer le mouvement du goût en millimètre. Je regarde à peine les autres stands, mais Léa, ce matin, veux prendre son temps et regarde absolument tout. Dans les moindres détails, elle observe les vêtements, les pots de miel. Elle a même acheté un pantalon blanc, dont la matière se rapproche du lin. Mais à quatre euros pièce, je ne suis pas dupe. Je continue de passer les stands, tout en regardant où elle se trouve. Comme si elle allait s'envoler, pensai-je stupidement. Soudain je trébuche sur un socle de prospectus, manquant de me retrouver sur le sol, et probablement la risée des quelques curieux qui n'auraient pas manqué de dévisager un type qu'ils auraient cru complètement bourré.

« Je suis désolé, dis-je en ramassant les prospectus, avant même de regarder la personne propriétaire du stand »

Super, des prospectus sur la paix intérieure dans la prière. Juste maintenant. Comme si celui qu'on appelle Dieu m'envoyait un message : « Hé, c'est un jour particulier pour toi, compte sur moi pour te rappeler à qui tu dois ces emmerdes ! » Je me relève, et remets la pile sur le dessus du présentoir. En face de moi, une femme, en tailleur impeccable, gris, avec des talons vernis qui semblent juste sortis du magasin, me fait face. Elle est d'âge moyen, la quarantaine passée, les cheveux noir corbeau, tirés parfaitement en arrière. Elle a le visage fin, maquillé à la perfection, ni trop, ni pas assez. J'imagine que c'est le meilleur moyen de vendre. Une présentation impeccable, du moins c'est ce qui est enseigné en préambule dans certaines écoles de commerce. Elle a des yeux d'un bleu profond, de ceux qui semblent percer votre âme et la mettre à nue, pour voir au plus profond de vous.

« Vous ne vous êtes pas fait mal, monsieur ? me questionne la femme, une voix assez rauque, sûrement liée à un excès de tabac, d'alcool, ou les deux d'ailleurs. Pourtant, ses dents sont d'un blanc presque immaculé. On dirait le blanc des dents d'enfant, ou celles d'un présentateur télé accro au dentiste, ou avec un râtelier.

- Je suis désolé, je me suis pris les pieds dans le présentoir. J'avais l'esprit un peu occupé. Voulez-vous que je remette les prospectus sur les étagères ? Ce serait la moindre des choses.

- Ne vous donnez pas cette peine, monsieur, je vais le faire. De toute façon, j'allais remballer et partir.

- Comme vous voulez, dis-je en parcourant des yeux le bureau sommaire, une vieille chaise pliante, qui semble déjà voir passer de nombreuses heures dans les différents marchés.

- Vous voulez jeter un œil à nos produits ?

- Excusez mon impolitesse, mais je ne suis pas intéressé par la religion.

- Moi non plus, et cela tombe bien, ce n'est pas ce que je propose, monsieur. Mais, je ne me suis pas présentée. Je m'appelle Axele Radielle, et je vends des services. Des services à la personne essentiellement.

- J'ai pourtant vu sur vos… *Je m'arrête net, fixant les prospectus. Là où il me semblait avoir lu les mots prières et paix intérieure, je lis maintenant « Services, on a tous besoin de quelque chose, laissez-vous accompagner dans les moments difficiles ».* Non, laissez tomber. Vous, vendez des services ?

- Et bien, je propose des solutions adaptées selon les demandes, et les problèmes rencontrés par les gens. Problèmes financiers, de santé. Il existe toujours une solution, et j'ai décidé d'en faire mon métier.

- Non, je ne crois pas. Du moins, il n'existe aucune solution dans ma situation.

- Tout le monde a besoin de quelque chose dans la vie, à un moment donné. Que risquez-vous à me confier votre problème après tout ?

- Et bien… hésitais-je quelques secondes, ma femme a une tumeur, elle va mourir dans quelques mois, en commençant par perdre sa motricité et ses fonctions sensorielles. Nous devons déménager, vendre notre maison, et emménager en appartement, et tout ça, le plus rapidement possible, dis-je en fixant Radielle, avec un sourire ironique.

- J'ai une solution à vous apporter, pour vos problèmes de logement.

- Allez-y, je vous écoute, après tout, je ne risque rien juste en vous écoutant, à moins que vous ne soyez de ces vendeurs qui arrivent à vous vendre une piscine alors que vous êtes en appartement, le tout, sans oublier de vous saigner comme il se doit. *Impeccable entrée en matière, sèche et cassant, sans aucun tact. Mais après tout, je m'en fous royalement, aujourd'hui, je m'octroie le droit de faire sauter les barrières et de répondre du tac au tac. Comme si le fait d'être bientôt veuf me donnait le droit de me comporter comme un connard.*

- Il se trouve que j'ai des amis qui travaillent dans l'immobilier et qui ont des appartements à louer. Ils peuvent s'occuper également de mettre votre bien en location, ou à la vente. Avez-vous une assurance emprunteur ?

- Oui j'ai bien une assurance, ma femme aussi, nous sommes couverts à hauteur de soixante-dix pour cent. Pour les formalités administratives.

- Je prends en charge les démarches, ne vous en faites pas.

- Oui, enfin, cela va aussi dépendre de vos honoraires. Je ne sais pas quelles sont vos prétentions salariales.

- Qu'est-ce que vous proposez, Monsieur Rasiens ? *Curieux, je ne me souviens pas lui avoir donné mon nom. Enfin, avec tout ce qui arrive depuis ce matin, peut-être que je perds un peu pied.*
- Pour que ma femme puisse passer ses derniers instants en toute tranquillité ? Tout ce que vous voudrez. SI je dois vendre la maison et vous en donner la moitié, je le ferai. Tout ce qui compte maintenant, c'est que je m'occupe d'elle, et rien que d'elle.
- Et, si je vous demandais votre âme ? dit Axelle Radielle, un sourire blanc large, presque effrayant.
- J'accepterais sans problème. Je n'ai pas d'enfant, et tout ce que j'ai au monde c'est ma femme. Une fois qu'elle sera morte, je… *Impossible de finir ma phrase, je n'y ai même pas réfléchi, après tout.*
- Bon, alors, j'accepte votre âme et disons que je propose de prendre dix pour cent de la vente de votre maison.
- Dix pour cent ? Cela me convient, à la condition que je n'ai à gérer aucune formalité administrative, en dehors des signatures officielles et obligatoires.

2

Quelques semaines plus tard, nous avons quitté notre maison, vendue pour une somme convenable, que nous avons réinvestie dans l'achat d'un trois-pièces de plain-pied dans un immeuble assez récent. J'avais un grand garage, avec la place d'y garer au moins deux gros quatre-quatre, une belle cave me servant de débarras et de lieu de stockage de cartons et d'outils. Nous avions une belle terrasse, avec de quoi manger dehors, même si la saison ne s'y prêtait pas encore, deux belles chambres, dont une équipée d'un lit médicalisé, d'un fauteuil confortable et d'un bureau avec tout ce qu'il fallait pour que Léa puisse terminer son roman, commencée il y a quelques années, puis laissée dans un vieux carton. Elle m'avait dit « Tu sais, j'aimerais juste le finir, même si personne ne le lit, au moins je serai venu à bout d'un de mes rêves les plus dingues ». Ne t'inquiète pas Léa, je le lirai et je l'amènerai dans toutes les maisons d'édition que je trouverai. Et j'espère pouvoir recevoir une bonne nouvelle quant à sa publication, avant que tu ne nous quittes. Une façon de laisser un peu de toi ici, sur terre.

J'avais enfin terminé de vider les cartons quand les premiers signes de l'avancée de la tumeur avaient commencé à apparaître. Les béquilles avaient suppléé les jambes, et les moindres sorties à l'extérieur devenaient des expéditions. Nous n'étions pas retournés au marché depuis le jour de l'annonce, préférant la facilité de la supérette du bas de l'immeuble. Des produits moins bons, mais plus faciles d'accès. J'avais essayé de programmer des virées sur la place du village, mais impossible de laisser Léa seule. Pas pour elle, mais pour moi, je voulais vraiment profiter de tous les instants restants.

« Chérie, je vais déposer les derniers cartons à la cave, et demain, je les mettrai dehors.

- Ça va faire un sacré vide. C'est incroyable tout ce que l'on accumule comme saletés dans une maison. *Je lui ai souri, je ne savais pas quoi répondre. J'étais d'accord avec elle, mais je sais à quel point elle aimait défaire nos cartons, et surtout à quelle vitesse elle vous rangeait une pièce… Ce qu'elle n'avait pas pu faire, pendant ce dernier déménagement.* »

J'appelle l'ascenseur les derniers cartons repliés sous le bras. Il fait une de ces chaleurs ce soir, on est loin du froid annoncé par la météo. Les portes s'ouvrent avec cette jolie voix synthétique qui vous accueille « Quatrième étage, ascenseur en descente » la cave se trouve au -3, juste en dessous des garages, ce que je trouve un peu stupide. Encore un bâtiment construit à la va-vite sans aucune réflexion ou recul sur son travail… Soudain l'ascenseur s'arrête net, et les lumières s'éteignent. Super, me voilà coincé dans une machine, avec possibilité de faire un superbe plongeon de quatre étages. J'appuie comme un forcené sur les boutons, qui ne réagissent pas. Je presse le bouton alarme qui n'émet aucun son. Et naturellement je n'ai pas mon téléphone portable. Je pose les cartons sur le côté gauche de la cabine, toujours plongé dans le noir. Je ne sais pas si c'est le confinement, mais j'ai une sensation de chaleur étouffante. Mon front commence même à être humide. Je m'approche des portes et essaie de les pousser de chaque côté en y employant toute ma force. J'arrive à juste les entrouvrir pour sentir un mince filet d'air un peu plus frais avec mon nez. Je prends une longue inspiration avant de mettre ma main juste devant ma bouche. Une odeur pestilentielle envahit la cabine, et je dois me concentrer pour ne pas vomir. Je ferme les yeux, et je sens un souffle derrière mon cou, comme si quelqu'un venait expirer le long de ma colonne vertébrale. Je sursaute et me colle contre les portes. Au moment où les portes froides touchent mon dos, j'entends un hurlement sourd et grave dans la cabine. Comme une bête qu'on égorge et qui hurlerait son désespoir dans un dernier râle. Mes poils se dressent le long de mes jambes et la vague de chair de poule remonte le long de mon dos pour se terminer dans le creux de mon cou. Pris de panique, terrorisé, je pousse de toutes mes forces sur la petite ouverture faite quelques secondes auparavant. Les portes refusent de s'ouvrir, et, comme pour me narguer, elles se ferment. La lumière se rallume et l'ascenseur amorce sa descente. Je suis obligé de me laisser tomber au sol pour reprendre mon souffle, et permettre à mes jambes d'assurer leur rôle, celui de me maintenir debout. Comme une libération, la voix synthétique qui me paraissait si impersonnelle il y a deux minutes, réconfortante à présent, m'indique que je suis arrivé à destination. Je prends les cartons par leurs extrémités et je les jette au sol, avant de me précipiter en dehors de cette cellule. La chute des cartons soulève un nuage de poussière. Je me précipite pour sortir, à la limite de la chute, tout en haletant comme si je venais de courir un marathon entier, ce que je n'ai jamais fait. L'ascenseur se referme et je me retrouve dans le noir. J'ai presque peur de bouger. Pourtant, avec les détecteurs de mouvement, il me suffirait de bouger un bras pour que la lumière vienne ôter ces ténèbres. Je me décide, et fais un pas en avant. Le petit témoin lumineux du détecteur s'illumine et les ampoules, une à une, se reflètent sur les portes en bois des caves. Je me saisis de la pile de cartons et parcours les cinquante mètres de labyrinthe pour accéder à notre cave. Les caves ne sont pas reliées au numéro d'appartement, mais à l'ordre d'arrivée. Si vous voulez une cave plus proche de l'ascenseur, vous devez en faire la demande au syndicat et, dès qu'une se libère, si vous êtes le premier de la liste, vous obtenez un rabais sur la distance à parcourir.

Je pose les cartons au milieu de la pièce et referme aussi vite que possible la porte. Je marche rapidement jusqu'à me retrouver à une décision à laquelle je n'avais pas pensé devoir faire face. Je reprends l'ascenseur ou j'emprunte l'escalier ? Mon côté terre à terre ne peut s'empêcher de me dire que j'ai imaginé tout ça, que ce ne sont que les fantasmes d'un esprit nourri aux films d'horreur et aux romans de Stephen King, mais mon esprit plus ouvert au paranormal auquel je crois depuis mon enfance, lui, me dit que je ne peux pas avoir inventé ce que j'ai vu. On invente des souvenirs, on interprète mal des sensations ou des sons. En revanche, on ne peut pas interpréter une odeur. Ce pourrait être simplement l'odeur des canalisations qui fuient, l'odeur de plusieurs rats crevés, décomposés, dont les corps en putréfaction ont produit des vers ou des larves. Mais une odeur ne disparaît pas comme par enchantement. Le temps de penser à cela, mes jambes se sont dirigées d'elles-mêmes vers les escaliers. Mon esprit cartésien a perdu cette bataille, on dirait. La porte grince, couine comme un chat à qui on vient de marcher sur la queue et le clic de la lumière automatique, suivi du mécanisme du compte à rebours avant l'extinction des feux résonnent dans la cage. Je monte les marches calmement. Pourtant j'ai l'impression d'être suivi, j'ai l'impression que quelqu'un ou quelque chose est tapi dans l'ombre et surveille mes gestes. Toutes les deux ou trois marches, je me retourne... Mais rien, je suis seul. Je passe le palier des caves et commence mon ascension vers l'accès aux garages. Toujours cette sensation d'être accompagné. Soudain, je sens la même odeur que dans l'ascenseur et un énorme craquement sonore me fait bondir sur mes jambes. Je commence alors à courir, un flash lumineux illumine les escaliers, avant qu'un nouveau craquement sonore vienne faire vaciller la lumière, qui s'éteint. Je cours, je manque de louper une marche et j'évite de me cogner la tête en me rattrapant à une marche, plus haute. À nouveau un flash lumineux, qui révèle une ombre derrière moi. Environ toutes les trois secondes, une lumière éphémère vient me montrer la distance qui me sépare de l'ombre qui me suit. Je n'y avais pas fait attention, mais je me rends compte, dans un moment de lucidité, que l'orage gronde dehors, le bruit des gouttes tombe en rythme avec ma course. Et le craquement sonore, que j'interprète maintenant comme étant le tonnerre, se fait entendre de manière plus en plus rapprochée. Je pousse la porte d'accès au hall, et j'entends un grondement. Pas celui d'un orage, mais celui d'un animal, un bruit semblable à celui de tout à l'heure, qui fait trembler mes jambes de peur. Je termine ma course sur les fesses, face à la porte, que je m'attends à tout moment à voir s'ouvrir pour découvrir la chose qui me poursuit. Au lieu de cela, le silence s'installe. Plus un seul bruit, plus aucune odeur, plus rien. Juste moi, assis au milieu du hall, dos à la double porte d'accès à l'immeuble, sur le marbre froid. Je sens une goutte de sueur couler le long du sillon formé entre mes deux yeux, couler le long de ma narine et terminer sa course sur mes lèvres, laissant un goût iodé sur celles-ci. Je me relève, tout en gardant bien un œil fixé sur la porte, la porte des enfers j'ai envie de l'appeler. Puis je me retourne pour regarder l'extérieur. Pas une trace de goutte de pluie au sol, pas un nuage dans le ciel, pas même de l'humidité sur les plantes ornant l'entrée. Je suis obligé de frapper mes cuisses pour les faire s'arrêter de trembler et leur donner l'ordre de répondre à mes sollicitations. Bouge, bouge... BOUGE bordel, je me répète, d'abord dans ma tête, puis à haute voix. C'est l'écho de ma voix, raisonnant dans le hall qui me sort de ma torpeur et me fait me diriger vers l'ascenseur, machinalement. Comme dans un demi-état de conscience, je rentre dedans et remonte jusque chez nous.

« Hé, ça va ? Tu es tout pâle. On dirait que tu as vu un fantôme ? Demande Léa.

- Oui, ne t'inquiète, répondis-je, complètement conscient que je ne pouvais pas lui raconter ce que j'avais vécu. Du moins ce que je pensais avoir vécu dans la cave.

- On pourrait croire que tu as vu mon fantôme. Peut-être dans quelques mois, je viendrai te hanter dans tes nuits, dit-elle en mimant le geste à la parole, et en éclatant de rire.

Bravo, tu te penses maline peut-être, commençai-je avant d'éclater de rire à mon tour. »

Je devais profiter de ces moments, imprimer chaque visage, chacun des sourires mimant le bonheur que Léa m'offrait. Je devais prendre chaque instant positif que la vie nous donnait comme répit, des moments qui aux vues de la situation étaient simplement des moments magiques. Je devais profiter, simplement profiter de ma femme, alors que je n'avais plus aucune main mise sur son avenir. J'étais bien décidé à ne vivre que pour elle, jusqu'à ce que la vie me l'enlève. Et à ce moment-là, j'en étais certain, je partirais la rejoindre, le temps de mettre en ordre mes derniers instants. IL me restait une seule question, à laquelle je n'avais pas envie de songer maintenant. Comment allais-je me donner la mort ?

3

Léa est morte cette nuit. Je connaissais le protocole à suivre bien avant, mais j'ai du mal à m'arrêter de trembler et de pleurer. Seule consolation, elle a le visage détendu, et je me suis réveillé avec mes bras l'enlaçant tendrement. Elle avait son corps contre moi, et serrait mon bras, comme un enfant le ferait avec son doudou. J'avais d'abord cru qu'elle dormait, et je l'avais laissé se reposer deux heures de plus que moi. C'est quand je suis revenu dans la chambre, que j'ai vu qu'elle n'avait pas changé de position et que son visage était pâle, blanc comme un linge que j'ai compris. Compris que c'était la fin, que la souffrance était enfin terminée. Les derniers mois ont été tellement difficiles à vivre pour moi. Faire semblant d'être bien, pleurer seul dans mon coin dès que j'étais seul. J'ai même prié, alors que Dieu et moi étions fâchés. Sous la douche, les larmes coulaient et coulaient jusqu'à ce que mon corps ne puisse plus en produire. À ce moment, je sortais me sécher et revenais vers Léa en souriant, en riant. Je riais, pendant que mon cœur pleurait, suppliant Dieu, suppliant la mort de me prendre moi, à sa place, de me permettre d'allonger sa vie. Elle aurait refait sa vie, eut des enfants, et se serait éteinte dans son sommeil, le jour de ses 90 ans... Au lieu de cela, elle était morte et on me l'avait enlevée, pendant les plus belles années qu'un couple devait avoir. J'avais envie de l'embrasser une dernière fois. Alors, avant d'appeler les pompiers et le médecin de famille, j'ai déposé un baiser, plein de tendresse sur son front. Quand je me suis éloigné de son visage, j'ai vu des yeux, creusés, auxquels il manquait les pupilles. Des trous noirs, béants, et à la place, du sang coulait le long de ces trous.

Je sursaute et m'assois au bord du lit, plein de sueur, soufflant comme un bœuf. Mon premier réflexe est de poser le dos de ma main devant la bouche de Léa, pour sentir son souffle. Mon cœur s'emballe pendant cette manœuvre, un souffle chaud, telle une douce caresse vient effleurer ma main. Je me retourne et décide d'aller prendre une douche. Mon caleçon est trempé de sueur et mon t-shirt bon à être essoré. L'eau qui coule le long de mon corps me fait un bien fou. Quel horrible cauchemar ! Comment vais-je dormir les prochaines nuits ? Je savais que ces jours allaient arriver. Ces jours pendant lesquels je me réveillerais plusieurs fois pendant la nuit pour vérifier que je disposais d'encore un peu de répit. La chaleur de la douche me fait l'effet d'une étreinte. Je me sens mieux, beaucoup mieux. Je prends une serviette dans l'armoire et commence à me sécher énergiquement. La salle de bain est pleine de buée, preuve que j'ai dû un peu forcer sur l'eau chaude. Comme Léa, qui, elle aussi, aime l'eau chaude. Chaque fois que je prends la douche après elle, j'ai l'impression de rentrer dans un sauna et je passe presque une bonne minute à baisser la température du robinet, pour éviter de me brûler. Les fois où nos prenons la douche ensemble, nous nous disputons. Trop chaud pour moi, et trop froid pour elle. Et au final personne n'est satisfait de la concession. J'en souris, rien qu'à y penser. Et la plupart du temps, nous faisons l'amour sous la douche. Que de bons souvenirs parcourent mon esprit. Je passe la main le long de la glace du lavabo pour y voir ma tronche. Des cernes de fatigue, mais elles ne sont ni meilleures ni pires que celles de la veille. Votre état est stable, Monsieur Rasiens, me dis-je avec la voix de docteur House.

Quand Léa s'est réveillée, un peu plus tard dans la matinée, elle m'a demandé

« À quelle heure t'es-tu levé ? Tu as l'air fatigué ce matin, ma chérie, le tout dit avec sa voix la plus douce.

- Je ne sais pas, peu de temps avant toi, même pas dix minutes, répondis-je machinalement.

- Ne me mens pas petit coquin. J'ai ouvert les yeux vers six heures ce matin et ton côté du lit était déjà bien frais.

- J'ai fait un cauchemar et je me suis levé prendre une douche, j'étais trempé de sueur.

- Tu veux en parler ?

- Honnêtement ? Non, je n'en ai vraiment pas envie, je ne veux plus penser à ce rêve, commençai-je à dire, en apportant le plateau du petit déjeuner.

- Ce matin, j'aimerais le prendre sur la terrasse. Tu veux bien ?

- Mais, sur la terrasse ? Il fait frais ce matin, et tu ne dois pas attraper froid en plus. Tes défenses émues...

- Immunitaires vont devoir s'occuper de deux batailles en même temps, je sais. Tu répètes ce que nous a dit le docteur, dit-elle en me coupant la parole. Je n'ai qu'une seule envie, c'est que tu me prennes dans tes bras, et que l'on fuit, loin des problèmes, loin de cet appartement. On irait à la plage, on s'installerait au bord de l'eau, dans une tente. On ferait un feu juste devant, on ferait griller des saucisses, un peu de viande, des poivrons et on regarderait les couchers de soleil. Tous les jours. Tous les jours jusqu'à la fin de ma vie. Mais ce n'est pas raisonnable, alors, pour moi, la folie, la seule folie que je puisse faire, c'est d'aller manger sur la terrasse, en peignoir, avec toi. À contempler le soleil se déplacer, à regarder les gens, passer, et à simplement profiter du temps qui passe, tant qu'il passe encore. Tant qu'il ne s'arrête pas. » Je ravale une grosse goulée de larmes qui monte, avec difficulté. Sans dire un seul mot, je reprends le plateau, j'ouvre la baie vitrée en grand, et pose notre petit déjeuner sur la table en bois. Le soleil, doux encore en cette saison, vient caresser mes joues, comme pour me réconforter. Je passe ensuite dans la chambre, récupérer un peignoir, que je tends à Léa. Je l'aide à s'habiller. Sa motricité baisse considérablement ses dernières semaines. Elle veut marcher seule, avec juste une canne en guise de soutien, là où elle devrait être en fauteuil. C'est avec difficulté qu'elle se hisse sur la terrasse, mais c'est avec fierté que je la regarde faire autant d'efforts.

    Nous avons passé plus de deux heures dehors, juste à regarder le ciel, les nuages. Nous avons ri, à l'évocation de l'interprétation de la forme des cumulus. J'ai vu l'Atlantis d'Albator, le robot géant des Biomans, des requins, des oiseaux, des dinosaures, et même la vieille tante de Léa. Elle, a vu Yoda, des vaisseaux spatiaux, des ours, et un château. Je regarde l'horizon, et me demande ce qui nous attend, ces prochains jours, ces prochaines semaines.

4

Après des semaines de stagnation, Léa a finalement dû capituler et doit se déplacer sur quatre roues. Elle commence à avoir du mal à exprimer ses ressentis. Nous le savions, nous y étions théoriquement préparés, mais le vivre est une chose terrible. Je sais que cela ne va faire qu'empirer, mais j'ai déjà l'impression de vivre les moments les plus destructeurs de ma vie. Le manque de sommeil commence à devenir difficile à gérer. Ce matin, encore une fois réveillé en sursaut, par le même rêve. Le même rêve, depuis des semaines entières. Et le même réveil, à trois heures du matin, avec la peur de s'endormir et de recommencer. Le soir, je lutte jusqu'à tomber de sommeil et, dès que mes yeux s'ouvrent, je reste dans un premier temps pétrifié dans le lit, avant de sentir le souffle chaud de la respiration de Léa contre le dos de ma main. Elle n'arrive plus à se laver seule. Je la porte dans les bras et l'accompagne à la baignoire, dans laquelle je lui fais couler un bain chaud. Elle maigrit de plus en plus. Elle a bien dû perdre une dizaine de kilos en un mois. Déjà qu'elle n'était pas bien épaisse. Je sens ses côtes taper contre mes avant-bras à chacun de mes pas, sous les grimaces de douleurs, qu'elle n'exprime jamais avec des mots. Elle préfère souffrir en silence, pour ne pas m'inquiéter plus. Maudite soit mon impuissance. Je me déteste. J'aimerais faire plus. Si seulement je pouvais prendre sa maladie, au moins une journée, même une petite heure. Juste qu'elle puisse souffler, et retrouvé un peu de couleur. De plus en plus pâle, de plus en plus fatiguée et de moins en moins d'appétit. Une botte de haricots verts lui fait une semaine et un steak hachés, au moins huit repas. Le doc me l'a dit, elle finira par devoir être alimentée par une sonde. Et ça, je ne vais pas le supporter. Elle devrait aussi avoir une infirmière pour une aide à la toilette tous les matins, mais j'ai refusé, estimant qu'il était de mon devoir d'époux de subvenir à ce besoin. C'est d'ailleurs un des seuls contacts physiques que je peux avoir avec elle. La simple pression de mon bras sur elle la nuit, lui fait mal. Je ne peux plus l'enlacer, la tendresse est devenue douleur.

  Comme tous les matins, la douche est fraîche, et les rituels commencent à se faire seuls. J'enjambe la baignoire et essuie d'une main le miroir du lavabo. Mais ce matin, l'odeur de décomposition est revenue. Elle semble provenir du trou d'évacuation du lavabo. Je baisse les yeux, tout en grimaçant d'incommodité. Je me regarde dans la glace et fais un bon en arrière, poussant au passage un petit cri, ou plutôt un grognement. Mes orbites sont vides. À la place des yeux, une coulée verte, malodorante. Je baisse le visage et aperçois couler cette traînée verte le long du lavabo. La descente est lente. Comment puis-je voir ceci, si, dans le reflet je n'ai pas de pupille ? Je porte une main, tremblante à mes yeux, et les essuie. Le long de mes doigts, coule ce liquide chaud, épais et visqueux vert. L'odeur provoque en moi un haut-le-cœur, matérialisé par un hoquet de dégoût. Je ferme les yeux, le plus fort que je peux et je me répète, à l'instar d'une pensée magique « Ce n'est rien, c'est le manque de sommeil. Le manque de sommeil peut provoquer des hallucinations ». Je me répète cette phrase une fois, puis deux, puis trois. Je décide de rouvrir les yeux. Tout est redevenu normal. Le visage plein de sueur, je décide de me passer un coup de gant sur le visage. J'ouvre le robinet d'eau chaude, puis celui d'eau froide. Rien. Pas une seule goutte ne tombe. Seul le bruit d'une canalisation bloquée se fait entendre par l'intermédiaire de cliquetis. Je recommence l'opération et au bout de quelques secondes, l'eau coule. Pure et limpide au départ, elle rougit petit à petit. Une odeur de rouille vient à mon nez et du sang se met à couler des robinets. Du sang chaud et épais. Je recule à nouveau et ferme les yeux, encore une fois. Lorsque je les ouvre de nouveau, une immense silhouette noire est devant moi. Je sens son haleine de pourriture, son souffle chaud et rapide contre mon visage. Je ne distingue pas son visage, caché par une capuche, du moins ce que je pense être une capuche. Je murmure, dans un effort presque surhumain « Putain, vous voulez quoi à la fin », puis, sans aucun bruit, la silhouette enlève sa capuche. Je distingue un visage. Des lambeaux de chair détachés et des vers grouillant le long de ceux-ci. Le nez et les lèvres dévorés, en décomposition. Plus je regarde ce visage, tétanisé par la peur et plus j'y vois un visage familier. Léa ! C'est le visage de Léa. Et alors que j'allais pousser un cri, la bouche de la chose devant moi s'est ouverte et un rat en a profité pour se faufiler à l'extérieur, descendant le long du corps putréfié en face de moi. La bouche toujours ouverte, les dents jaunes et l'haleine étouffante, elle s'est mise à hurler. Les mains sur les oreilles, je me suis assis par terre, recroquevillé sur moi même, les coudes sur les genoux. Puis, quand le cri s'est enfin arrêté, j'ai regardé devant moi. Tout avait disparu. L'odeur, la créature, le sang était redevenu de l'eau, et les traînées vertes avaient totalement disparu. Je sors, de la salle de bain, et je me dirige vers le salon.

« Chéri, tu es là ? entends-je. *Le simple fait d'entendre une voix familière, la voix de ma femme me fit revenir à moi-même.*

- Je suis là, je suis allé prendre une douche, j'ai transpiré. J'ai dû faire un peu de fièvre, je pense. *Lentement, je me dirige vers la chambre en essayant de me calmer rapidement. Je calme en premier ma respiration, puis les battements de mon cœur ralentissent. J'arrive dans la chambre, je ferme une dernière fois les yeux, longuement et prends une longue inspiration.*

- Tu es sûr que ça va ces derniers temps ?
- Oui, pourquoi ? Enfin, ça va autant qu'on puisse aller dans notre situation.
- Tu es bizarre ces derniers temps. Depuis quelques jours, tu luttes contre le sommeil, tu te lèves très tôt et je vois bien que les draps sont trempés de sueur. Je me fais du souci pour toi.

Les larmes me montent aux yeux de voir Léa s'inquiéter comme ça pour moi. Je les retiens tant bien que mal, mais je les sens couler le long de mes joues.

- Non, je suis juste fatigué c'est tout.
- S'il te plaît, ne me mens pas, me dit-elle alors que je m'allonge à ses côtés, la tête sur son épaule. *Je l'entends, elle émet un léger gémissement, puis grimace de douleur. Je soulève ma tête, mais elle la maintient contre elle et me passe les doigts dans les cheveux. Je profite de ce moment, de cette tendresse qui m'est offerte, de ces… derniers moments.*
- J'ai l'impression de devenir dingue. Je fais d'horribles cauchemars. J'ai peur de dormir, je manque de sommeil et j'ai des hallucinations. Je sais que c'est le manque de sommeil, mais parfois j'ai du mal à tout rationaliser. »

Puis, je m'effondre en sanglots…

5

J'ai passé plusieurs examens ces derniers jours, plus pour rassurer ma femme qu'autre chose. Elle a regardé sur internet les causes connues des hallucinations. Alors évidemment, elle a fini par tomber sur Doctissimo, que j'ai baptisé pour le coup « La Mecque des hypocondriaques ». Plusieurs témoignages font retour de tumeur au cerveau. Donc, dans le contexte actuel, je comprends son inquiétude. Mais ils n'ont rien trouvé. J'ai donc pensé à un problème psychiatrique. Peut-être devenais-je simplement fou. J'ai donc consulté un psychiatre qui en a déduit lui aussi que c'était peut-être dû à un gros manque de sommeil. Il m'a donc donné des somnifères, en traitement de fond, et du Seresta en traitement d'attaque. Il a quand même demandé une IRM de contrôle pour écarter toute cause physique de mes maux. Le premier jour j'ai pris le Seresta, mais je ne supporte pas l'état dans lequel je me trouve ensuite. Cette sensation d'ébriété, d'être dépossédé de mon corps. Mais l'effet recherché est là, je dors… Profondément.

Je me trouve dans l'espèce de tube de l'IRM. Seule ma tête est à l'intérieur, le reste de mon corps étant à l'extérieur. Je ne me connaissais pas un côté claustrophobe. Encore une chose que je découvre sur le tard. J'ai presque l'impression d'étouffer, mais je parviens à me contrôler. La machine se déclenche doucement. Je prends de longues inspirations. Le bruit devient de plus assourdissant, jusqu'à devenir presque douloureux. Dans un premier temps, tout se passe bien. Puis au bout de cinq minutes, les lumières se mettent à clignoter, et le bruit de la machine devient de moins en moins régulier. L'odeur est de retour, cette odeur de pourri, une puanteur que je connais, qui est maintenant familière. Je redresse la tête brusquement pour regarder en direction de mes pieds. Un visage noir, dont je ne distingue rien, à part des yeux rouges. Un rouge sanglant. De ses orbites coule un mélange de pus et de sang. Je tente de me débattre, mais rien ne se passe, mon corps ne répond plus. Je fixe la chose devant moi, je distingue des excroissances sur le haut du visage. On dirait des cornes, d'une quinzaine de centimètres de haut. Presque hypnotisé, je plisse les yeux, pour voir plus de détails sur le visage de la créature qui me hante.

« Qu'est-ce que tu veux à la fin ? Tu es quoi ? Pourquoi tu me suis ? »

Un grand silence s'abat dans la pièce. Il fait noir, la lumière qui clignotait comme un stroboscope au ralenti, vient de se bloquer. La machine s'est arrêtée, comme si le simple fait d'avoir posé la question avait fait peur à l'environnement lui-même. Dans un grondement, accompagnée d'un éclair et d'un coup de tonnerre, la chose me répond : « Ton âme ».

Puis la chose s'éloigne, et tout redevient normal. La machine fait toujours un bruit assourdissant et le tube est éclairé. Le plateau sur lequel je suis allongé sort et le médecin chargé de l'examen m'annonce que tout s'est bien passé et que tout est terminé. Je commence à me croire psychotique. Je me rhabille, et remets mon alliance, à laquelle je tiens plus que tout au monde quand je ne suis pas aux côtés de Léa. J'attends dans la salle adjacente à celle de l'examen. Le médecin doit valider ou non la qualité des clichés. Je suis reçu par celui-ci quelques dizaines de minutes après. Le temps que deux autres personnes passent le même examen que moi.

« Monsieur Rassiens, je suis désolé, mais nous devons refaire une IRM. Vos clichés présentent certains artefacts qui empêchent la bonne lecture, et surtout qui empêchent de poser un éventuel diagnostic, ou vous certifier qu'il n'y a rien.

- Des artefacts ? Demandai-je interrogatif.

- Et bien, ce sont des tâches souvent dues à des malfonctions des machines qui viennent se positionner sur les clichés, répondit-il.

- Je suis désolé de vous imposer cela. Je dois repasser tout de suite.

- Soit vous attendez quelques heures pour repasser, soit vous reprenez rendez-vous. Je vous propose de repasser la semaine prochaine. Mon manipulateur radio m'a dit que vous étiez en sueur en sortant de la machine.

- Je me suis découvert un côté claustrophobe, comme quoi, on apprend toujours sur soi, dis-je en plaisantant. Je peux vous demander quelque chose ?

- Vous voulez voir les clichés, c'est ça ? répondit le médecin, en effaçant son air détendu, prenant un visage plus grave.

- Oui j'aimerais. »

Le médecin tourne l'écran de son Mac dans ma direction. Il met dans le lecteur de DVD externe le disque contenant les clichés. Le lecteur se lance dans un bruit de ventilation et un menu apparaît sur l'écran. Mon nom apparaît, la date d'aujourd'hui. J'entends des clics de souris, et le menu fait place à une longue série d'images miniatures disposées en colonne. Les premiers clichés défilent, je ne suis pas du métier, mais rien ne semble clocher.

« Les premières images sont assez claires comme vous pouvez le voir. Rien d'anormal. C'est un peu plus loin que les artefacts apparaissent. Le premier cliché problématique montre ce que l'on appelle de la neige. C'est comme si l'écran ne recevait plus de signal.

- Arrêtez-moi si je me trompe, mais c'est un appareil numérique. Il ne devrait pas y avoir de neige, mais plutôt des amas de pixels.

- Exactement. Mais ce n'est pas le plus troublant. Sur les clichés qui correspondent du temps T plus six minutes au temps T plus sept minutes, les images sont vierges. C'est comme si la machine était vide.

- Comme si j'avais disparu de la salle d'examen, c'est bien cela ?

- Vous ne semblez pas tellement étonné. Et je vais être franc, le dernier cliché que je souhaite vous montrer est tout simplement terrifiant. »

Le médecin clique alors et je sursaute en voyant l'image affichée devant moi. Le même visage noir, la même silhouette sombre, les cornes sur le haut du crâne. Je sens des gouttes de sueur couler le long de ma colonne vertébrale, pour terminer leur course contre le haut de l'élastique de mon pantalon. Mes yeux voyagent du visage blanc du médecin à l'écran.

« Monsieur Rassiens, qu'est-ce que vous cherchez exactement ? Me demande le médecin, une crainte dans la voix.

- Je ne sais pas. J'ai même pensé être devenu fou.

- Si je peux me permettre, si je crois ce que je vois, je crois que passer plus de temps dans cet hôpital ne vous aidera pas. Êtes-vous croyant ?

- Dieu et moi sommes fâchés... répondis-je froidement et directement, comme un réflexe, comme si je savais quelle serait la question du médecin.
- Dieu ne se fâche avec personne, ce sont simplement les gens qui se détournent de lui.
- J'aurais tout vu. Me faire sermonner sur la religion par un médecin, dis-je d'un ton sarcastique.
- J'ai des enfants, et ils sont baptisés. Ce n'est pas parce que nous sauvons des vies, que nous nous prenons tous pour Dieu, monsieur Rassiens. Avant de pouvoir vous sauver, il faut que vous soyez mis sur notre chemin. Et quelque chose me laisse à penser que, si je vous ai aujourd'hui en face de moi, ce n'est pas plus le fruit du hasard, que le fait que je devrais être en repos et à six cents kilomètres d'ici avec ma famille. J'ai loupé mon avion à cause d'une panne de voiture et appris le décès de mon remplaçant dans un accident de voiture à l'heure à laquelle ma voiture tombait en panne. »
Je suis rentré à la maison et pris presque une demi-heure pour me calmer et effacer un visage rempli d'inquiétude avant de rentrer chez moi.

6

Plusieurs semaines de cauchemars, plusieurs semaines d'évolution dans la maladie de Léa. Elle ne peut plus se déplacer et ne parle quasiment plus. Chaque question que je lui pose demande des secondes de réflexion avant d'obtenir une réponse. Je la sors presque tous les jours dans le petit parc à côté de chez nous, profitant de l'occasion pour lui faire prendre un peu de couleurs, pour cacher artificiellement son teint de plus en pâle. Elle ne s'alimente plus, la déglutition ne se faisant plus. Une sonde a été posée et une alimentation liquide prédigérée a été mise en place. Au début j'avais besoin d'une infirmière, et puis, en deux semaines, j'ai appris à faire moi-même les soins. J'assure aussi la toilette et les change tout au long de la journée. J'ai besoin de m'occuper de ma femme jusqu'à la fin et je ne laisserais personne me prendre cette place. Une infirmière passe une fois tous les trois jours pour la surveillance des constantes vitales. J'ai beau me démener, je suis conscient que certaines choses ne sont pas faisables par moi. Ce matin l'infirmière m'a annoncé une nouvelle qui allait me couper les jambes et la respiration. Léa arrive à la fin de sa vie. Annoncé froidement, à la manière d'une addition. Une addition que je vais payer tout le reste de ma vie. J'aimerais garder en mémoire uniquement les bons moments de la vie de ma femme, mais je garderais aussi en souvenir l'image d'une femme rachitique, cadavérique et épuisée, qui ne parle plus et a besoin d'une couche toute la journée. Je ne peux m'empêcher de penser à la manière dont je vais la rejoindre, peut-être même quelques minutes seulement après son dernier souffle.

Allongé aux côtés de Léa, je me laisse aller à sangloter, lui tenant la main. Je ne sais même pas si elle peut m'entendre ou comprendre ce que je dis. La morphine, qui passe de concert avec l'alimentation, doit probablement l'avoir amené loin de ses douleurs. Les derniers temps, elle pleurait de douleur et essuyait ses larmes avant que je puisse la voir. Je faisais semblant de ne rien voir, pour ne pas lui faire encore plus de peine.

Il est dix-neuf heures et c'est l'heure de brancher l'alimentation de Léa. Je branche la pompe, et mets ma femme sur le fauteuil coque pour aller au salon. Je fais chauffer quelques restes de vieille pizza dans le micro-ondes et je les dépose sur la table. J'observe le regard vide, le regard sans vie de celle qui jadis était si souriante et si pleine de vie. Ma douce épouse, tu me manques tellement. Il n'y a devant moi qu'une coquille vide, qu'un morceau de viande, dont seuls les besoins primaires sont activés. L'espace d'un instant, je me dis que nous pourrions monter sur le toit de l'immeuble et sauter ensemble, pour quitter ce monde et nous retrouver dans l'au-delà. À l'heure actuelle, j'ai décidé d'y croire, c'est la seule chose qui me retient à la vie, qui me donne encore une peu d'espoir. Sinon, à quoi bon vivre et supporter le désespoir des ténèbres qui emplissent une vie ?

La moitié d'un repas dégueulasse avalé, je ramène Léa dans la chambre. Son bras, posé sur l'accoudoir, balance le long de son corps au rythme de mon pas, poussant le fauteuil. Je stoppe le mouvement et passe devant elle, me baissant à son niveau pour l'embrasser avant de lever les cale-pieds pour commencer mes manœuvres. Elle a les yeux fermés. Elle dort. Dans un geste réflexe, je pose le dos de ma main pour sentir l'air chaud de son haleine... En vain. Aucun souffle de vie ne sort du corps de Léa. Je décide de l'allonger sur le lit, et de lui croiser les bras, comme si elle était endormie. Un sentiment de soulagement m'envahit, une sensation contradictoire. Comment puis-je être soulagé de la mort de celle que j'aime ? Comment puis-je être si détendu alors que vient de m'être ôtée la seule femme qui donnait un sens à ma vie ? Alors que je suis attaqué par un sentiment de contradiction terrifiante, l'odeur de pourriture gagne rapidement la pièce, et me surprend. La lumière s'éteint et une ambiance de ténèbres s'installe dans la pièce. La température baisse d'un coup et de la condensation se forme en petit nuage à chacune de mes expirations. Je heurte le mur de la chambre, avec un sursaut. J'ai reculé de plusieurs mètres, pour mettre de la distance entre la créature et moi. Chaque fois, les apparitions sont de plus en plus physiques. Cette fois, je me prépare à la découvrir un peu plus. De toute façon, je n'ai plus rien qui me retienne ici. La silhouette noire apparaît devant moi, toujours en robe noire, longue qui couvre l'ensemble de son corps. Je distingue deux bras qui enlèvent le tissu comme on enlèverait un manteau, et la chose apparaît clairement devant moi. Un démon, semblable à un de ceux qu'on peut voir dans les films, mais réel. C'est un squelette sur lequel il y a uniquement les tendons et quelques lambeaux de chair putréfiée. L'odeur me prend à la gorge et j'ai des hauts le cœur. Mais je veux faire face, je veux rester digne. Il n'a pas de visage, uniquement une bouche, avec plusieurs rangées de dents, jaunes et noires, d'où émane une haleine encore plus irrespirable que l'odeur de pourri. Deux cornes, de plusieurs dizaines de centimètres s'élèvent du niveau des tempes pour se dresser en direction du ciel. On dirait un bouc, tel qu'il est représenté dans les manuels de satanisme. La chose est tournée dans ma direction, mais elle n'a pas d'yeux. Impossible de distinguer un regard. Mais, elle ne bouge pas. Elle semble figée. Puis, elle se met à grogner, dans un vacarme assourdissant, projetant des postillons dans ma direction. Elle se met ensuite à baver.

« Ça suffit démon ! Sois patient ! ordonne une voix féminine qui semble être familière ».

Une autre silhouette apparaît, comme si elle sortait de nulle part et me fixe.

« Monsieur Rassiens, je suis ravie de vous revoir.

- Axele Radielle ? C'est bien vous ? *Je la reconnais au premier coup d'œil. Les cheveux noirs, la quarantaine et un tailleur impeccable.*
- Ravie que vous me reconnaissiez.
- Qu'est-ce que vous êtes ? Un démon ?
- Toujours les mêmes questions. Chaque fois. Que vous êtes pitoyables ! ajoute-t-elle en posant une main sur son front. Les mortels sont si prévisibles. Vous me dégoûtez, misérables larves. Non, je ne suis pas un démon. Je suis au-dessus de ces répugnantes créatures. Je suis raffinée, j'aime la beauté, j'aime la délicatesse, la douceur.
- Que voulez-vous ?
- C'est évident pourtant. Votre âme, mon cher. J'ai respecté ma part du marché, et j'entends bien que vous respectiez la vôtre maintenant. Notre contrat vous évitait de vous occuper de la paperasse administrative, en échange de dix pour cent du prix de la vente de votre maison et de votre âme. Vous vous souvenez ?
- Oui, bien sûr, mais je ne pensais pas...
- Que j'étais sérieuse ? Stupides choses que les humains, dit-elle en riant. Mais ça ne change rien aux termes de notre contrat. Un marché est un marché !
- Faîtes ce que vous voulez, je n'ai plus aucune raison de vivre de toute façon, dis-je résigné. *Et résigné, je l'étais. Peu importe ce qui m'attendait, ce serait loin d'égaler la souffrance de*

perdre Léa, et tout ce que j'aurais voulu faire avec elle, tout ce qui nous restait à accomplir, sur la liste que nous avions établie. Et, vous êtes quoi si vous n'êtes pas un démon ? Et lui, c'est qui ? Le diable ?

- Je vais répondre à vos questions. Considérez cela comme un petit cadeau, pour ne pas pleurer, supplié, où vous urinez dessus. Je travaille pour ce que vous appelez le diable, et la chose qui sent horriblement mauvais à côté de moi est probablement ce qui se rapproche le plus de ce que vous allez devenir. Une fois votre âme déchirée et votre corps mutilés, vous serez comme ça, un chien de chasse, chargé de terrifier ses victimes avant que je puisse ramasser notre dû. J'ai une dernière nouvelle pour vous. Votre femme aussi nous appartient, Monsieur Rassiens.

- Pardon ? Non, hors de question, le contrat ne regardait que nous deux. Prenez-moi, mais laissez son âme regagner l'au-delà.

- Nous avions, elle et moi, un contrat également. C'est vous qui deviez avoir une tumeur, mais elle est venue me supplier d'échanger son sort avec le vôtre. J'ai accepté en échange de son âme. Elle l'a fait pour vous, car elle voulait sincèrement que vous lui surviviez. À l'heure actuelle, elle est aux côtés de mon employeur, qui lui a offert une place semblable à la mienne. Elle recrutera les âmes offertes volontairement par nos clients pour les offrir en sacrifice aux démons. Peut-être même vous la croiserez, mais elle ne vous reconnaîtra pas, une fois que vous serez devenu une de ces choses » sans que je ne puisse plus ouvrir la bouche, la créature me lacera le torse, puis le visage, et je sentis ma vie sortir de mon corps dans d'atroces souffrances. Des souffrances que j'allais endurer jusqu'à ce que je perde la raison et que je devienne à mon tour un démon…

NANO'S

1

Il était un peu plus de quatre heures du matin quand le téléphone de Sergei Karov sonna. Deux sonneries furent nécessaires à le sortir d'un sommeil léger, comme celui de tous les membres du Commando Suicide, une entité non répertoriée par le gouvernement, créée suite à l'élection controversée d'un dictateur chinois, ayant failli faire basculer le monde dans la troisième guerre mondiale, baptisé pour l'occasion « Le dernier Impact ». Quelques heures avant la déclaration de guerre aux États-Unis, Feng Chin-Li avait été exécuté d'une balle en pleine tête tirée à plus de cinq cents mètres de distance. Sergei se leva de son lit et répondit.

« Alpha 01, j'écoute

- Soyez au point de rendez-vous 737 dans précisément vingt-deux minutes. Les amis autorisés sont des armes de poings, catégories une à quatre.
- Code de mission ?
- Niveau zéro. »

Sergei se leva rapidement de son lit, enfila un caleçon avant de se diriger dans le salon. Il tapa un code sur l'écran tactile de son réfrigérateur et celui-ci se décala vers la droite, révélant une échelle. En bas de l'échelle, l'homme posa sa main sur un écran, qui analysa ses empreintes. Une lourde porte blindée s'ouvrit et une lumière blanche éclaira une pièce de huit mètres carrés remplie d'armes et de tenues diverses. La pièce était aussi propre qu'un laboratoire. Sergei commença par mettre un pantalon épais, couvert de Kevlar au niveau des genoux et des tibias, une paire de chaussures d'aspect de celle que possèdent les hommes du GIGN, et une veste légère, fabriquée dans le même matériau que les tenues pare-balles. Il prit avec lui son arme favorite. Un pistolet semi-automatique, type Desert Eagle, quatrième génération, personnalisé, et avec un viseur laser réglable sur trois couleurs, bleues, vert et rouge. Il prit également une paire de lunettes qu'il posa directement sur son nez. En haut à droite de sa vision, sa fréquence cardiaque, le nombre de munitions, l'intégrité de son système musculaire et le trajet pour se rendre au point de ralliement. Il remonta dans son salon et ferma la porte d'entrée. Dans son garage, deux voitures et deux motos. Le dernier modèle de Shyn-Tec, une sportive, capable de monter de 0 à 200 km/h en moins de quatre secondes, une citadine de chez Peugeot, la 216. Il monta sur sa moto, le dernier modèle de chez Ducati, et jeta un œil sur sa Harley. Il enfila son casque et sortit du garage, avant d'accélérer dès qu'il eut passé le coin de la rue. Il slalomait entre les voitures. Samedi matin, les sorties de boîtes, les fins de soirées, il faisait attention malgré tout. Il arriva au point de rendez-vous le premier, en T18 minutes. Le deuxième fut son collègue de longue date, Médine. Tous deux cumulaient près de deux cent seize missions, et à près de quarante ans, devaient prendre leur retraite depuis cinq ans. Mais, comme drogués à l'adrénaline, et importants dans la formation des nouveaux engagés, tous deux avaient rempilé à cinq reprises.

« Tu en sais plus ? demanda Médine, un grand black avec une voix douce, tout l'inverse de son corps musclé d'un mètre quatre-vingt et sans graisse.

- Rien du tout, mais, une mission de niveau zéro, c'est soit une mission sauvetage du président, soit une exécution d'un membre gouvernemental, répondit avec une certaine froideur Sergei.

- On ne va pas tarder à le savoir de toute façon. Regarde, le carrosse du boss est là. »

Un gros Hummer à six roues avait fendu la brume du petit matin, avec un étonnant silence, pour un véhicule de ce gabarit. Un des modèles dernier cri, électrique, auto alimentée. Le dernks balles, en kevlar renforcé, des vitres et une carrosserie capable de résister à un lance-missile à tête perforante. La compagnie l'a même décrit comme capable de résister à une explosion nucléaire. Celui qu'on nomme le Boss, en sort et se dirige vers nous.

« Karov et Sabrouk. Je ne suis pas étonné que vous soyez les deux premiers arrivés. Bien reposés ?
- Nous sommes près en toutes circonstances Boss, répondit Sergei.
- Karov, quand nous sommes ensemble, oubliez le protocole, je vous rappelle que nous avons servi ensemble sur près de quatre-vingts missions.
- Désolé, mais vous connaissez mon besoin de respecter le protocole.
- Je sais Karov, c'est aussi une des raisons qui m'ont poussée à accepter que vous rempiliez, vous et Sabrouk. Mais je ne désespère que nous puissions un jour prendre une bière ensemble, comme de vieux camarades, ressassant notre passé, ajouta Boss avec un sourire en coin.

- Une bonne Guinness, il n'y a que ça de vrai, messieurs, ajouta Médine, avant que deux autres motos arrivent à pleine vitesse. »

Deux silhouettes descendirent de deux bolides semblables à celui de Sergei Karov. Le groupe de cinq personnes se dirigea vers une porte, de ce qui semblait être un hangar abandonné. Au fond, un petit bureau, dont la porte d'entrée s'ouvrait avec reconnaissance faciale et rétinienne. Une table avec six fauteuils. Boss s'assied en premier, avant d'être imité par les quatre autres membres. Sergei regarda ses partenaires de missions. Deux femmes qu'il connaissait bien. Sandra, une blonde aux yeux verts, dont la spécialité était la sécurité des hommes politiques, et l'art de se rendre invisible aux yeux de tous. La deuxième, Alina, une brune aux cheveux courts et aux yeux bleus, dont la spécialité était la même que celle de Sergei, le tir à très longues distances.

« Je vous ai fait venir pour une mission des plus dangereuses, commença Boss. Cette fois, il s'agit de tirer le président d'un très mauvais pas. Il reçoit en ce moment même ses homologues russe et américain. Je ne connais pas la nature des transactions qu'ils mènent, mais, apparemment, les Chinois et l'Iran s'intéressent à leur petite réunion.

- Nous ne sommes que quatre, pour une mission de cette importance ? demanda Alina.
- Vous les plus qualifiés et les plus expérimentés pour cette mission. Personne ne doit avoir connaissance de notre intervention. En ce moment, les trois présidents sont en sécurité, mais un groupe de vingt mercenaires ultras entrainés ont pris position autour de l'Élysée. Vous devez les éliminer avant qu'ils ne soient démasqués et avant que la presse puisse s'emparer de l'affaire. D'où votre présence Sandra. Vous devrez faire disparaitre les corps au plus vite. Une autre équipe ramassera les corps après vos indications. Je compte sur vous. Sergei, je vous confie les rênes de la mission. J'écoute vos propositions.
- Merci Boss. Voilà ce que je préconise. Alina et moi prendrons position au-dessus des bâtiments autour de l'Élysée. Je pense que nous pouvons supprimer entre quarante et soixante pour cent des cibles. Médine et Sandra, au sol, à l'élimination silencieuse, s'occuperont du reste. J'estime la durée de notre intervention entre soixante et cent vingt secondes.
- Des réserves sur le déroulement des opérations ? »
Aucune main ne se leva. L'ensemble de l'équipe synchronisa les données de lunettes et sortit du hangar pour regagner leur moto. Ils partirent tous les quatre en direction de l'Élysée, et se sépara chacun de leur côté.

Une fois chacun à son poste, Sergei demanda si chacun était prêt. Tous acquiescèrent. Sergei regarda son avant-bras, afin de localiser chacune des cibles. Vingt mercenaires, armés, dont cinq, portaient des explosifs. Sergei marqua les cibles qu'il pensait pouvoir atteindre de sa position et chacun fit de même. Il était cinq heures du matin quand il donna le signal du début de l'assaut. En dix secondes, il abattit sept hommes, Aline en abattit huit. Sergei regarda l'hologramme sur son avant-bras, et vit Sandra et Médine finir le reste du travail en moins de cinquante secondes. Ils quittèrent la zone au bout de quatre-vingts secondes et revinrent au point de ralliement.
« Karov, vous me devez une bière, annonça fièrement Alina. J'ai abattu une cible de plus que vous.
- Vous savez bien que le nombre dépend du placement. Techniquement, nous avons fait le maximum de dégâts possible, tous les deux.
- Et puis, vous oubliez que Sandra et toi, vous trichez quelque part, dit Médine en s'incrustant dans la discussion.
- Les nanomachines sont l'avenir, monsieur le vieux jeu. Baisse des tremblements pendant la visée, régulation du rythme cardiaque, augmentation de l'acuité visuelle, et d'autres avantages.
- Pas besoin d'insectes pour nous, nous avons été formés à l'ancienne.

- Médine, je t'en prie, ne rentrons pas dans ce genre de débat. Il faut vivre avec son temps. Peut-être que, nous aussi, nous aurions succombé aux nano-insectes si nous avions eu l'occasion, répondit Sergei.

- Karov, pourquoi montrer autant de réticence à cette technologie ? demanda Boss

- Si on peut artificiellement réguler toutes vos fonctions vitales et motrices, alors, dans de mauvaises mains, on pourrait aussi contrôler vos pensées, et vous forcer à faire certaines choses.

- Tu vois le mal partout, Sergei, intervint Sandra.

- Peut-être, mais mieux vaut être prudent. C'est cette même technologie, qui aurait pu être à l'origine du « dernier impact ». Les nouvelles technologies au service des armes. Imagine si je pouvais contrôler tes pensées ou tes croyances. Si Feng Chin avait eu cette technologie, peut-être ne serions-nous plus là pour en discuter.

- Tu causes comme un livre mon vieux, lança Médine en mettant une bourrade sur l'épaule de Sergei.

- Ouais, tu as raison, éclata de rire Karov. Papy va mettre ses Charentaises. Et je vais me faire un bon lait chaud, devant un feu. »

2

À peu près au moment où Sergei Karov sortait de sa douche pour retourner dans son lit et finir sa nuit de sommeil, Aedan Darkey se rendait au lycée sur son Overboard de troisièmes générations. Il contrôlait celui-ci par la pensée, à l'aide d'un casque directement relié aux ondes du cerveau. Il avait demandé à ses parents de lui offrir ce moyen de transport, pour faire comme les autres, pensant pouvoir s'intégrer plus facilement en cours d'année. Mais timide comme il était, ce n'était pas suffisant. Aedan en était à son sixième établissement en quatre ans. Ses parents, des experts en intelligence artificielle, déménageaient souvent. Ils étaient en charge de la maintenance des systèmes IA sur de grandes entreprises, qui payaient très bien. L'expertise de Allyson et Kayllan Darkey était reconnue dans tout le pays. Ils avaient le projet de développer la maintenance par informatique, et donc à distance, mais le coût d'un tel projet se comptait en millions d'euros. Si les affaires marchaient aussi bien, il leur faudrait encore une année pour être solvable à l'obtention d'un crédit, sans devoir privatiser une partie de leur société. Un sacrifice qu'ils demandaient à Aedan, que celui-ci acceptait sans se plaindre.

La journée commençait par la récupération du planning journalier, changeant quotidiennement. Ce matin, pour

Aedan, cour de technologie en anglais, et français, deux matières qu'il n'aimait pas trop. Il préférait les cours de mathématique, plus à l'aise avec la manipulation des chiffres qu'avec la manipulation des mots, et les cours de sport, dans lesquels il n'excellait pas, mais qui lui permettaient de s'évader et de se dépenser. Une matière de plus en plus minimisée, avec la hausse des utilisations des nouvelles technologies pour faciliter la vie quotidienne. On estimait qu'une personne bien équipée pouvait réduire ses pas au nombre de trente sur une journée. On parlait même de nanomachines capables de muscler automatiquement les membres visés, et de vous maintenir en forme jusqu'à plus de cent trente ans. Mais c'était encore considéré comme un projet à long terme. Aedan pensait que l'armée utilisait déjà ce genre de chose. Alors qu'il marchait, plongé dans ses pensées, il se fit bousculer.

« Hé, tu pourrais faire gaffe non ? lança une voix douce, féminine.

- Je suis désolé, je ne t'ai pas vu, répondit-il en tendant la main vers la fille qu'il avait bousculée »

Il vit une jeune fille de son âge, brune, les cheveux ondulés, avec des yeux marron et une peau magnifique. Il dévisagea la jeune fille avant de parcourir l'ensemble de ses courbes. Des hanches fines, mais suffisamment prononcées et une poitrine, qui lui semblait parfaite.

« Tu vas peut-être arrêter de me fixer comme un bout de viande et me donner ton prénom ? À moins que tu sois végétarien, dans ce cas, arrête de me fixer comme un steak de tofu.

- Je suis désolé, vraiment. Je… je m'appelle Aedan. Je suis nouveau ici, dit-il en frottant sa tête avec sa main gauche. Je ne voulais pas me montrer grossier. C'est juste que… C'est mon premier jour ici, et que je…

- Détends-toi, je te charrie un peu, coupa la jeune fille. Je m'appelle Jinen Maissa, et je suis dans ce lycée depuis deux ans maintenant. Tu es en première ?

- Non en seconde. Jinen ? C'est un joli prénom, je ne l'avais jamais entendu.

- Mes parents sont originaires d'Arabie Saoudite. Ils sont venus au départ pour s'occuper de ma tante qui était malade. Et, ils se sont plu ici, et ont décidé de s'y installer. Quelques mois plus tard, je suis arrivée dans leur vie, un matin de décembre.

- Ça fait du bien de parler à quelqu'un. J'ai tellement l'habitude de changer de ville, que je n'ose plus parler à personne.

- Ils font quoi, tes parents dans la vie ? Justement, si tu changes souvent de ville, tu devrais avoir de nombreux amis non ?

- Ils bossent dans l'intelligence artificielle. Et, non. Je suis très timide, et je n'aime pas tellement souffrir du manque d'une personne. Je préfère garder un côté sauvage, pour me protéger.

- Ah, donc, si tu ne m'avais pas jeté au sol, tu ne m'aurais jamais adressé la parole, c'est ça ?

- Heu… commença Aedan, en regardant ses pieds.

- Détends-toi, je plaisante. Moi, je suis sociable pour deux. Alors, on a qu'à dire qu'on s'équilibre. Ça te va ?

- OK, si tu veux, fit-il en souriant un peu gêner.

- Ce matin j'ai cours jusqu'à midi. Si tu veux, on se retrouve ensemble dans la cour pour manger ensemble ?

- Heu, ouais si tu veux. C'est gentil. Merci beaucoup.

- Enfin, sauf si tu trouves d'autres personnes pour manger avec toi, mais si tu espères ça, je pense que tu es un peu présomptueux sur ta capacité à te sociabiliser »

Puis Jinen partit en riant, et disparut dans la masse de lycéens au fond du couloir, laissant le jeune garçon, un sourire niais sur le visage. C'était la première fois qu'une fille l'accostait de cette façon, et il trouvait cela plaisant. Étonnant, mais plaisant. Il tourna le dos à la direction empruntée par son interlocutrice et partit en direction de la salle E-212, pour le cours de Technologie.

En entrant dans la salle, Aedan prit place dans le fond de la salle, après s'être brièvement présenté devant une classe, qui n'en avait pas grand-chose à faire. Chacun, plus concentré sur son ordinateur que sur le discours du jeune homme. Seule la professeure, Madame Countraugh, avait pris la peine de s'intéresser, au du moins de feindre un léger intérêt pour le monologue de son élève. Il ouvrit son portable et la page d'accueil du lycée s'afficha immédiatement. Il avait sa propre boîte mail déjà préconfigurée, et le cours du jour était déjà disponible dans le menu. Le cours commença et un certain ennui gagna Aedan. Alors qu'il avait sa main contre sa mâchoire, seul rempart entre sa tête et la table de cours, une vibration vint le sortir de sa torpeur. Le petit chiffre 1 était placé en haut à droite de l'icône de sa boite message. Ii ouvrit le logiciel.

De : jinen.Maissa@lycée.Jarton.fr
A : aedan.darkey@lycée.Jarton.fr
Objet : Coucou

Salut, Aedan, tu ne t'ennuies pas trop ? Si tu lis ce message pendant le cours, c'est que la réponse est positive. À plus

Il hésita un court instant avant de répondre, avant de se lancer. Que risquait-il à essayer de se faire une amie ? Et puis, quelque chose le poussait à répondre, un sourire idiot affiché sur son visage. S'en suivit une discussion, qui n'avait pour but que d'occuper les deux jeunes, et de partager leur ennui de la matière qu'ils suivaient au même instant.

« Ouais, je n'aime pas cette matière, mais je dois la suivre.
- Tu n'aimes pas la Technologie ?
- Avec des parents qui bossent dans le milieu, je connais presque tout ce que je dois savoir jusqu'au niveau Bac+8.
- Monsieur est prétentieux à ce que je vois (suivi d'un smiley moqueur)
- Non, ce n'est pas du tout ce que je voulais donner comme impression, c'est juste que je pratique la manipulation de certains programmes depuis l'âge de sept ans.
- Détends-toi ! Ce que tu peux être susceptible, je te taquine et toi tu cours à la première salve ! Je vais devoir t'apprendre à te lâcher un peu, je crois. Bon, faut que je te laisse, je vais changer de salle. On se voit à midi mon chou. Hi hi. »

Aedan ne savait pas comment régir. Il sentait que son visage devenait rouge. Il éprouvait une terrible envie que le temps passe plus vite, et que la sonnerie de son de cours retentisse, mais il restait encore deux heures de cours de français à supporter. D'ordinaire, ce cours était déjà tellement long qu'une heure en paraissait trois, mais, dans l'attente de retrouver Jinen, une heure allait en paraître six.

Comme il le pensait, le reste des cours de la matinée avaient donné l'impression de durer une éternité. À de nombreuses reprises, il avait voulu envoyer un message instantané, mais ne le fit pas. Il ne savait pas si c'était par peur de passer pour un gros lourd ou simplement parce qu'il n'avait pas eu le courage. Il se posa la question, mais finit par se persuader qu'il ne voulait pas se montrer trop pressé et faire peur à Jiden.

Il était assis à une table dans le jardin du lycée depuis quelques dizaines de minutes. Il avait faim, mais ne voulait pas commencer seul son repas, une salade de tomates, équilibrée, avec une compote et un yaourt aux fruits. Il regarda sa montre. Plus de quarante minutes. Il hésita une poignée de secondes et sortit son déjeuner, maintenant persuadé qu'il venait de se faire poser son premier lapin.
« Hé ben vas-y, ne te gêne pas, commence ton repas. Je pensais qu'on avait rendez-vous. Je sais que ce n'est pas un rancard, mais quand même. »
Le simple fait d'entendre cette voix redonna le sourire à Aedan qui prit le temps de se calmer avant de se retourner.
« Excuse-moi, je pensais que tu m'avais oublié… volontairement, ajouta-t-il d'une voix à peine audible.
- Et ben, la confiance règne, ça fait plaisir.
- Je suis maladroit, ce n'est pas ce que je voulais dire… »
Puis, il prit une longue inspiration et continua: « Oui, j'ai pensé que tu m'avais posé un lapin.

- Enfin tu oses lâcher les mots. Je sais que je suis un véritable bulldozer, mais ne te gêne pas pour me rentrer un peu dedans. Il ne faut pas me laisser jouer toute seule.

- Je vais essayer.

- Bon, tu as quoi à manger, monsieur l'intellectuel impatient ? lança la jeune fille avec un petit regard narquois lancé en direction du garçon.

- Salade, compote, yaourt. Rien de formidable. Et toi ?

- Monsieur soigne sa ligne à ce que je vois. Pour ma part j'ai un reste de pizza de la veille, et un sandwich beurre de cacahuète jambon fromage.

- Ce mélange ! s'esclaffa Aedan.

- Vas-y ! Fous-toi de moi en plus !, rit Jinan. »

Et ce fut le début d'une amourette entre deux jeunes lycéens.

3

En ce matin du mois de novembre, Sergei Karov était convoqué par Boss, pour mener une mission de surveillance. Il entra dans un grand bâtiment, qui bénéficiait des dernières innovations en date. La façade était recouverte d'une épaisse mousse verte, quiet plus d'alimenter en oxygène les rues de la ville, offrait une isolation capable de rivaliser avec n'importe lequel des matériaux disponibles dans le commerce. Un cyborg de dernière génération assurait l'accueil des visiteurs. Il était capable d'indiquer le chemin à emprunter pour se rendre jusqu'au lieu de résidence de son interlocuteur. Capable de retenir les identités de chacune des personnes étant venues, il gratifiait Karov d'un « Bonjour, Mr Raknov, vous allez bien aujourd'hui ? ». Dans la vie de tous les jours, Sergei avait une deuxième identité, officielle, qui figurait sur tous ses papiers officiels. Celle-ci était enregistrée dans les bases de données de toutes les entreprises. Pour la mairie il était un homme d'âge moyen, qui travaillait à domicile d'achats et ventes de produits en gros, dans le domaine du prêt-à-porter. Un emploi suffisamment barbant pour ne pas éveiller de questions. Pour les impôts, il déclarait un peu plus de cent mille euros annuels de chiffre d'affaires, soit environ vingt mille euros de bénéfices. De quoi rester sous les radars des contrôleurs. Pour la Sécurité sociale, c'était un patient exemplaire. La visite annuelle chez son généraliste pour un check-up complet, soit, ce à quoi avait droit la totalité de la population française, depuis 2045. Un moyen de couvrir les employeurs, qui avaient accès au dossier médical de leurs employés, dans un monde où le profit n'avait jamais été autant un symbole de réussite sociale.

Un ascenseur pouvant contenir sept personnes s'ouvrit devant Sergei qui l'emprunta. Guidé par la même voix que le robot à l'entrée, il indiqua l'étage quarante-deux, le dernier. Après un voyage de moins d'une minute, agrémenté d'une vue sur les pistes de ski installées sur le Mont-Blanc, retransmise par des écrans recouvrant l'intérieur du monte-charge, les portes s'ouvrirent sur un couloir au décor somptueux. Des tableaux de la nouvelle vague de jeunes artistes sur des murs à la couleur gris pâle, un sol en parquet stratifié utilisé sur les bateaux des années 2010, et des portes en imitation bois massif. L'endroit ressemblait plus à un hall d'entreprises florissantes qu'à des habitations. Boss se tenait sur le pas de sa porte, averti par le robot de l'arrivée d'un visiteur.

« Sergei, entre mon ami, je t'en prie, lança-t-il en tendant une main ouverte, que Sergei saisit et serra »

Sergei entra dans le bureau de son supérieur et prit place sur une des chaises en bambous. Il enleva son blouson de moto et laissa ses yeux observer le contenu de la pièce. Des ordinateurs, des écrans et un bureau capable d'accueillir au minimum six personnes sans qu'elles ne soient une seule seconde à l'étroit. Aux murs, des tableaux sur écrans, capables de changer toutes les minutes de peintures. Sergei Karov eut le temps d'apercevoir des tableaux classiques, comme la Joconde, comme le triomphe de Neptune, ou d'autres peintures classiques. Peu d'œuvres de la nouvelle vague.

« J'ai une mission pour toi. Ce n'est pas une mission pleine de danger ni nerveuse.

- Je vous écoute, fait sans montrer une quelconque réticence, le membre du commando suicide.

- Il s'agit d'une mission de surveillance.

- Une mission de surveillance ? Boss, je n'ai jamais discuté aucun de vos ordres, mais une mission de surveillance. Vous ne pourriez pas confier ceci à un petit bleu ?

- Non, j'ai besoin d'un gars expérimenté, qui sera capable d'agir rapidement, avec du sang froid, et qui prendra la bonne décision s'il doit le faire. J'ai vraiment besoin de toi.

- Vous avez l'art de vendre vos missions. Vous pouvez m'en dire plus ?

- Il y a un couple de chercheurs experts en intelligence artificielle qui travaille pour nous à l'élaboration d'une nouvelle génération de nanomachines capables de libérer le potentiel du cerveau humain. Ils n'en sont qu'au départ, mais je voudrais garder un œil sur eux.

- Vous pensez donc que je dois assurer en même temps leurs sécurités, et, en même temps surveiller qu'ils ne fassent pas n'importe quoi avec leurs recherches, c'est bien ça ?

- Tu as tout compris. Nous assurons leur mobilité régulièrement et les faisons travailler sur l'intelligence

artificielle au sein d'entreprises sur lesquelles nous voulons avoir un œil. Je t'ai loué un appartement en face de chez eux. Tout le matériel dont tu as besoin est déjà sur place. Si tu vois d'autres objets qui pourraient te servir, n'hésite pas à les demander. Je te les ferai livrer en personne.
- Mes rapports doivent être rendus à quelle fréquence ?
- Quotidiennement, en cas de non-activité suspecte et tu as une ligne en direct avec moi au moindre mouvement suspect. Tu comprends pourquoi je fais appel à mon meilleur élément. Tu as une question ?
- Qu'est-ce qu'ils préparent pour que vous soyez aussi méfiant?
- Normalement, je ne devrais mettre personne dans la confidence, mais j'ai toute confiance en toi, Sergei. Tu as vu à quel point les nanomachines étaient efficaces sur les soldats, que ce soit pour l'aide au combat ou pour la récupération en cas de blessures internes ou externes. Tu connais aussi l'évolution spectaculaire de l'intelligence artificielle. On l'utilise de plus en plus que ce soit dans les banques, dans la médecine ou dans la sécurité des entreprises. Maintenant, imagine que ces nanomachines, auxquelles on aurait intégré une intelligence artificielle, puissent faire évoluer certaines capacités cognitives de l'homme. Je ne sais pas quels seraient les résultats. On ne sait

même pas si le cerveau ou le corps résisterait. On ne sait pas non plus ce que feraient les nano.

- Je ne me suis jamais permis de donner un avis sur vos actions, mais cette fois, vous êtes en train de jouer à Dieu.

- Sergei, en cas de problème, ce sera à toi que reviendra la tâche d'agir. Abattre un cobaye, abattre le couple, détruire la maison, brûler le labo. »

Le lendemain, Sergei avait préparé ses affaires et s'était rendu sur les lieux de son opération. L'appartement était spacieux. Un salon classique avec une télé, quelques bibelots, quelques écrans de surveillance et divers outils technologiques, dont un banc de musculation. Dans la première chambre, un lit, et une armoire remplie de linge à la taille du nouveau locataire. La dernière pièce, meilleur coin d'observation dont la fenêtre donne sur la maison, contient tout le matériel de surveillance: détecteurs de présence, détecteurs de changement thermique, détecteurs d'intrusion et reconnaissance des personnes qui franchissent le seuil de l'habitation. Tous ces appareils reliés aux moniteurs du salon, avec une alarme sonore discrète à chaque changement d'état de la maison.

4

Alors que Sergei surveillait la maison des Darkey depuis trois jours, Aedan et Jiden entraient par le jardin.

« Tu es sûr que tu veux me présenter à tes parents aujourd'hui ? demanda d'une voix inquiète Jiden.

- Oui, je suis certain. Ma mère est impatiente de te connaître. Mais une chose me contrarie un peu.

- Quoi, c'est quoi qui te contrarie ?

- Le fait que tu sois inquiète, cela ne te ressemble tellement pas, ria Aedan.

- Abruti ! grommela la jeune fille, en accompagnant la parole d'un coup de coude en direction de l'épaule de son compagnon. Tu te crois malin ? Attends que je te présente aux miens de parents.

- Mes parents seront de retour dans deux heures, cela nous laisse le temps de te préparer à l'interrogatoire de ma mère.

- Elle va me poser toute sorte de questions ? demanda Jiden inquiète

- Juste les questions basiques. Tes projets d'avenir, tes résultats scolaires, ta virginité.

- Pardon ? Ma virginité ?

- Mais non, arrête de tout gober bêtement, rit le jeune garçon.

- Si tu voulais savoir ce détail de ma vie, il suffisait de le demander. »

Aedan garda le silence, ayant peur de se montrer indélicat avec sa copine. Il trouvait cela irrespectueux de demander ce genre de renseignement. Mais il voulait connaître la réponse.

« Je te réponds, si tu réponds à cette question en premier, d'accord ?

- OK, comme je te l'ai déjà dit, je ne suis jamais resté suffisamment longtemps dans une ville pour me faire des amis, alors imagine un peu une copine, et une relation sexuelle.

- Je prends ça pour un non. J'ai beau être une grande gueule, je n'ai jamais trouvé le garçon suffisamment sérieux, et je n'ai jamais été suffisamment amoureuse pour franchir le pas. Même si… »

Puis, elle stoppa net sa déclaration. Aedan voulut rebondir sur son hésitation, mais décida qu'ils étaient tous les deux suffisamment rouges de honte pour poursuivre une discussion comme celle-ci. Il décida de faire visiter sa maison à la jeune fille.

Une fois le tour de la maison faite, il l'amena dans sa chambre. Une chambre de jeune, tout à fait banale. Un canapé, une grande bibliothèque, et un bureau de travail. Au mur, une télévision dernier cri, capable de se muer en tableau, ou capable d'afficher un décor, comme s'il y avait une fenêtre sur l'extérieur.

« Tu aimes les livres papier ? demande Jiden.

- Oui, je suis déçu que le numérique ait supprimé complètement le papier.

- J'aime bien aussi, j'en ai quelques exemplaires dans ma chambre, mais pas autant que toi.

- Sers-toi si tu veux. J'ai de tous les styles, sauf de la romance, je ne suis pas adepte de cette littérature.

- Pourtant, un peu de romantisme, parfois c'est plutôt une bonne chose non ?

- Disons que je préfère la vivre réellement, plutôt que de la lire. »

En même temps qu'il finissait sa phrase, Jiden approchait de plus en plus son visage de celui d'Aedan, qui se laissait enivrer par une douce sensation de chaleur, qui traversait son corps. Leurs lèvres finirent par se rejoindre, et ils s'embrassèrent dans un tourbillon de sentiments qui leur donnait le tournis. Au fur et à mesure, leur étreinte devint plus sauvage, ils se laissèrent aller à leur impulsion, oubliant toute retenue. Aedan passa sa main sous le pull de Jiden, pour poser sa main sur le soutien-gorge de la jeune fille. Le rythme cardiaque des adolescents augmenta de concert et leur peau était maintenant brûlante. Jiden attira Aedan jusqu'au lit, et retira son pull, avant de défaire la chemise blanche du jeune homme. Aedan se recula, pensant reprendre son souffle, comme dans un réflexe.

« Excuse-moi, je ne peux pas. Je ne me sens pas prêt, sutura-t-il.

- Tu n'as pas envie de moi ? murmura-t-elle à son tour.

- Oh que si, et tellement, si tu savais.

- Alors, tu veux quoi de plus ? se fâcha Jiden, en mettant ses mains pour cacher son décolleté. Si tu n'as pas envie, tu pouvais le dire plus tôt. Pourquoi m'humilier comme ça ?

- Mais pas du tout, je ne cherche pas du tout à t'humilier. Je veux prendre mon temps. J'ai simplement peur que, si nous faisons l'amour, ça change quelque chose dans notre comportement.

- Imbécile, si j'ai envie de toi, c'est que je t'aime. Tu veux que ça change quoi ?

- Jiden, je t'aime aussi. Tellement fort. Donne-moi une seconde chance. Je me montrerai à la hauteur de tes attentes la prochaine fois. Je te le promets. »

La jeune fille le toisa du regard avant de lever les yeux au ciel, plus détendu.

« Si jamais tu n'es pas à la hauteur, tu t'en souviendras toute ta vie. C'est clair, monsieur, je chauffe et puis je pars ? fit-elle un sourire en coin.

- Pas de problème ! Je serai prêt. »

Tous deux se rhabillèrent, avant de retourner dans le salon. Assis sur le canapé, collé l'un à l'autre, regardant l'immense télé du salon passer d'une vue neigeuse au sable fin d'une plage des Caraïbes, ils étaient encore un peu gênés de leur début de passage dans le monde des adultes.

« Tu veux boire quelque chose ? demanda Aedan
- Je veux bien. Tu proposes quoi ?
- Tu aimerais quoi ?
- Un verre de Whisky, s'il te plait.
- Heu… Je ne crois pas que je puisse te donner…
- N'importe quoi. Je pourrai te faire gober n'importe quoi, ria-t-elle. Donne-moi un petit jus d'orange, ça ira très bien.
- Tu te crois maline ? répondit-il en riant. Je vais te chercher ça, de suite.
- Attends-moi, je viens avec toi.
- Tu as peur que je me perde chez moi ? Non, je sais. Tu as peur que mes parents rentrent plus tôt et de devoir te retrouver devant eux, seule. C'est ça, hein ? Avoue-le au moins. »

Il rit et se leva en même temps. Dans la cuisine, se trouvait un plan de travail capable de peser les aliments et de les faire chauffer ou décongelé à importe quel endroit. Le frigo, un triple américain, indiquait en temps réel ce qui se trouvait à l'intérieur. Le couple Darkey avait installé un module d'intelligence artificielle, une de leur première création, capable de communiquer de façon basique avec un humain. Il enregistrait les voix des membres de la maison et connaissait leurs habitudes. Aedan se lança dans une démonstration.

« Ralphy ?

- Oui, monsieur Aedan ?

- Tu peux me dire si nous avons encore du jus d'orange.

- Mes capteurs indiquent qu'une bouteille a été rentrée il y a moins de deux jours, ce qui porte la totalité du stock à trois unités, soit un peu moins de quatre litres et demi. Dois-je vous sortir une bouteille par la trappe ?

- Oui, merci. »

Quelques secondes plus tard, la bouteille sortit.

« Quelle chance ! C'est une invention capitale, se moqua la jeune fille.

- J'avoue que c'est superficiel, mais c'est en commençant par de petites créations qu'on finit par créer des chefs-d'œuvre. Mes parents ont commencé par créer des programmes capables de gérer la domotique d'un hôtel, puis, petit à petit, ils ont créé des logiciels capables de gérer des transactions bancaires, la gestion de la sécurité de grandes entreprises. Ils vivent de leurs créations, et c'est pour cela qu'on se balade de ville en ville. Je ne me plains pas, je ne manque de rien. Mais cette fois, je n'ai pas envie de bouger. J'ai envie de rester avec toi, ici.

- Quelle belle déclaration ! J'ai aussi envie de rester avec toi. Je tiens vraiment à toi. Je sais que tu vas me traiter de curieuse, mais tes parents, ils posent dans un bureau ici ?

- Ils ont ce qu'on appelle dans le jargon, un labo de recherche, au sous-sol. Mais je n'ai pas le droit d'y entrer.

- Tu n'es pas curieux ?

- Oui, mais je respecte leurs consignes. Ils me laissent beaucoup de liberté. Je dois simplement leur donner une heure de rentrée quand je sors, et ne pas aller dans leur labo. De toute façon, l'entrée est fermée par plusieurs sécurités.

- Je suis certaine que tu peux faire sauter leur sécurité.

- Je connais au moins deux des cinq mots de passe. Le reste, avec mon pc portable, je dois pouvoir faire sauter les derniers verrous en moins de deux heures.

- Et si je te lance un défi ?

- Je n'ai pas envie de trahir leur confiance.

- Allez, on jette un coup d'œil et on sort directement.

- Juste un coup d'œil alors, on est d'accord ?

- Oui, mon général, fit Jiden en riant, tout en mimant un salut militaire »

Aedan prenait cela comme un défi. Il alla chercher son ordinateur, et, comme il l'avait annoncé, fit sauter les deux premières sécurités en entrant les mots de passe. Il brancha son ordinateur, et commença par trouver le bon algorithme pour la troisième sécurité. La quatrième était une série de neuf symboles grecs qu'il mit dix-sept minutes à trouver. La dernière était une reconnaissance rétinienne. Il lui avait suffi de modéliser en 3D l'œil de sa mère à partir d'un hologramme et de le projeter devant l'appareil de reconnaissance. Une série de quatre portes s'ouvra devant les deux jeunes.

Ils descendirent au sous-sol et une lumière éclaira des marches en métal. Les bruits de leurs pas résonnaient, faisant entendre la différence entre les pas de Jiden et ceux de Aedan. En bas des marches, ils se retrouvèrent dans un hall d'une centaine de mètres carrés. Des dizaines de machines, qui semblaient plus en avance que celles disponibles dans le commerce. Dans le fond de la pièce, des ordinateurs qu'Aden connaissait bien. Il agissait des premières machines créées par ses parents.

« Regarde, c'est le premier ordinateur qui contrôlait la domotique de notre domicile. Je ne savais pas qu'il l'avait gardé, dit-il des étoiles dans les yeux. »

Il était comme un gosse qui venait de retrouver une vieille caisse de jouets dans un grenier. Il sembla même courir pour rejoindre la position de la machine.

« Pourquoi tes parents t'interdisent l'accès au labo si tu connais toutes les inventions qui se trouvent dans cette pièce ?

- Je ne sais pas du tout. Je ne sais pas si je connais vraiment toutes ces machines. »

Il fait le tour visuel de la pièce, et reconnut le premier projecteur d'hologramme créé par ses parents, le premier ordinateur capable de dialoguer avec un humain, première machine à passer le test de Turing-Adreinstein, la version évoluée du test de Turing. Il y avait la première combinaison de plongée connectée, créée par mon père pour ses parties de pêche. Elle annonçait la profondeur, le taux d'oxygénation du sang et l'oxygène disponible, avec la consommation en temps réel.

Alors qu'il se perdait dans les souvenirs de son père l'amenant avec lui pour des parties de chasse sous-marine, il ne fit pas attention à Jiden, dans le coin opposé de la pièce qui s'était arrêtée devant ce qui ressemblait à un aquarium dans lequel évoluait ce qui faisait penser à des fourmis. Le liquide était similaire à de l'eau, en un peu plus visqueux. Elle était comme aspirée par ce qu'elle voyait. Elle posa la main sur la vitre de l'aquarium, ressentant une différence de température entre la pièce et la fraicheur des vitres. La nuée de fourmis se dirigea vers sa main et reforma la forme. Là où n'importe quelle personne aurait reculé de plusieurs mètres, Jiden fit glisser sa main de droite à gauche dans de grands mouvements amples. Les choses dans le liquide firent de même et suivirent méticuleusement les mouvements.

« Aedan, c'est quoi ces espèces de fourmis ?

- Je n'en ai aucune idée, répondit-il en s'approchant rapidement. »

Il fixa le contenant autant que le contenu, d'un air sceptique sur ce qu'il voyait.

« Je ne sais pas du tout ce que ça peut être. On dirait des insectes. Des sortes de moucherons, qui suivent nos mouvements.

- Et le liquide, tu sais ce que c'est ? demanda Jiden étonnée.

- On dirait de l'eau, sauf que l'aspect à l'air plus huileux, plus dense. Ce n'est pas de l'eau, c'est certain. Regarde la surface quand les bestioles bougent. IL n'y a aucune vague ni aucune bulle.

- C'est tout ? Tu n'es pas plus curieux que ça ?

- Tu veux que je fasse quoi ? Je ne vais pas plonger dedans quand même. »

Un regard complice parcourait leur visage.

- Je vais juste mettre le doigt sur la surface et en retirer une éprouvette. Je ferai analyser la composition par mon ordinateur. Pendant ce temps, tu places ta main sur la vitre le plus bas possible, afin que j'aie le maximum de sécurité pour la manœuvre.

- D'accord, pas de problème. Je ne te pensais pas aussi téméraire. Fit-elle avec un sourire au coin des lèvres.

- Faut croire que je commence à me dérider un petit peu, à ton contact, répondit-il avec le même sourire »

Il alla chercher une éprouvette dans sa chambre et redescendit aussi vite dans le laboratoire de recherche. Il ouvrit le haut de la cuve lentement pendant que Jiden occupait les habitants de celle-ci. Il plongea une partie de l'éprouvette, prenant bien soin de mettre sa main gantée le moins possible dans le liquide. Il sortit son tube à essai et referma l'aquarium. Il se frotta les doigts légèrement imbibés du liquide visqueux et sentit une légère piqûre.

« Aïe, grimaça-t-il.

- Qu'est-ce que tu as ?

- J'ai eu l'impression de me faire piquer à travers le gant. »

Il fixait le gant de couleur bleue en frottant à nouveau ses doigts. Il sentit l'odeur qui se dégageait du liquide. Complètement inodore. Il enleva ses gants et les mit dans une pochette hermétique, pour la jeter dans un conteneur sécurisé dans le centre-ville. Un conteneur qui était plongé dans un liquide plus froid encore que l'azote, capable de geler n'importe quoi immédiatement. »

4

Alors que Jiden et Aedan regardaient le liquide dans l'éprouvette et s'apprêtaient à en faire l'analyse dans la chambre du jeune garçon, Sergei Karov observait les mouvements des deux amoureux.

Karov à Boss

Objet : Rapport de Mission

Cela fait maintenant trois jours que j'observe les mouvements de la maison des Darkey. Je n'ai rien remarqué d'étrange. Le gosse a invité sa petite amie chez lui après les cours. Ils se sont rapprochés. La montée des températures corporelles indique qu'ils ont été proches d'avoir un rapport sexuel. De ce que j'ai pu interpréter de par les mouvements, le jeune garçon s'est dégonflé avant qu'il y ait un rapport sexuel engagé.

Fin de transmission.

« Putain, qu'est-ce que je fous là, à regarder deux puceaux se sauter dessus avant de se raviser ? »

Il pensait aux nombreuses missions qu'il avait menées au succès. Le sauvetage du président, sans que personne ne soit au courant, les missions de sauvetage de milliardaires russes pris en otage, la fille du propriétaire de Servitech, la seule entreprise distribuant les nanomachines. Il se replongeait dans son quotidien. Chaque fois qu'il croisait un voisin, il donnait l'impression d'un homme normal, banal, limite ennuyeux. Il avait eu quelques conquêtes d'un soir, mais son métier l'empêchait d'avoir des fréquentations sérieuses, que ce soit en amour ou en amitié. Il était pratiquement impossible d'avoir des amis en dehors des membres du commando suicide. Karov avait commencé comme membre de la Légion étrangère, à une période de sa vie où rien ne lui souriait. C'était la dernière chance qu'il avait donnée à la vie. Le suicide avait traversé son esprit plusieurs fois. C'est en passant devant un bureau de recrutement des armées qu'il avait interprété plus tard comme un signe envoyé par le grand chef d'orchestre. Il s'était installé sur une chaise, avait rempli un questionnaire médical et avait commencé les tests. Il était sorti premier de sa promotion, et avait demandé à intégrer le GIGN. Là encore, il fut l'un des meilleurs éléments, autant dans la tactique que dans la précision. Puis, il avait rencontré Boss, qui l'avait recruté pour une organisation non reconnue par le gouvernement. Une sorte de cage de mercenaires, qui recrutait hommes et femmes, sans distinction, pourvu qu'ils soient les meilleurs parmi les meilleurs. La sciure entre l'ancienne et la nouvelle génération s'était fait sentir il y a quatre ans. Les premiers humains augmentés, guidés par des nanomachines, avaient remplacé et envoyé à la retraite forcée, comprenez virés comme des malpropres. Les jeunes, persuadés d'être meilleurs que les autres, se réunissaient entre eux. Sergei pensait qu'ils étaient trop proches les uns des autres et qu'en mission, cette proximité pouvait représenter un danger de mort. Abandonner un camarade pour le bien d'une mission est un sacrifice qu'il fallait être prêt à faire, et sans réfléchir. Pas de place pour les états d'âme.

5

Peu après minuit, Aedan reçut un message sur son téléphone portable.

Jiden 00h23
Merci pour cette belle soirée, j'espère sincèrement avoir fait une bonne impression auprès de tes parents.
Aedan 00h23
Ils ont apprécié te rencontrer. Ta joie de vivre et ta bonne humeur ont suffi à remporter la première bataille.
JIden 00h23
La première bataille ?
Aedan 00h24
La première étape, mais pas la moindre, tu pourras revenir pour un deuxième round.

Jiden 00h24

Heureusement, je n'ai aucune envie de grimper à ta fenêtre en cachette le soir.

Aedan 00h25

Je crois que j'aurai adoré voir ça.

Jiden 00h25

Imagine la tête de ta mère, rentrant le matin dans ta chambre et me voyant, dans ton lit à côté de toi.

Aedan 00h25

Toi, tu n'aurais rien eu. Moi j'aurais eu une longue leçon de morale qui aurait forcément terminé par un « J'espère que tu te protèges », et j'aurai eu cette sensation de gêne, au moins deux mois.

Jiden 00h26

Dommage, j'aurai bien aimé.

Aedan 00h26

Moi aussi.

JIden 00h27

Peut-être que tu te serais un peu lâché.

Aedan 00h27

J'ai compris, pas la peine de m'enterrer un peu plus (smiley qui rigole)

Jiden 00h28

On verra, quand tu te seras rattrapé, je réviserai mon jugement. (smiley envoyant un baiser)

Le sommeil gagnant les deux jeunes adolescents, l'échange de messages s'arrêta ici.

Quelques heures plus tard, Aedan se réveilla en sueur. Sur le drap housse don son lit, une auréole aussi large que s'il avait renversé une bouteille d'eau. Le drap plat et la couverture avaient été éjectés au sol, mais gardaient des stigmates de transpiration. Il se leva, et s'écroula au sol, pris de forts vertiges. Au sol, il pouvait sentir son t-shirt et son pantalon aussi trempé que s'il avait fait un saut habillé dans une piscine. Un genou à terre, il sentit son cœur battre plus lentement que d'habitude, ce qu'il trouva étonnant au vu de ce qui lui arrivait en ce moment. Tant bien que mal, il reprit possession de ses moyens et alla dans la salle de bain pour prendre une douche, fraîche. Il changea sa literie et son pyjama avant d'aller se recoucher, et de se rendormir jusqu'au petit matin.

Madame Darkey, comme tous les matins s'occupaient des petits-déjeuners de la famille. Quand l'emploi du temps de chacun le permettait, le petit déjeuner était un moment de convivialité pendant lequel chacun racontait son programme de la journée. Aedan racontait toujours son programme en premier, et ses parents l'écoutaient avec une grande attention. Après tout, il était celui qui allait reprendre la société. Il ne savait rien de l'activité secrète de ses parents, se contentant de savoir qu'ils vendaient et réglaient de l'intelligence artificielle. Il n'avait encore émis aucune préférence pour ses études supérieures, du moins, aucune déclaration officielle. Il voulait travailler pour l'AIDU, une grosse entreprise privée qui avait racheté la NASA, et s'était fixé pour but d'explorer l'univers. Une entreprise qui lorgnait sur les « cerveaux » du monde entier pour les embaucher avec des salaires mirobolants dès le départ. En contrepartie, il fallait accepter d'être remercié du jour au lendemain, dès lors qu'ils avaient trouvé un meilleur cerveau. Un bon moyen que certains avaient trouvé pour mettre un maximum d'argent de côté avant d'ouvrir leur propre boîte.

Ce matin, Aedan était seul dans la cuisine pour le petit déjeuner. Un verre de jus d'orange, quelques tartines et un mot de sa mère pour seule compagnie. « Ma chérie, nous finissons tard ce soir, je t'ai laissé un peu d'argent pour commander ce que tu veux. N'hésite pas à inviter Jiden si tu en as envie ». Un mot froid, comme il en avait l'habitude. Certes, il ne manquait de rien, et il avait maintenant pris l'habitude de la solitude, que ce soit en cours ou à la maison. Encore endormi par la nuit compliquée qu'il venait de passer, il prit son verre de jus d'orange et en descendit deux longues lampées. Il tendit les mains pour attraper une des deux tartines et il ne crut pas ce qu'il vit. Les tartines commencèrent par bouger de quelques millimètres, avant de se mettre à flotter dans les airs pour rejoindre sa main. Il se frotta les yeux et resta bloquer plusieurs minutes sans rien dire ni faire. Il regarda son verre et tendit sa main vers lui. De la même manière, le verre se souleva de quelques centimètres avant de voltiger dans les airs pour se rendre délicatement sur sa main. Maintenant sûr qu'il ne rêvait pas ni qu'il était victime d'une quelconque hallucination, Aedan répéta l'action avec quelque chose de plus lourd. Il leva la chaise vide devant lui et la fit s'approcher. La chaise tomba bruyamment sur le sol. Il se tint la tête, pris d'horribles maux de tête et se mit à transpirer, encore une fois à grosses gouttes. Il tituba jusqu'à la salle de bain, à l'étage et prit une douche. L'eau lui semblait toujours trop chaude, pourtant il avait uniquement tourné l'arrivée d'eau froide. L'eau ruisselait le long de son corps. Les douleurs avaient disparu au bout de quelques minutes sous le pommeau de douche. Il essaya de recommencer, cette fois, sous la douche et fit virevolter le gel douche. Au bout de quelques minutes, à nouveau, il fut pris de céphalées. Il fit le rapprochement rapidement entre l'utilisation de ses nouvelles capacités et les douleurs. Il s'habilla, pour se rendre en cours.

5

« Sergei ? Où en sommes-nous ?
- Toujours au même point monsieur. Cette nuit, le gamin s'est levé pour aller prendre une douche. Les relevés thermiques indiquent une température corporelle à plus de trente-neuf degrés. Il a dû attraper une grippe, ou un rhume.
- Est-il descendu au sous-sol ? demanda Boss.
- Oui, lui et sa petite amie s'y sont rendus, pendant une petite heure et sont remontés ensuite.
- Très bien, je te remercie Sergei.
- Avec tout le respect que je vous dois, cette mission va-t-elle durer encore longtemps ?
- Je vais te donner la suite, dès à présent. Je te demande d'enlever le jeune garçon et de le ramener sur un site, dont j'ai rentré les coordonnées sur ton ordinateur corporel. »
Sergei descendit son regard sur son avant-bras et vit une nouvelle coordonnée affichée, qui clignotait. Il appuya sur celle-ci.
« Boss, c'est à plusieurs centaines de kilomètres.
- Un drone de transport rapide t'attendra derrière le jardin de la maison.
- Quels sont les moyens autorisés pour l'enlèvement ?

- C'est une cible prioritaire pour nous, je te demande d'utiliser une balle paralysante, et ensuite de le séparer jusqu'à livraison.
- Tout ça pour un gosse ?
- Je ne t'ai pas demandé un commentaire. Sache que ce gamin pourrait être plus dangereux que toi, à long terme.
- Bien reçu. Je vous recontacte dès que j'aurai pris possession de la cible. »

Sergei se leva et prépara son arme. Il régla les deux gâchettes de son fusil d'assaut sur rafale paralysante pour la première et balle sédative pour la deuxième. Il s'équipa de son habituelle tenue, et mit ses lunettes qu'il régla sur vision thermique, avant de se diriger vers la sortie de l'immeuble. Il pensa qu'il fallait mieux prendre toutes les mesures nécessaires de discrétion, au même titre qu'une mission standard, même s'il était un peu plus détendu, conscient que la capture d'un gamin de seize ans ne nécessitait pas autant de prudence que pour abattre un soldat hyper entrainé.
Il passa la porte de l'immeuble et prit la direction de la maison des Darkey. Une simple pression de l'intérieur de la main suffit à démagnétiser le portail. Il prit le soin de bien refermer derrière lui, sans bruit. Il mit son fusil d'assaut à hauteur des yeux et progressa lentement vers la porte d'entrée. Au moment où il posa sa main sur la poignée, celle-ci descendit et Sergei fit un bon en arrière, pour se retrouver

face à Aedan, qui n'eut pas le temps d'esquisser le moindre mouvement. La soldate pressa la détente et envoya une rafale paralysante, qui fit tomber au sol le jeune garçon.

« Désolé petit, c'est pas contre toi, c'est juste les ordres, murmura-t-il en regardant Aedan s'effondrer au sol. Je dois t'endormir maintenant. Tu ne sentiras rien. Ces balles sont biodégradables, elles seront éliminées par ton système rénal. »

À peine avait-il fini de parler qu'il sentit son fusil échapper à son contrôle. Comme s'il devait lutter pour le maintenir face à Aedan. Il tira la balle paralysante et retrouva le contrôle de son arme. Il pensa « Ce gosse pourrait être plus dangereux que moi... Putain de merde, qu'est-ce que vous avez fait à ce gosse ? C'est lui qui m'empêchait de manipuler mon arme ? »

Il appuya sur le contrôleur de son avant-bras et activa la balise. Un drôle de transport rapide atterrit dans le jardin, et deux capsules furent éjectées. Sergei mit Aedan dans la première, avant de prendre place dans la deuxième. Deux bras mécaniques sortirent du drone et attrapèrent les capsules pour les remonter vers l'intérieur. Il décolla et passa en mode furtif, grâce à des panneaux réfléchissant la lumière, ce qui le rendait invisible aux yeux humains.

« C'est parti pour trois minutes de vol à Mach 10. Boss ? Nous sommes en route.

- Bien reçu. À tout de suite. »

Ce furent trois minutes silencieuses, durant lesquelles, pour une des seules fois de sa vie, Sergei Karov se demanda s'il avait fait le bon choix en participant à la capture d'un gamin. Tuer des soldats entrainés était une chose, mais s'en prendre à un enfant en était une autre. Il se souvint d'une mission où des bleus avaient salement merdé. Une libération d'otage au Moyen-Orient. Un riche directeur d'une compagnie pétrolière avait été pris en otage par des gars qui demandaient une rançon de plusieurs millions de dollars. Sergei avait été envoyé pour libérer l'otage avec comme objectif secondaire de supprimer tous les preneurs d'otages. Mission considérée comme facile, il devait former deux bleus, deux gaillards pourtant habitués à des missions comme celles-ci. Un des preneurs était sorti de sa tour pour s'enfuir dans les rues de la ville. Le bleu, le moins expérimenté du groupe, avait tiré une roquette en direction du mercenaire, faisant au passage cinquante morts dans une école. « La mission était accomplie », tels avaient été les mots de Boss. Aucune compassion pour les victimes « des dommages collatéraux ».

Le drone ralentit, et descendit presque à pic jusqu'au sol. Il s'ouvrit et les deux capsules furent posées au sol. Depuis la vitre, Karov vit un groupe de six personnes emporter la capsule du jeune et Boss se dirigea vers la sienne pour l'ouvrir.

« Impeccablement menée, comme à ton habitude, Sergei, sourit Boss »

Karov ne répondit rien, emporté par ses pensées. Pourquoi autant de bordel pour récupérer un simple gosse ? Karov n'était-il pas simplement en train de ruiner une vie innocente ?

« Sergei ? Quelque chose te tracasse on dirait ?

- Désolé, je ne dois pas laisser transparaitre mes interrogations, répondit machinalement le soldat.

- Alors, accepte de t'adresser à moi comme à un ami pour une fois.

- C'est juste un gosse ! Et tout le monde ici sait parfaitement que ce grand bâtiment sous terrain est un laboratoire de recherches.

- Parfaitement, mais je te le répète, il pourrait bien devenir extrêmement dangereux, s'il était, disons, hors de contrôle. »

6

Quand Aedan ouvrit les yeux, il était dans ce qui s'apparentait le plus à une cellule. Des murs si blancs qu'il en avait mal aux yeux, un éclairage à la limite du supportable et une couchette dans le coin de la pièce de tout au plus cinq mètres carrés. Il se leva du lit et tituba jusqu'à la porte, verrouillée. Alors qu'il prenait une longue inspiration pour hurler les mille questions qui se bousculaient dans sa tête, une voix retentit dans la chambre. Il pensa d'abord que c'était dans sa tête, avant de distinguer additivement la présence de deux haut-parleurs à côté du plafonnier.

« Aedan, bonjour, je suis le docteur Marshall.
- Où est-ce que je suis ? Pourquoi je suis enfermé ? Vous me voulez quoi ?? demanda le jeune garçon d'une voix tremblante, laissant entendre la panique à laquelle il était en train de succomber.
- Je vais te répondre, mais je te demande de te calmer.
- Très facile à dire. Vous savez qui je suis, vous savez où nous sommes. Avant d'exiger de quelqu'un qu'il se calme, on essaie de se mettre à sa place quelques minutes. On appelle cela l'empathie, répondit-il en s'asseyant sur la couchette, les mains entourant sa tête, paumes contre tempes, et yeux fermés.
- Tu as raison. Tu te trouves dans un laboratoire sécurisé, et secret, dont je ne peux pas te révéler l'emplacement exact pour des raisons de sécurité nationale. Tu es enfermé pour ta sécurité, mais également pour la nôtre. Nous savons que tu as été en contact avec une toute nouvelle technologie mélangeant les nanomachines et l'intelligence artificielle.

Tes parents sont chargés de développer ce qui pourrait être la chance pour l'homme d'éradiquer des maladies, sans aucun besoin de passer par les hôpitaux. Sauf que les tests sur l'homme n'étaient pas du tout au programme du jour. Nous avons remarqué que ta température corporelle était descendue en dessous des trente-cinq degrés et qu'il fallait maintenir une température dans ton milieu de vie de quinze degrés. Je pense que tu n'as même pas conscience qu'il fasse si frais dans la chambre. Je me trompe ?

- C'est vrai, j'ai juste l'impression qu'il fait bon.

- Nous pensons que la technologie qui parcourt ton corps agit directement sur l'ensemble de tes sens. Nous savons également que tu es capable de déplacer des objets par la pensée. C'est ce point précis qui nous a incités à te placer en isolement.

- OK, OK, je vais rester combien de temps ici ?? demande Aedan tout en se concentrant pour garder son calme, se demandant au passage si cette fameuse technologie ne régulait pas son taux de cortisol, l'hormone dite de la peur.

- Je ne sais pas, je dois faire des tests un peu plus poussés, et j'ai besoin de ta coopération, dit Marshall tout en regardant les moniteurs, notant au passage la température corporelle, le rythme cardiaque et la fréquence respiratoire.

- Je suis d'accord, du moment que je puis sortir rapidement d'ici et retourner chez moi.

- Je vais déverrouiller la porte, et tu vas passer dans une autre salle, tu y trouveras un fauteuil. Je te demande de t'asseoir et te laisser faire. Je te promets qu'il ne te sera fait aucun mal. »

Alors que Marshall avait fini de prononcer sa dernière phrase, un bruit sourd retentit dans la chambre et la porte s'ouvrit d'un tiers. Aedan avança lentement, poussant la porte lentement et se retrouva dans une salle, plus grande. Un fauteuil, d'un blanc impeccable, trônait au centre de la pièce. Autour de celui-ci, au moins trois postes de travail avec des ordinateurs dernier cri. Devant le fauteuil, une table sur laquelle étaient placés une feuille, un stylo et des objets blancs, probablement en métal de plusieurs tailles et de différents poids. Aedan, qui ne ressentait aucune peur, aucune colère, s'assit sur le fauteuil. Il ressentit que la matière était fraîche et qu'il s'enfonçait dedans, jusqu'à ce qu'il soit assis dans une position des plus confortable. Il leva les yeux au-dessus de sa tête pour apercevoir ce qui ressemblait à un casque, duquel pendaient aux extrémités des câbles d'une bonne épaisseur. Il demanda alors: « Je dois mettre le casque, je suppose. Il n'est pas là pour rien. C'est une sorte de fusil de Tchekhov, mais pour laboratoire d'analyse. J'ai tout bon docteur Marshall ?
- En effet. Je te précise que c'est sans aucune douleur.
- Quand allons-nous nous rencontrer de visu ?

- Cela te rassurerait de mettre un visage sur ma voix ?
- Je suppose que oui, fit Aedan en mettant son casque. »

Un bruit de porte se fit entendre et une silhouette se présenta devant les yeux d'Aedan. Un homme d'âge mûr au physique rassurant et à la barbe blanche et fournie se présenta à Aedan.

« Docteur Marshall, ravi de mettre un visage sur un nom, et une voix.

- Maintenant que les présentations sont faites, je vais t'expliquer ce qu'il va se passer pendant les prochaines minutes. Le casque que tu portes est relié à ces ordinateurs. Je vais te poser des questions, je vais te demander de faire certaines choses, et tout sera analysé en temps réel par mon équipe. Tes constantes vitales, tes taux d'hormones, le trajet de tes synapses, absolument tout. Je te garantis que c'est sans douleur.

- Sauf si vous me demandez de faire léviter des choses, ce qui déclenche des céphalées difficilement supportables.

- En effet, je ne pourrai pas influer sur cela. Je peux te proposer la prise d'antalgiques. Mais je ne peux pas garantir les effets réels de ces molécules sur ton état actuel.

- Vous avez peur que les nanomachines puissent détourner les molécules et les rejeter, c'est bien ça ?

- Fabuleux. Comment arrives-tu à comprendre cela ?

- Arrêtez votre condescendance docteur. Vous savez très bien que mes capacités cérébrales sont accrues de manière inédite dans l'histoire de l'humanité. Je suis ici pour subir des examens pour une mise en vente sur le marché militaire le plus rapidement possible. Vous devez simplement vous assurer que le processus est sans danger sur les sujets tests. Ici, je suis le sujet test. Ensuite vous essaierez probablement de m'ôter les nanomachines, afin de voir si, une fois privé d'une aide extérieure, je garderai mes capacités nouvellement acquises.
- Oui, je te confirme que c'est le but de ta présence ici.
- Et, si je refuse que vous m'enleviez le dispositif ?
- D'après toi ?
- Quelles sont les options ? Première possibilité, vous me tuez et procédez à une extraction post mortem. Difficile d'assurer un compte rendu fiable, vous devrez recommencer les tests sur un sujet plus docile. Ce sera la dernière solution. Deuxième possibilité, la forte sédation pour l'extraction. Là encore, la réaction à l'insertion d'une molécule dans mon corps reste trop aléatoire. Pour vous, comme pour moi, il vaudrait mieux que je sois complaisant.
- Nous allons travailler ensemble, pour que chacun de nous en tire une fin heureuse, cela te convient ?

- Vous vous fichez pas mal de moi, ou de ma vie, vous espérez seulement retirer un profit de cet heureux accident. Je n'ai pas de problème avec cela.
- Aedan, je ne peux pas te laisser dire…
- Arrêtez avec vos faux-semblants, je vous l'ai déjà dit. Je n'ai pas de problème avec cela, coupa-t-il net.
- Je vais devoir t'attacher les mains et les jambes. Comme tu le sais, je ne connais pas les réactions que tu pourrais avoir, volontairement, mais surtout involontairement. »

Le docteur commença à attacher à l'aide de menottes magnétiques les bras et jambes du jeune garçon qui le regardait faire, sans exprimer la moindre chose sur le plan non verbal. Il resta figé ensuite devant Aedan avant que celui-ci ne décide de briser le silence assourdissant qui s'installait doucement dans la salle. Le seul bruit des systèmes d'aération et de la climatisation, pour seule compagnie.

« Pourquoi transpirez-vous alors que la température est si basse docteur Marshall ? Auriez-vous peur de quelque chose ? On a souvent peur de ce que l'on ne peut pas contrôler. J'en déduis que je vous fais peur.
- Imagine que tu te retrouves devant une manipulation en cours de chimie à faire. Tu ne sais pas du tout ce qui peut arriver. Personne n'a jamais tenté cette manipulation et tu

n'as aucune idée de ce qu'il va se passer. Quelle serait ta réaction ?

- Probablement la même que la vôtre, je l'admets. Sauf que, depuis quelques heures, mes hormones sont régulées de manière à ce que rien ne puisse venir troubler mes idées ni ma concentration.

- Nous allons commencer, maintenant. Tu vas essayer de faire ce que je te demande du mieux possible. »

Marshall recula vers son poste de contrôle et démarra les ordinateurs. Les bruits de mise en route résonnèrent dans la salle, et une légère lumière bleutée émanait des machines. La luminosité de la pièce baissa en intensité, comme pour signifier que les choses allaient commencer.

« Aedan, je vais te demander de me dire succinctement comment tu te sens. Es-tu stressé, ressens-tu une quelconque douleur ? As-tu quelque chose à dire ?

- Je me sens bien très calme. Je ne ressens aucune douleur, si ce n'est le contact froid de mes entrailles et du dossier.

- Parfait. Je vais te demander maintenant d'essayer de faire bouger la feuille en papier qui se trouve sur le bureau devant toi. »

Aedan ferma les yeux un court instant, prit une longue inspiration, et fixa ensuite la feuille, qui décolla de quelques centimètres avant de tourner, avec la précision d'une danseuse étoile. Le visage calme, il posa ensuite la feuille en prenant soin de la remettre au même endroit.

« Merci. Peux-tu me dire ce que tu ressens ?
- Une légère céphalée, mais tout à fait supportable.
- Je vais essayer quelque chose, et tu me diras si la douleur a augmenté ou diminué. »
Marshall entra un chiffre sur son ordinateur et la température de la pièce descendit.
« J'ai moins mal, je ne sens presque plus la douleur. Mon corps aurait besoin de refroidir après avoir utilisé mes capacités ?
- Je le pense. Mais je ne sais pas si c'est ton cerveau ou les nanomachines qui ont besoin de refroidir après une utilisation.
- Vous pensez donc que ce sont les nanomachines qui activent mon cerveau de cette façon ?
- As-tu une autre hypothèse ?
- J'en ai effectivement une. Et si les nanomachines avaient juste activé cette possibilité et n'avaient aucun besoin d'intervenir ?
- Possible, reste la question du refroidissement corporel. Je vais maintenant te demander de soulever le stylo et de le placer debout sur la table, comme si tu voulais écrire avec. Tu peux d'ailleurs essayer de le faire si tu en as envie. »

À nouveau, Aedan prit une inspiration et souleva le stylo afin de le placer à la verticale sur la feuille de papier, avant de le reposer délicatement.

« Je ne ressens pas de douleur, votre hypothèse du refroidissement semble se vérifier. Simple curiosité, combien fait-il dans la salle ?

- Il fait moins de dix degrés. Content que tu n'aies pas de douleur.

- J'imagine que vous voulez que je soulève le plus petit des objets blancs devant moi c'est ça la suite ?

- En effet.

- Puis-je émettre une suggestion ?

- Bien sûr Aedan.

- Pourquoi ne pas commencer par le plus gros des objets ?

- Je ne connais pas les limites de tes capacités. Je ne voudrais pas que cela te blesse ou te fasse le moindre mal.

- Je vais tenter de soulever le plus lourd des objets.

- Non, pas question…

- Docteur, coupa à nouveau Aedan. Vous n'avez aucune possibilité de m'empêcher de faire quoi que ce soit. Laissez-moi faire et prenez toutes les mesures dont vous aurez besoin. »

Aedan ferma une nouvelle fois les yeux et, avant de les rouvrir, l'ensemble des objets sur la table était en train de flotter dans les airs, dans un mouvement parfaitement identique. Les objets étaient en rotation, dans le sens des aiguilles d'une montre. Marshall regardait le spectacle, oubliant presque de noter ce qu'il voyait. Puis, lentement les objets cessèrent leur rotation et se posèrent sur la table.

« Des choses à me dire, lança le docteur, la bouche ouverte, aspirée par ce qu'il venait de voir.

- Légères céphalées, comme tout à l'heure, mais totalement supportables.

- Veux-tu que je baisse encore la température de la pièce ?

- Non, pas besoin, j'ai l'impression qu'elles commencent à s'estomper. »

7

Pendant les deux jours qui suivirent, les examens continuèrent et les objets devenaient de plus en gros. Plus Aedan utilisait ses capacités et plus il s'y habituait, arrivant maintenant à faire bouger des objets de plusieurs dizaines de kilos sans avoir aucune douleur. Marshall et lui discutaient de ce qu'il faisait et en arrivèrent à la conclusion que les céphalées étaient surtout dues à la nouveauté de la situation, comme si le corps devait adopter une période de rodage.

« Je vais essayer de t'enlever les nanomachines aujourd'hui. Tu es toujours d'accord ?

- Oui, malgré votre bienveillance, j'aimerais revenir à mes habitudes de vie. Sortir dans les rues, aller en cours, et revoir Jiden. J'ai tant de choses à lui raconter.
- Je suis obligé de te demander de garder le secret sur ces deux derniers jours. Tout ceci doit rester secret. Tu comprends ?
- Comment vous assurerez-vous de mon silence ?
- Nous avons établi une certaine relation de confiance, toi et moi. Deux jours c'est court, mais ils ont été intenses en découverte et en émotion.
- Vous tentez de jouer sur les ressentis d'un adolescent docteur ? Vous et moi savons parfaitement qu'enfermés dans un endroit clos, sans contact avec l'extérieur, les sentiments sont multipliés, et presque faussés. Je vais donc vous reposer la question une nouvelle fois. Comment vous assurerez-vous de mon silence ?
- Je ne vois pas où tu veux en venir. Sois direct s'il te plait.
- Première hypothèse, vous allez me garder enfermé ici, une fois que vous aurez récupéré mes nanocompagnons. Si je n'ai plus aucune capacité après plusieurs semaines, vous me relâcherez et tout ce que je pourrai raconter, ne pouvant en apporter aucune preuve, fera de moi un mythomane aux yeux des autres. Deuxième hypothèse, si je garde mes capacités, vous allez me garder enfermé ici jusqu'à ce que mort s'ensuive, et si la mort met trop de temps à venir, vous

vous substituerez à elle. Troisième hypothèse, vous allez tuer une personne qui m'est très chère, pour en faire un exemple de ce qu'il pourrait arriver si jamais je décidais de parler. D'où ma question.

- Je ne suis pas seul décisionnaire ici, certaines personnes sont prêtes à tout pour garder le secret de ce qu'il se passe ici. Moi même, je pourrai être abattu, simplement pour avoir vu ce que tu pouvais faire.

- Docteur Marshall, où est-ce que nous nous trouvons ?

- Je ne peux pas te dire quoi que ce soit. Ils… »

Marshall ne termina pas sa phrase et me montra son bracelet. Il mima des écouteurs portés à ses oreilles et montra à nouveau son bracelet.

« Je ne peux rien promettre Aedan, absolument rien, dit-il des sanglots dans la voix. Tu es… juste… un gosse. Je suis tellement désolé, si tu savais. »

À ces mots, la porte de la chambre s'ouvrit et une escouade de six soldats entra dans la chambre et l'un d'eux tira une balle dans la tête du médecin qui s'écroula au sol. Des éclaboussures de sang se matérialisèrent sur Aedan, abasourdit par le choc de voir pour la première fois de sa vie un mort: assister à une mort en direct. Il s'immobilisa, voyant les six soldats à la tenue blanche l'encercler. Des petits points rouges lumineux étaient apparus au niveau de son cœur et au niveau de sa tête, à l'endroit exact où la balle était ressortie du corps de Marshall. Il n'entendait plus rien. Comme s'il était coupé du monde. Le temps semblait s'être arrêté, comme si on avait mis une vidéo en pause. Il sentit un frisson parcourir l'ensemble de son corps et une vague de chaleur monter jusque dans sa tête. Il ferma les yeux, ayant l'impression d'être comme perdu dans un endroit sombre. Il rouvrit les yeux, sentant un mélange de peur et de fureur prendre le contrôle de son corps. Il était spectateur, et plus acteur. Il leva les yeux en direction des soldats et dans un mouvement d'ouverture des mains, paumes vers le ciel, envoya les soldats s'écraser sur le plafond, avant de les jeter sur le sol. L'impact fit raisonner le sol. Des bruits de fractures se firent entendre, mais aucun bruit de plainte, ni aucun cri. Il se leva du lit et se dirigea vers la porte de sa cellule. La porte vola en éclat comme une vulgaire affiche avant de se plier en deux et de s'écraser sur le fauteuil. Il traversa la salle de laboratoire et explosa à nouveau la porte pour arriver dans un couloir blanc. Deux nouveaux soldats couraient vers lui, fusil au poing. Ils n'eurent pas le temps de diriger les canons vers lui, ils étaient déjà eux aussi plaqués de chaque côté du couloir. Aedan s'arrêta pour fixer un des hommes devant lui. Sans le toucher, il enleva son casque et fixa l'homme dans les yeux. Les yeux du soldat étaient remplis de peur et d'inquiétude. Il cherchait à parler, mais en était incapable, complètement paralysé. Aedan le propulsa de l'autre côté du couloir, à l'endroit où la porte s'était écrasée quelques seconds avants. Il entra dans un ascenseur, dont les portes se fermèrent immédiatement. Commençant sa lente ascension, il se bloqua. Il avait été mis en panne volontairement. Aedan vit une caméra dans le coin gauche qu'il arracha par la pensée. Un léger sourire en coin, il dirigea à nouveau ses paumes vers le haut et l'ascenseur monta, arrachant les freins d'urgence dans un premier temps, puis les rails, provoquant des bruits de froissements de tôle à chaque étage.

Les portes de l'ascenseur volèrent et une armée de soldats faisait face au jeune garçon: des dizaines. Peut-être même plus faisant face. Le nombre de points lumineux rouges était maintenant si important qu'on ne pouvait plus les compter. Ils se disputaient la place sur le torse et la tête de leur cible. Au milieu, quelques hommes s'écartèrent pour laisser passer un homme en costume noir, portant par-dessus une blouse blanche, laissant présager qu'il s'agissait d'un autre médecin, un autre bourreau des laboratoires. Aedan le fixa et l'homme, maintenant devant lui, prit la parole.

« Aedan, calme-toi. Tu m'entends ? La voix était tremblante et les mains disposées comme un bouclier devant lui.

- Je veux juste quitter cet endroit, je veux juste rentrer chez moi.

- Nous ne pouvons pas te laisser partir. Tu as vu ce que tu as fait ? Et si tu décidais de péter les plombs là dehors ?
- Vous n'aviez aucune intention de me laisser partir de toute façon. Je vous le demande une deuxième fois. Laissez-moi quitter cet endroit. Je vous l'ai dit, vous n'entendrez plus jamais parler de moi.
- Et s'il te prend l'envie de tout casser dehors ?
- Et si je commençais par tout détruire ici ? répondit-il d'un ton calme.
- Je serai obligé de demander à mes hommes de te tirer dessus.
- Toujours cette peur dans la voix. Allez-y, demandez-leur de me descendre.
- Ce n'est pas mon intention. »

Aedan avança lentement devant lui, ignorant les deux sommations de l'homme en blouse blanche.

« Tant pis pour lui, descendez-le ! »

Puis, l'homme ferma les yeux et attendit d'entendre les coups de feu. Mais aucun bruit ne vint troubler le silence. L'homme en blouse blanche regarda à nouveau devant lui. Tous les points lumineux étaient devenus immobiles. Tous les soldats semblaient être devenus des statues. D'un coup, il se sentit décollé du sol et aspiré vers Aedan qui arrêta son mouvement à une longueur de bras.

« Vous allez m'écouter attentivement. Je vais vous laisser une seule chance de me laisser quitter cet endroit sans vous démembrer. Je veux simplement savoir où je me trouve et comment retourné chez moi. C'est tout ce que je veux.
- Je ne peux pas te laisser partir d'ici.
- Vous n'êtes pas en position de négocier quoi que ce soit. Je vais compter jusqu'à trois. Si je n'ai pas un moyen de retourner chez moi à trois, j'arracherai vos deux bras et forcerai vos hommes à vous achever en vous tirant dans les jambes. Un… »
L'homme en blouse blanche avait maintenant les yeux pleins de larmes, et une auréole d'urine juste sous ses jambes. Il fixait Aedan, implorant par ses yeux de lui laisser la vie sauve.
« Deux…
- D'accord. Prends ma capsule et entre les coordonnées de l'endroit où tu veux te rendre, dit-il en baissant les yeux vers sa poche. »

Aedan mit la main dans la poche de l'homme et en retira les clefs de la capsule de transport, une sorte de bouton de la taille d'un pouce de main. Il le pressa et se dirigea vers l'entrée, en face de lui. La capsule s'ouvrit juste en face de lui et il entra à l'intérieur. Au même moment, les soldats retrouvèrent la pleine maitrise de leurs gestes et le médecin se mit à courir à l'opposé du jeune garçon, pour saisir un interphone fixé au mur.

8

Sergei, qui avait regagné ses appartements, était en train de faire son entretien musculaire quotidien, quand son communicateur sonna. « La sonnerie du boulot », pensa-t-il. « J'espère que ce n'est pas pour du babysitting cette fois » il s'essuya le visage, sur lequel couraient quelques gouttes de transpiration et passa une serviette sur son cou. Tout en se dirigeant vers son frigo pour prendre une bouteille d'eau, il décrocha.

« Karov.
- Sergei, j'ai besoin de toi, et de toute l'équipe.
- Où ?
- Le gosse s'est échappé du labo, je veux une escouade prête s'il décide de revenir chez lui.
- Je me mets en route immédiatement. Les autres ?
- Ils seront à ta disposition dès que je raccrocherai.
- Temps estimé 17 minutes avant arrivée sur site. Moyens autorisés ? demanda Sergei avant de boire deux bonnes gorgées d'eau fraîche.
- La neutralisation de la cible est prioritaire, l'exécution peut être une option.

- Reçu Boss. Je pars.
- Sergei ?
- Oui ?
- Fais attention à toi, il est devenu incontrôlable.
- Bien reçu. Fin de communication »

9

Il était environ 19h, quand Karov et les autres soldats prenaient position devant le domicile des Darkey. La lumière chaude du crépuscule donnait une teinte dorée orangée au paysage. Chaque soldat, posté à un endroit stratégique, semblait avoir revêtu un vêtement taillé dans le soleil couchant. Des dizaines de respirations légères, concentrées, se faisaient entendre alors que les bruits de la ville commençaient à se faire de plus en plus discrets. Soudain, un des soldats, Alina, posté au niveau de l'entrée arrière de la maison, lança une alerte visuelle, et ce qu'elle voyait, s'affichait maintenant dans le coin gauche des lunettes tactiques des autres. On distinguait Aedan marcher lentement, calmement, vers sa maison.
« Personne ne fait quoi que ce soit, ordonna Boss. Je veux voir ce qu'il va faire. »
Karov, relais des ordres de Boss sur le terrain, leva la main et la plaça devant ses lunettes, pour signifier à tout le monde

de bien garder sa position, dans le silence absolu. Il observa Aedan, dont la démarche avait changé depuis leur dernière rencontre. Il lui semblait une personne différente. L'impression qu'il dégageait plus d'assurance, plus de sureté. Les mouvements du bassin et des épaules à chaque pas avaient eux aussi changé. Qu'est-ce qu'ils avaient fait à ce gosse dans le laboratoire ? Pourquoi le laissait-il rentrer chez lui, s'ils devaient le neutraliser à tout prix, y compris en utilisant la force létale ? Pourquoi se questionnait-il autant sur le sort de sa cible actuelle ? Parce que c'était un enfant, voilà pourquoi. Parce qu'il avait pris l'habitude de neutraliser des dangers pour la liberté et la paix, d'autres soldats, d'autres hommes ou femmes qui avaient choisi de lutter pour leurs idéologies. Il n'avait jamais eu la fibre paternelle ni même eu envie aussi loin qu'il se souvienne de fonder une famille. Mais à cet instant précis, il se demandait si ce qu'il faisait était bien.

Il regardait Aedan passer la porte de chez lui, la tête remplie de ses pensées.

10

« Aedan mon chéri, tu es rentré à la maison, fondit en larmes, madame Darkey.

- Maman, ne t'inquiète pas. Je vais bien, même très bien, répondit Aedan, serrant sa mère dans ses bras.
- Fils, nous n'avons que très peu de temps, dit son père, le visage concentré. »

Aldric Darkey, n'avait jamais été très démonstratif, ni jamais trop débordant d'amour pour son fils, pourtant il était fier de lui. Son regard était toujours empli d'une forte admiration quand il parlait de son fils à ses collègues de travail. Lui-même issu d'une famille très modeste, il avait été repéré par un grand nom de la technologie lors d'un concours de sciences organisé pour les jeunes de dix à seize ans. Alors que les plus doués avaient développé des machines capables d'exécuter de simples ordres, comme faire des calculs ou avancer d'un point A à un point B tout en évitant des obstacles, Aldric avait été capable de construire un robot piloté par la pensée. Une chose devenue assez courante à l'époque, mais une prouesse pour un jeune de seulement onze ans. Il s'était vu offrir une bourse d'études pour la meilleure école d'ingénieur du pays et la certitude que sa famille ne manquerait plus jamais de quoi que ce soit.

« Papa, tu peux m'enlever ça, c'est bien ça ?
- Oui, nous le pouvons, mais on ne doit pas trainer, nous n'avons plus beaucoup de temps. »

Puis, dans un mouvement presque maladroit, il serra son fils contre lui, d'un bras. Mal à l'aise dans un premier temps, Aedan finit par se laisser aller et détendre chacun de ses muscles alors qu'il sentait les battements calmes du cœur de son père, son oreille gauche au niveau de la cage thoracique d'Aldric. Au bout de ce qui lui avait semblé durer une éternité, Aedan recula et son père regarda la porte menant au sous-sol de la maison. Ils descendirent tous les trois, et fermèrent la porte.

« Ici, nous allons pouvoir bénéficier de quelques minutes durant lesquelles ils ne nous entendront pas. Une fois qu'ils auront compris, ils se précipiteront ici. Notre temps est désormais compté. Il va falloir faire vite. Tu comprends mon fils ? Ta mère et moi savons déjà ce qu'il s'est passé. Tu dois être bref dans tes réponses.

- Je comprends. Sachez juste que je suis désolé, et que jamais je ne pensais déclencher autant de bordel à moi tout seul.

- Je sais, fit Aldric en se tournant vers un ordinateur déjà allumé.

- As-tu l'impression d'être libre de tes mouvements ? demanda Eléonore Darkey à son fils.

- Non, pas toujours. J'ai l'impression que mon cerveau réagit plus vite que ma pensée. Je sais c'est étrange.

- Ce sont les effets des nanomachines. Elles ne font pas que t'aider à réfléchir plus vite ou à manipuler les choses par ta simple pensée, elles prennent possession de ton corps.
- Oui, c'est exactement ça. Tout à l'heure dans le labo, j'avais l'impression que je ne répondais plus par moi-même. J'ai fait des choses terribles, dites Aedan les larmes aux yeux.
- Ce n'était pas toi, tu ne pouvais plus régir à ta guise. As-tu des douleurs particulières ?
- Plus maintenant, mais au départ j'avais des céphalées insupportables.
- C'est mauvais signe, lança Aldric, toujours affairé à préparer une sorte de fauteuil avec un casque semblable à celui dans le laboratoire.
- Comment ça mauvais signe ?
- Lorsque les douleurs disparaitront complètement, ton cerveau ne sera plus qu'aux ordres des nanomachines. Tu deviendras simple spectateur de ce qui t'entoure. Tu ne pourras même plus parler, dit Eléonore en saisissant le visage de son fils entre ses mains.
- Fils, assieds-toi ici. »
Aedan se dirigea vers le fauteuil de son père et enfila son casque sur la tête.
« Je vais devoir te poser une perfusion un peu spéciale.
- C'est-à-dire ?

- Je vais envoyer une minuscule sonde qui va aspirer comme un aimant toutes les nanomachines de ton corps. Je t'avertis. Ce sera douloureux.

- Tant pis, si cela me permet de garder pleine possession de mon corps. Mais tu sais si…

- Si tu vas garder tes capacités nouvellement acquises ? Je n'en ai aucune idée. Tu es le premier cobaye vivant à tester cette technologie.

- Si j'avais su, je…

- Ce qui est fait est fait. On ne peut pas rester sur le passé, tenter de le modifier. Et si on pouvait, ne ferions-nous pas de nouvelles erreurs ? Tenter de créer un nouveau monde, n'est-ce pas le meilleur moyen d'en créer un pire ? Alors que combattre pour changer les choses, n'est-ce pas le meilleur moyen de vivre pleinement sa vie ? Apprendre de ses erreurs pour ne pas en refaire de nouvelles. Je suis fier de ce que tu es devenu. Personne n'est parfait. C'est ce qui fait de nous des hommes, ce qui nous différentie des dieux auxquels nous croyons.

- Merci. Merci d'être là, pour moi.

- C'est notre rôle de parents. »

Aedan sentit une douleur dans son bras droit. Le trocart large venait de rentrer dans sa veine. Il sentit une légère aspiration au départ qui amplifiait de minute en minute. Au départ la douleur fut légère, puis Aedan se mit à transpirer à grosses gouttes. Il serrait les dents, étouffant des cris. Il ne voulait pas montrer de signes extérieurs de douleur pour ne pas effrayer ses parents. Il avait tellement mal qu'il se sentait partir doucement. Une sensation d'aspiration au niveau de son cerveau troubla d'abord sa vision avant de lui enlever toute sensation au niveau des membres supérieurs. La douleur devenant de plus en plus intense, il s'évanouit, le visage aussi pâle que s'il n'avait pas mangé depuis plusieurs jours. La dernière chose qu'il entendit fut le bruit lointain d'une porte qu'on enfonce avec un bélier.

Quelques minutes plus tard, Aedan reprit doucement conscience. Les yeux fermés, il reprenait peu à peu conscience de son corps. Il prenait de longues et profondes inspirations. Son mal de tête avait disparu. Il remua d'abord les doigts, puis les pieds avant d'ouvrir les yeux et de se redresser.

Devant lui, ses deux parents, genoux au sol, mains dans le dos, mis en joue par deux silhouettes en tenue de combat. D'ici, impossible de savoir si ce sont des hommes ou des femmes, et peu importe finalement. Ces deux personnes menaçaient ses parents. Dans la salle, quatre soldats en plus à chaque coin de la pièce. Six personnes au total. Un silence de mort régnait dans la pièce. Il repensa aux discussions avec Marshall et ses parents. « Les soldats savent très bien ce dont je suis capable. Ils ignorent si j'ai toujours mes capacités. Moi aussi d'ailleurs. Et puis, la dernière fois, je n'étais pas vraiment moi-même. Le seul moyen de savoir ce dont je suis encore capable, c'est de faire un test. Mais quoi ? » Il fit le tour de la pièce rapidement et se focalisa sur le visage de sa mère. « Mais oui ! Les boucles d'oreilles. Je vais essayer de les soulever » il se concentra et les boucles d'oreilles de sa mère bougèrent légèrement. Un rictus apparut sur son visage et ses yeux se plissèrent légèrement. Dans les coins de la pièce lui faisant face, les soldats levèrent leurs armes dans sa direction, tandis que les soldats ayant la garde de ses parents poussèrent le canon de leurs fusils contre leurs crânes. L'ambiance devenait pesante, lourde. Chacun toisant l'autre.

« J'aimerais parler à un de vos responsables, demanda le jeune garçon. »

Pas de réponse.

« Je pense que nous sommes dans une situation bloquée. Vous avez en joue mes parents. Si je perds mon sang froid, vous finirez broyés contre les murs de la pièce » toujours aucune réponse. Aucun des soldats ne fit le moindre mouvement supplémentaire.

« Aedan. Bonjour. Je m'appelle Sergei Karov et je dirige cette unité. Je ne suis pas là pour te faire de mal. Je dois juste m'assurer que tu reviennes au laboratoire. Si tu nous suis de ton plein gré, je peux te garantir que tes parents auront la vie sauve.

- J'en sors. Il n'est pas question que j'y retourne. Si je vous suis, je n'en ressortirai jamais. Et puis, facile de dire que vous ne nous ferez aucun mal quand on voit l'arsenal que vous déployez pour assurer votre sécurité.

- Chéri, ne l'écoute pas. Ne fais pas ce qu'il demande, lança la voix étranglée dans un sanglot de madame Darkey.

- Nous ne pourrons plus vivre si nous savons que tu es enfermé. »

À ses mots, le père adressa un sourire en totale inadéquation avec la tristesse que transmettaient ses yeux. Il ferma les yeux et se releva d'un coup sec, poussant l'arme du soldat vers le plafond et une détonation retentit dans la pièce. Surpris, le deuxième soldat pressa la détente et logea une balle dans la tête de madame Darkey qui s'effondra au sol, totalement inanimée. Karov hurla de cesser le feu, alors que les autres soldats avaient leurs doigts qui pressaient la détente de leurs fusils d'assaut. « Échappe-toi, cours le plus vite possible ! » furent les derniers mots qu'entendit Aedan de la bouche de son père. Celui-ci avait saisi l'arme de son joliet et tirait en direction des autres soldats. Aedan courut dans les escaliers et monta les marches quatre à quatre pour sortir de la maison. Il entendit une dizaine de coups de feu, puis plus rien. Il s'arrêta, et se retourna. Dix soldats lui faisaient face. Pris dans un tourbillon de rage, il ferma les poings, sentit sa gorge se serrer, sentit ses yeux se gorger de larmes, sentit une boule chaude dans son ventre, puis une explosion partout dans son corps. Les soldats volèrent en direction de la maison, comme s'ils avaient été frappés avec une batte de base-ball géante. Dans un cri à lui déchirer la gorge, la maison se mit à trembler et s'écroula sur elle-même, ne laissant qu'un champ de ruines fumantes, et un nuage de poussière. Il tourna les talons et se mit à courir, courir, de plus en plus vite.

11

À bout de souffle, il s'écroula sur la pelouse verte et grasse du parc à quelques kilomètres de chez lui. Essoufflé, il pleura tout ce qu'il put, jusqu'à ne plus avoir de larmes. Sanglotant et les yeux bouffis, il s'assied et prit sa tête à deux mains. Il avait mal à la tête, mais ne savait pas si c'était dû à l'utilisation de ses pouvoirs, à sa course effrénée ou simplement due au fait d'avoir trop pleuré. Il sortit son téléphone et appela Jinen, et lui demanda de venir le rejoindre.

« Je suis tellement désolée pour toi, dit avec une voix douce et réconfortante la jeune fille.

- Qu'est-ce que je vais bien pouvoir faire ? Où est-ce que je vais aller ?

- Je connais un endroit où nous pourrons nous reposer et réfléchir.

- Non, je ne peux pas accepter que tu m'accompagnes. Regarde ce que je suis devenu. J'ai tué mes parents. Je suis incontrôlable. Je refuse de te faire du mal.

- Et moi, je refuse de te laisser seul. Je refuse que tu prennes la décision pour moi, et je refuse que tu te sentes coupable de ce qui vient d'arriver. »

Elle se leva et se plaça devant lui, avant de se mettre à genoux, et de porter les mains sur son visage. Elle déposa un tendre baiser sur son front et le serra contre elle. Les mains d'Aedan bougèrent, pour entasser la seule personne qui lui restait. Elle devenait, pour lui, la seule personne qui lui permettait de ne pas craquer complètement.

Ils prirent le train, pour se rendre dans un petit village à quelques centaines de kilomètres plus au nord. Les paysages urbains laissèrent la place à une ambiance plus rurale, puis les paysages montagneux vinrent souligner un coucher de soleil orange qui donnait l'impression d'avoir été peint par le plus talentueux des artistes. Ils s'arrêtèrent dans une station complètement déserte et commencèrent leur ascension vers un petit chalet isolé. Une structure en bois, datant des années deux mille vingt, sur deux étages. La toiture était faite pour accueillir une grosse quantité de neige. Le paysage avait un côté très reposant. Jinen ouvrit la porte et prit la main d'Aedan pour le faire rentrer. Le salon, immense, leur faisait face. Un canapé douillet, une grande table capable d'accueillir au moins dix personnes, en bois de chêne. Une belle cheminée au milieu d'un mur, et un escalier venaient clôturer le décor de cette pièce.

« Il y a trois chambres à l'étage, et une salle de bain. Je vais te faire couler un bain et tu vas aller te reposer.
- Je ne sais pas si je vais réussir à dormir.
- Tu vas t'écrouler, je pense. Peut-être vas-tu même dormir une journée pleine. Quoi qu'il en soit, je serai à tes côtés.
- Tes parents ?
- En congrès pour plusieurs jours. En gros, j'ai la paix de ce côté-là. »

Ils montèrent à l'étage et Jinen fit couler un bain chaud. La baignoire était suffisamment grande pour accueillir au moins deux personnes. Une fois plongés dans l'eau chaude, les muscles d'Aden commencèrent à se détendre. Il essayait de ne pas trop penser à ce qu'il venait de se passer. Et c'était facile, tellement il était épuisé. Il sortit de la baignoire au bout de trente minutes et enfila un peignoir gris, sur lequel étaient inscrites les initiales A.M. Il sortit de la salle de bain et s'arrêta dans l'encadrement de la porte menant à la chambre que Jinen était en train de préparer. Un grand lit, type king size, était collé au mur du fond. Un petit bureau était placé juste sous la fenêtre. Un bel endroit pour réfléchir et écrire. Jinen se retourna et tendit un ensemble pyjama polaire à Aedan.

« Je suis désolée, ce n'est pas super sexy, mais je peux te garantir que tu seras vraiment bien dedans.

- C'est ça ou dormir nu. Le pyjama sera plus que parfait. Je peux te demander qui est AM ?

- Ce sont les initiales de mon père. Ahmed Maissa. Lui et ma mère ont acheté ce petit palais de la tranquillité pour fuir l'oppression de la ville.

- Tu ne m'as presque jamais parlé d'eux, je sais qu'ils travaillent dans la recherche spatiale, mais c'est tout.

- Ils font partie de ceux qui pensent que nous arrivons à l'épuisement des ressources de la terre et que notre salut passera par le voyage spatial. Ils travaillent pour une branche privée de la D.R.S. Et parfois, quand ils ont un peu de temps de repos, ils viennent ici, profiter des derniers coins de la nature encore intacte et sauvage. C'est presque romantique. Parfois je me demande comment ils peuvent être aussi « nature » tout en travaillant la froideur du métal, pour aller dans un endroit où le paysage ne sera fait que de vide spatial…

- Je comprends. J'aime cet endroit. Il est tellement reposant, dit Aedan tout en enfilant le pyjama polaire.
- Viens t'allonger près de moi maintenant »
Aedan s'allongea, et posa sa tête sur l'épaule de la seule personne qui lui restait et n'eut pas le temps de s'apercevoir que celle-ci lui caressait le visage. Il s'endormit profondément.

12

Karov faisait face à BOSS, dans son bureau.
« Comment va ton bras ? demanda BOSS
- Légère déchirure, mais rien de bien méchant.
- Tu sais que, si tu avais accepté les nanomachines, elles auraient déjà réparé tes lésions ?
- Vous savez que je suis contre, je suis comme qui dirait de la vieille école. Mais vous ne m'avez pas vraiment fait venir pour faire un check up, je me trompe ?
- Non, en effet. Nous avons perdu la trace du jeune Darkey dans une station de train. Nous savons que, depuis deux jours, il se trouve dans une région montagneuse au nord, avec peut-être une complice. Je dois te solliciter pour mener à terme cette mission.
- Par mener à terme, vous entendez l'exécution de la cible c'est ça ?

- Oui, fait froidement Boss, tout en se tournant face à la fenêtre de son bureau. Tu as vu ce qu'il était capable de faire. Imagine s'il décide de détruire l'Élysée, par exemple. Imagine le bordel qu'il pourrait mettre, le chaos qu'il pourrait instaurer.
- Je ne le vois pas faire ça.
- Tu l'as vu quelques minutes. Comment peux-tu dire cela ?
- Il n'a pas le profil. C'est un gosse.
- Nous ne pouvons pas prendre le risque de laisser en liberté une bombe humaine. Tu le sais aussi bien que moi Karov. L'équilibre du monde est précaire. De plus en plus de cellules terroristes pointent chaque jour le bout de leur nez. Les gens se pensent à l'abri, dans un monde baigné de paix, alors que, chaque jour, des opérations sont menées aux quatre coins du monde pour œuvrer à cette paix. Le public n'est pas au courant d'un petit pour-cent de ces actions. Des cellules comme la nôtre se multiplient chaque jour, accueillant de plus en plus de soldats entrainés. À notre petite échelle, nous devons œuvrer pour que le monde ne bascule pas dans le chaos. Imagine si les capacités de ce jeune venaient à être rendues publiques. Les fanatiques religieux pourraient le voir comme un nouveau messie, un nouveau Christ, un nouveau prophète, une nouvelle réincarnation de Bouddha. Et nous ferions quoi, si une guerre de religion éclatait ? Si les gens interprétaient sa

venue comme étant le début de l'Apocalypse décrite dans la Bible ? Les guerres, la famine... Tout pourrait basculer. Je ne le fais pas de gaieté de cœur, mais cet enfant doit mourir.

- Vous venez de le dire. Un enfant.

- Un enfant qui a été capable de tuer des dizaines de soldats, eux-mêmes parents ! En quoi leurs vies seraient-elles moins sacrifiantes que la sienne ?

- Nous sommes des soldats, nous savons ce qui nous attend quand nous nous engageons. Lui, a-t-il donné son consentement pour quoi que ce soit ? Ce qui est arrivé est un accident.

- Comme tout accident, nous devons réparer. Je suis désolé de devoir t'imposer cela. Mais si tu penses que tu n'es pas à la hauteur, je te laisse une chance de quitter l'unité dès maintenant.

- Ce sera ma dernière mission. Je prendrai congé ensuite.

- J'accepte Sergei. Je peux te poser une question d'ami à ami ?

- Oui, bien sûr.

- Que comptes-tu faire ensuite ?

- Une petite maison, au bord d'un lac. Pécher, profiter du grand air.

- Tu arriveras à mettre de côté tous les souvenirs des cibles que tu as descendues ?

- Je ne sais pas, mais j'y travaillerai !

- Je te souhaite de réussir, moi je n'y suis jamais arrivé. Parfois je me réveille en pleine nuit, trempée de sueur, avec le souvenir trop réel d'avoir été capturé et torturé par des milices... Tu connais le taux de suicide des soldats qui en ont bavé comme nous pas vrai ?

- Oui, je le connais. Beaucoup trop élevé.

- L'être humain n'est pas fait pour tuer. Ce n'est pas inné. Nous l'avons appris. Nous vivons ensuite chaque jour avec le poids des morts. Moi, pour ne pas sombrer, je n'ai jamais quitté le métier. Et je pense que, jusqu'à ma mort, je garderai la tête dans le guidon, comme on dit. »

13

Alors que l'après-midi commence à décliner lentement pour laisser la place à une douce soirée, les derniers rayons de lumière naturelle éclairent un chalet douillet. À l'étage, un jeune garçon commence à se réveiller. Durant quelques heures, le poids de la douleur de perdre ses parents s'était allégé. Au début de son réveil, la réalité est encore loin. Puis elle se rapproche et le frappe au ventre, lui coupant la longue inspiration qu'il était en train de prendre. Puis, les larmes perlent le long de ses joues et il s'assoit lentement sur le bord du lit, le temps de reprendre pleinement conscience des dernières heures. Il pose ses pieds sur le parquet chaud de la chambre, et se dirige doucement vers la fenêtre pour contempler un paysage inspirant le calme. Une main fraiche et douce vient se poser sur son épaule. Il saisit la main et pose sa joue contre. La sensation est agréable, apaisante, réconfortante. Il se retourne et voit le visage de Jinen lui sourire. Ses yeux semblent tristes. Tristes de le voir dans cet état. Il la prend dans ses bras et la serre contre lui. Il niche sa tête dans son cou et respire son doux parfum, fruité et envoutant. Puis il dépose un baiser. La peau qu'il embrasse est douce, et il sent la chair de poule envahir le corps de celle qui frissonne. Il dépose ensuite un baiser sur sa joue, avant de poser ses lèvres contre les siennes. Elles sont si agréables. Alors qu'il saisit le visage de Jinen, celle-ci monte ses mains et défait les boutons un à un du haut d'Aden qui sent son cœur et son rythme respiratoire s'accélérer. Il ôte dans un mouvement maladroit, tremblant le pull et le t-shirt de la fille qu'il est sûr d'aimer, une certitude absolue à ce moment. Il passe sa main sous le soutien-gorge de celle-ci, qui répond en gémissant imperceptiblement. Il a envie de lui susurrer dans l'oreille à quel point il est amoureux d'elle et à quel point il est rassuré de l'avoir à ses côtés. Mais, pris par la peur du moment qui va arriver, il déglutit difficilement et aucun son ne sort de sa bouche. La lune se lève sur deux adolescents qui s'apprêtent à s'offrir l'un à l'autre.

Le lendemain matin, Jinen, dans les bras d'Aedan, ouvre les yeux et contemple le visage de celui avec qui elle vient de passer sa dernière nuit de jeune fille et sa première nuit de femme. Il dort encore, d'un sommeil lourd. Son visage est détendu. Elle se lève en prenant soin de ne pas le réveiller et descend les escaliers pour s'occuper du petit-déjeuner. Elle se fait couler un bol de chocolat chaud et contemple l'extérieur du chalet, dans une douce musique de chant d'oiseau. Aedan, lui, descend quelques minutes après et vient l'enlacer par-derrière, la serrant contre lui.

« Tu veux un café ? Un chocolat ? Quelque chose à manger ? demande Jinen, tout en essayant de nicher sa longue chevelure dans le cou de son interlocuteur.

- Je veux bien un chocolat, et j'avoue que j'ai une de ces faims !

- J'ai des œufs, un peu de bacon, ou alors du pain et du beurre avec de la confiture.

- Je pencherai pour des œufs et du bacon. J'ai envie d'un truc bien nourrissant. »

Leur petit-déjeuner englouti, ils décident d'aller faire un tour en extérieur, pour profiter du beau temps.

« Il y a une petite grotte plus loin. Elle a été creusée par l'écoulement de l'eau de pluie. Une cavité naturelle. Il y a un ruisseau juste en dessous et il y fait toujours bon. Fraiche

l'été et tiède l'hiver. J'aime bien y installer une couverture et me laisser bercer par la mélodie de l'eau. Tu aimes ?
- J'adore le son de l'eau. Et j'adorerais aller dans ce qui semble être un coin de paradis en ta compagnie.
- Ce sera notre petit endroit à nous. »
Il saisit la main de Jinen et tous deux partent, pour quelques dizaines de minutes de marche. Ils prennent leur temps, prennent le temps de regarder tous les paysages. Elle lui raconte de nombreuses anecdotes sur des promenades, ou des découvertes. Et ils arrivent enfin devant le cours d'eau, qu'ils remontent jusqu'à arriver devant cet abri naturel. La grotte est suffisamment profonde pour accueillir une couverture au sol et trois personnes. La cascade tombe juste devant, et ils doivent passer derrière un mince filet d'eau.

Une fois la couverture posée, ils s'allongent tous les deux côtes à côte et se laissent bercer par une symphonie dont le chant des oiseaux semble être sous la direction d'un chef d'orchestre.

14

« BOSS, rien dans la maison. Mais je pense qu'ils doivent y résider. Le repas date de maximum quatre heures.

Leurs affaires sont encore ici, et les serviettes de douche sont encore bien humides. Ils ne doivent pas être loin.
- Bien reçu Sergei. Alina, du nouveau ?
- Rien du tout BOSS. Je fais le tour de la maison. Mes traceurs m'indiquent que deux personnes sont parties plus haut, vers les sommets.
- Suivez cette piste, tous les deux. Compris ? »
Le ton est sec, Karov semble relever une pointe d'inquiétude.
« Oui, BOSS, répondent en chœur les deux soldats
- Pourquoi nous envoyer Karov et moi, seuls ? demanda Alina.
- Je veux une élimination silencieuse. Vous êtes les deux meilleurs de mon unité, les plus expérimentés. »
Tous deux progressent silencieusement. Ils semblent presque flottés au-dessus de l'herbe. Alina suit les traces relevées par ses lunettes et les traces s'effacent au niveau du cours d'eau.
« L'eau a affecté leurs traces. Je les perds ici. On fait quoi, Sergei ?
- Soit on descend, soit on remonte le lit de la rivière. La plupart des randonneurs longent le lit et le remontent. On monte, dit-il d'une voix assurée. Alina, tu es presque meilleure tireuse que moi. Tu vas me suivre à deux cent mètres minimums. Si le gosse me voit, il aura toute son

attention posée sur moi. À toi de faire ce qu'il faut, dit-il, hésitant sur la dernière partie de sa phrase.

- Pas de souci, dit Alina, coupant la transmission audio de son casque, faisant signe à Karov d'en faire de même.

- Qu'est-ce qui se passe Alina ?

- J'ai entendu l'hésitation dans ta voix. »

Pas de réponse

« Sergei, on bosse ensemble depuis pas mal de temps, j'ai beau être une bleue à tes yeux, tu es mon modèle, et mon mentor. »

Sergei expose rapidement ses doutes, et ses interrogations sur la pertinence et la justesse de l'exécution d'un enfant, pour une menace hypothétique qu'il représenterait.

« Je te propose qu'une fois là-bas, on avise. On prendra une décision.

- Alina, je ne peux pas te demander cela. Tu sais ce que désobéir à un ordre signifiera ?

- La prison au mieux, le peloton au pire. J'en suis pleinement consciente.

- Pourquoi ce changement ?

- Tu me vois comme un bon petit soldat, mais je sais faire la part des choses. Tuer des terroristes, c'est notre pain quotidien, tuer des enfants, on a déjà vu ce à quoi ça mène. L'opinion publique est toujours plus à fleur de peau quand on parle de mineurs ou du sacrifice d'innocents pour une soi-disant noble cause, répond-elle la voix douce et si calme. »

Au loin, tout en marchant, Sergei aperçoit la cascade et demande à Alina de stopper sa progression. Il entend des voix au loin. BOSS, ayant repris le contact avec ses soldats après que ceux-ci aient réactivé leur communicateur, lance : « Je les entends, je suis sûr que ce sont eux, dit-il alors que le logiciel de reconnaissance vocale comparait les deux voix avec la base de données.

- Exact, chuchota Alina. La première est celle d'Aedan Darkey. La deuxième est la voix d'une gamine qui s'appelle JInen Maissa. D'après ce que je lis, ils fréquentent le même lycée.

- Oui j'ai déjà vu cette gamine, l'autre soir. Elle était chez lui. C'est sa petite copine, lance Karov à voix très basse.

- Si elle s'interpose, vous avez le droit de la supprimer également.

- Vous pouvez confirmer BOSS ? demande Alina, les yeux exorbités.

- Je confirme que l'accompagnatrice de la cible peut être, si nécessaire, supprimée elle aussi. »

Karov avance et soulève son casque, coupant ainsi toute communication avec BOSS et Alina. Cette dernière fait de même. Puis il s'avance, tout en rangeant son fusil d'assaut dans le dos.

« Aedan, tu m'entends ? Je m'appelle Sergei Karov, on s'est vu l'autre soir. Je ne te veux aucun mal, je veux juste discuter. »

15

Aedan sursaute et fait signe à Jinen de rester assise. Il se lève et sort de la grotte, faisant face à Sergei Karov.
« Vous devriez partir, je ne suis pas un meurtrier, mais je pourrai vous faire du mal sans le vouloir, lance-t-il les poings serrés et les dents écrasées les unes sous les autres.
- Rassure-toi, je viens sincèrement juste discuter.
- Vous voulez quoi ? Si je répète ma question une troisième fois, je vais commencer par vous broyer les os du bras droit. Qui vous envoie ?
- Certains pensent que tu es dangereux, moi je pense simplement que tu es perdu et apeuré. Tu cherches le moyen de te sortir de cette histoire.
- Et vous ? Vous pensez que je suis dangereux ? Moi-même, je l'ignore.
- Le fait d'être conscient de tes capacités de destruction, fait de toi une personne plus sage que dangereuse.
- L'un n'empêche pas l'autre.
- Je suis d'accord avec toi.

- Les contrôler serait l'idéal, répond Aedan, fixant le sol, prenant une longue inspiration et relâchant légèrement la pression de ses mains, sentant ses ongles sortir de ses paumes. J'imagine que vous n'êtes pas seuls. Combien de soldats cette fois ? Trente, quarante, plus ?
- Nous sommes deux. Ma collègue est restée en retrait, juste au cas où ?
- Vous permettez ?»

À peine ses mots prononcés, il lève la main et la tend devant lui. Sergei pose la main sur son fusil, crosse au niveau de la tête. Le temps qu'il effectue ce geste, Alina passe à côté de lui, paralysée, incapable de faire le moindre geste. Elle est raide comme une tige de métal et peut seulement remuer les yeux. Elle est terrifiée, elle qui a par le passé montré si peu d'émotion. Sergei lâche la crosse et met ses deux mains devant lui, les montrant à Aedan, qui pose doucement Alina sur le sol, tout en entravant ses mouvements.

« Cette manière de réagir... Je pense que vous êtes sincères et que vous voulez simplement dialoguer avec moi.
- Je te l'ai dit. Si j'avais voulu, tu serais déjà mort mon garçon.
- Personne ne le saura jamais ça... J'ai une amie dans cette grotte derrière, dit-il, levant le pouce de la main gauche pour indiquer la direction. Et je ne veux en aucun cas qu'elle ne soit mêlée à tout ceci. Je me suis bien fait comprendre ?

- Tu peux laisser sortir Jinen. Il ne lui sera fait aucun mal, je te le promets. Je te demande juste de relâcher ma partenaire.
- Une sorte d'échange ?
- Vois-le comme ça. Je peux relâcher ma pression musculaire ? Tout va bien se passer, hein Aedan ?
- D'accord, dit-il, se frottant les yeux et prenant sa tête comme dans un étau.
- J'ai l'impression que tu maitrises plus tes capacités que tu veux nous le laisser penser, lance Alina, se frottant les bras.
- Je vous ai fait mal ? Excusez-moi, je ne voulais pas. C'est juste que, quand je me concentre, j'ai l'impression qu'un autre prend le contrôle de mon corps. Je reste là, derrière un écran, comme si je regardais mon corps agir. Mais je peux reprendre le contrôle quand je veux. Maintenant en tous cas. Avant que mes parents essaient de m'enlever ces nanomachines intelligentes, je ne regagnais ma place que quand elles l'avaient décidé.
- D'où cette notion de te sentir dangereux, c'est ça ? demande Sergei.
- Oui, répondit-il en baissant les yeux. J'ai peur d'être un danger pour moi-même. Si, un jour je subis un choc, ne vais-je pas péter les plombs, et tout détruire ?
- Je ne te laisserai pas faire ça. Je serai là pour te raisonner, lance Jinen qui était sortie. »

Tous les quatre se font face maintenant. Les deux soldats posent leurs fusils au sol, en signe de calme et de paix.

« Nous ne voulons pas te faire du mal. Tu es un enfant.
- Un adolescent, fait remarquer Alina, tout en esquissant un sourire maladroit. »

Soudain, Alina est prise de convulsions et sort une arme de poing de son gilet de combat. Elle vise Jinen, une marque rouge sur sa tête. Aedan fait un premier pas et Jinen pose une main sur son épaule.

« S'il te plait, ne fais rien. Alina, tu ne devais pas être ici juste pour discuter ? Pourquoi avoir fait croire cela ?
- Je ne suis pas exactement Alina, répond Alina avec une voix monocorde. Ce que vous voyez devant vous est juste un pantin. Sergei, tu me déçois terriblement, mon ami.
- BOSS ? Comment est-ce que vous ?
- Silence ! Je ne pensais pas devoir m'en occuper moi-même.
- Je vois. Les nanomachines… Elles vous permettent de piloter à distance vos hommes. Comme des drones … Mais des drones vivants.
- Exact, on peut tout entendre, tout voir et, le cas échéant prendre le contrôle des cibles. J'aurais tellement voulu que tu te laisses tenter par la nanotechnologie. Prendre le contrôle du meilleur soldat de tous les temps et lui faire faire

ce que je veux. Ta mission était de tuer ce gosse. Tu as échoué. Je vais donc te supprimer en premier. »

Alina, sous le contrôle de BOSS, tira une balle au niveau du cœur de Karov, qui s'effondre dans un bruit sourd comme un pantin désarticulé. La vie lui avait été ôtée avant même qu'il ne tombe sur le sol. Puis Alina tourne son arme vers le visage de Jinen et presse la détente. Aedan lance sa main devant lui, repousse Alina contre un arbre et se place juste devant Jinen, la serrant contre lui. Il a ralenti la balle suffisamment pour lui permettre de faire ce mouvement, mais n'a pas le contrôle nécessaire pour la stopper. Il sent alors la balle se loger au milieu de ses omoplates et tousse du sang sur l'épaule de Jinen, avant de lentement s'effondrer sur le sol, retenu par celle à qui il venait de sauver la vie. Sa main roule sur le sol, et remonte vers son sternum. Il ne peut articuler aucun mot. Il se contente de regarder Jinen dans les yeux en lui souriant. Elle croit lire sur ses lèvres le mot « Merci ». Jinen sent des larmes lui parler le long des joues et se met à trembler.

De l'autre côté de la scène, Alina se relève et met en joue Jinen. Elle a la moitié des côtes cassées et beaucoup de mal à respirer. Elle presse la détente, et Jinen ferme les yeux, puis entend une détonation, sentant sa mort arriver. Elle prend la décision de l'attendre patiemment et de l'accepter. Elle rouvre les yeux et voit Aline à nouveau effondrée au sol. Peut-être avait-elle manqué sa cible. Alina tourne les yeux et voit Karov allongé au sol, son arme de poing pointé en direction de sa collègue. Il regarde dans la direction des deux jeunes et marmonne un « Je suis tellement désolé, je ne voulais pas… » avant de s'effondrer à nouveau.

16

Les mois avaient passé, laissant une année et demie s'écouler. Jinen, accompagnée de Sergei Karov, et d'une poussette s'était rendue au cimetière de la ville, à deux pâtés de maisons du lycée Jarton. Arrêté devant la tombe de la famille Darkey, Jinen prit dans ses bras une petite fille.
« Regarde Léana. C'est là où ton papa se repose. »
Une onomatopée, pour seule réponse de sa fille, elle reprit:
« J'aurais aimé que tu la voies grandir chaque jour. Mais le monde est ainsi fait. On traque les gens différents, et on calque sur eux notre propre peur d'affronter la différence. On finit par s'en débarrasser. J'ai peur Aedan. J'ai l'impression que Léana arrive à faire bouger son mobile seule. Je finis par me demander si je ne suis pas en train de me l'imaginer, de peur qu'elle devienne, elle aussi, une bête qu'on traque.
- Si c'est le cas, je serai là pour protéger ta fille et la maman de votre enfant, gamin, reprit Karov. On m'a peut-être

poussé à la démission, mais je reste un soldat endormi. Ils savent très bien que nous sommes tels deux pays en guerre. S'ils essaient de nous faire taire par la force, toute ton histoire sera sue de tous. Si nous sortons cette histoire, ils ne mettront pas plus de dix minutes à nous tuer. Chacun de nous possédant la capacité de détruire l'autre, nous coexistons. Quand Jinen parle de la peur de la différence, je préfère voir à quel point les hommes peuvent changer. Et j'en suis un exemple. J'aurais aimé que tu puisses voir ta fille. Mais, je veillerai sur elle, je te le jure. »

Alors que Jinen rattachait Léana pour rentrer à la maison; Léana tendit la main en direction de la tombe de son père et la poussette avança seule sur quelques centimètres…

REMERCIEMENTS

Je trouve cela plus difficile d'écrire les remerciements que les nouvelles. La peur d'oublier une personne et de la froisser. C'est une des raisons pour lesquelles je lis toujours les remerciements quand je lis un bouquin. La raison principale étant que les remerciements, de mon point de vue, font partis intégrants de l'œuvre de l'auteur.

Dans un premier temps, je remercie ma femme et mes enfants, comme toujours, qui sont une source inépuisable d'inspiration. Je les écoute parfois (trop peu à leur gout) raconter leurs histoires et je me dis « tiens, voilà un contexte qui pourrait faire une nouvelle intéressante ». Je les remercie trop peu pour tout ce qu'ils m'apportent, et je le regrette. J'essaierai de me montrer plus démonstratif à l'avenir. Mes deux garçons sont trop jeunes pour lire maintenant ce recueil, mais j'espère qu'ils le feront un jour. Ces quatre parties de « mon monde » sont aussi les lecteurs que je redoute le plus. Quand ma femme lit une de mes nouvelles, je quitte la pièce et je m'occupe l'esprit. Dans le cas contraire, je serai capable de scruter le moindre élèvement de sourcil, le moindre soupir, et je finirai par faire une crise d'angoisse…

Un grand merci à mes correctrices, qui ont répondu présentes avec une vitesse incroyable quand j'ai demandé de l'aide pour les corrections. Merci Betty, Nathalie et Caroline. Votre contribution et vos retours lectures ont été de vrais réconforts.

Un merci particulier à Magali et Betty (oui, la même personne qui a participé à la correction) qui m'ont poussé à continuer à écrire et m'ont souvent encouragé.

Merci à mes amis pour leur soutien.

Et, naturellement, merci à vous, lecteurs d'avoir pris le temps de lire « Sombres destins ». Si vous avez pris du plaisir à lire mes nouvelles, alors je considère que ce livre est une réussite.

Saint-André, le 5 novembre 2024

SOMMAIRE

Avant-Propos..Page 006

14 Juillet..Page 008

Cellules..Page 049

Harcèlement..Page 076

Véronika...Page 114

Le Contrat..Page 159

Nano's..Page 199

Remerciements...Page 290